# 阳神

## 1 侯府风云
### HOU FU FENG YUN

梦入神机 著

北京日报报业集团

同心出版社

图书在版编目（CIP）数据

侯府风云 / 梦入神机著. —北京 ： 同心出版社，
2013.7
（阳神）
ISBN 978-7-5477-0841-5

Ⅰ．①侯… Ⅱ．①梦… Ⅲ．①长篇小说－中国－当代
Ⅳ．①I247.5

中国版本图书馆CIP数据核字(2013)第157407号


**侯府风云**

出版发行：同心出版社
地　　址：北京市东城区东单三条8-16号东方广场东配楼四层
邮　　编：100005
电　　话：发行部：（010）65255876
　　　　　总编室：（010）65252135-8043
网　　址：www.beijingtongxin.com
印　　刷：三河市中晟雅豪印务有限公司
经　　销：各地新华书店
版　　次：2013年8月第1版
　　　　　2013年8月第1次印刷
开　　本：700mm×960mm　1/16
印　　张：16.5
字　　数：200千字
印　　数：20000
定　　价：26.00元

# 引子

　　大乾王朝定鼎天下一甲子，巍巍天朝上邦，辽阔宽广，人稠物穰，四夷宾服。泱泱盛世风云暗涌，云蒙帝国狼视大乾，"长剑横九野，高冠拂玄穹，独步圣明世，四海称英雄！"自古乱世造英雄，今朝谁当豪气冲云霄？

　　二十年前，大乾第一功臣威名赫赫的"武圣"洪玄机带精锐之师，携玄道高人围剿武学圣地、禅宗祖庭中州大禅寺。千年古刹火光滔天，上万僧侣难逃劫难，无数武学秘本散落四方。

　　二十年后，洪玄机之子洪易古寺夜读受神秘女子之托给一群小狐狸教书，偶得大禅寺无上典籍，从此踏上了武道双修的道路。

　　身为庶子，洪易自幼饱受冷眼，立志要靠读书建立功名为出身青楼的亡母得一个"夫人"的封号，一本《过去弥陀经》彻底改写了他的命运，八大妖仙，云蒙贵族，神魂斗法，王侯阴谋，尸解转世，扑朔迷离的人和物接踵而来……最为可怖的是洪易母亲的死因竟与洪玄机有着千丝万缕的联系。

　　冥冥之中，是谁将手无缚鸡之力的洪易推向修仙之路，是谁将大乾与云蒙的兴衰置于洪易之手？凤凰浴火，涅槃将至，修仙之劫，葬送了谁的河山，峥嵘了谁的天下？

# 目录

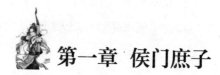

# 第一章 侯门庶子

深秋过后，虽然没有下雪，但寒气却一天比一天重起来。

从玉京城里家家户户屋檐下那一长溜，粗似小儿手臂，晶莹剔透，如刀剑一般锋利的冰棱就足可感觉到冬天的严酷了。

玉京是大乾王朝的都城。大乾王朝鼎盛繁华，地大物博，幅员辽阔，人口数万万，是天朝上邦。

而今年正是立国六十年，定鼎天下一甲子。这六十年，大乾王朝四代皇帝励精图治，已经到了一个鲜花着锦，烈火烹油的盛世。

武温侯府坐落在玉京城的东南面，占地百亩，地势开扬，朱红色的大门镶着闪亮的铜钉、铜环，前面是一对足足有三人高的石雕麒麟和几个衣衫鲜亮、中气十足、眼神锐利的家丁。

武温侯是大乾王朝的显赫人物，姓洪，名玄机。

此人不但有爵位，而且位极人臣，官居内阁大学士，太子太保。他文武双全，年轻时能开九石强弓连射，骑大马一人冲杀数百人敌军如闲庭信步。

二十二岁立下赫赫战功之后，弃武习文，金榜题名，高中探花，被授予官职，参与朝政，得到过大乾王朝第四代皇帝"上马能治军，下马能安民"十字最高评价。

"天视自我民视，天听自我民听……"

一大清早，从武温侯府邸西北角偏僻的小院落里传来了读书声。

洪易打开一半窗户，在屋子里面生了一盆炭火，坐在桌子边上读书，一副准备应付科考，揣摩经义的架势。

他身穿着青衫，眉清目秀，年纪在十五六岁之间，身体略微单薄。

房间里面很简陋，烧火的盆是铁盆，不是侯门大户生火用的精致鼎脚铜盆，炭也是普通的炭，不是雕刻着各种野兽形状的"兽炭"。

洪易身边没有书童或婢女研墨铺纸，可见他在侯府里地位不高。

"能不能为死去的母亲正名分，就看开春的恩科和秋天的会考了。先考中举人，再中进士，金榜题名，加封三代……朝廷会下旨册封我母亲为夫人。母亲的坟就能迁进洪家的祖坟，灵位也能在祠堂中供奉着。"

洪易翻开一本书，读了两句，想起在他七岁那年死去的母亲。

洪易的母亲嫁给武温侯之前，是玉京城有名的才女，琴棋书画样样精通，诗词歌赋更是出众。她卖艺不卖身，和武温侯在一次堂会因对唱诗文相识，后来就嫁入了侯门。

说是才女，其实是青楼"贱籍"，嫁入侯门之后地位很低。更何况，当时武温侯已经有了正妻平妻，她只有做小妾的份儿。大乾王朝法律，一发妻，二平妻，四小妾。妾的地位非常低，有些豪门贵族、士大夫还互赠小妾以玩乐。妾在吃饭的时候都不能坐着，要和婢女一样站着。

洪易作为妾的儿子，根本没有继承爵位和家产的权利，唯一的出路就是通过科举考出去。洪易很清楚，自己若能考中进士做官，不但能脱离侯府出人头地，最重要的是可以为母亲加个"夫人"的名分。

在大乾王朝"夫人"这个名分可不简单。现今武温侯府中有三位夫人，还是温武侯洪玄机屡立大功，朝廷特别恩赐的。在一般的豪门贵族，只有发妻是"夫人"。

朝廷赏赐达官显贵的妻子为夫人，可是莫大的恩荣，比加官进爵更显有恩德。

"朝廷若加封我母亲为夫人，不知道正房赵夫人会有什么样的表情？"洪易喃喃念了两句赵夫人，眼神里面闪烁出了恨意。

洪易永远忘不了，在他七岁刚刚懂事的那年，侯府中秋举行宴会赏月，侯府上下济济一堂，父亲和客人吟诗，母亲因为对和了一句，立刻遭到正夫人的当众训斥："举止轻佻，不守妇道，青楼习气不改。"那天晚上回去之后，母亲就气得血脉郁积，吐血伤身，两个月后就病死了，年仅二十五岁。

"开春之后的考试，我准备得差不多了，不过还是要揣摩揣摩。"洪易合上经义策论，翻开了一本《草堂笔记》。

这本书封皮很新，但是纸质很旧，显然是没有人看的老书。《草堂笔记》不属于读书人科考的经义、礼法、策论，而是本荒诞不羁的神怪笔记。

读书人不说怪、力、乱、神。这种书，准备科考的人是不看的。

不过，洪易看它，正是为了准备科考。因为这本书是前朝宰相兼李氏学派的创始人李严的一本笔记，虽然满篇都在讲神怪狐鬼、才子佳人、女仙、女狐，但每篇都是一个寓言。

"李严虽然已经作古，但当今朝廷里大部分科考出生的官员，都是他的门生。主持这次考试的主考官，肯定也是李氏学派的人。好好揣摩书里面李严借助狐狸鬼怪表达的寓言思想，迎合他门人的口味，必能高中。那些宗学的书生，即使是优秀的，也只知道死读书，不懂人情练达即文章，卷子就算妙笔生花，不合考官的学派，肯定被刷下来。"洪易心中说道。

考试之前揣摩考官的学派、思想、喜好是极其重要的。洪易虽然年纪小，但心中却是雪亮。

"好一个天意即民意，原来还有这样的解释。"洪易看完一则故事，惊讶道。

故事是这样的：

民间，一对媳妇和婆婆晚上正在睡觉，墙壁突然倒塌了。睡在里面的媳妇，硬是支撑起倒塌的墙壁，让婆婆逃了出去，自己却被压死。媳妇死后，婆婆很伤心。村里的人都安慰她，说做了个梦，梦见媳妇被上天封为了城隍神。

当时，李严和一群士大夫议论这件事情，一群士大夫认为媳妇孝行可嘉，但封神之论都是村夫野语。

李严却力排众议，说那个媳妇真封神了，因为圣贤书里说"天视自我民视，天听自我民听"，百姓认为那个媳妇成了神，就是天意，媳妇自然就成了神。

众士大夫笑李严读书太迂，李严却说出了这番大道理来："其实神不过是人的神念所化，庙宇里面的神佛，之所以能屡屡显灵，是因为承受了人们的香火供奉和信仰。这个世间本来是没有神的，信仰的人多了，人们的神念聚集起来，神佛就诞生了。要灭神佛简单得很，只要拆毁它的庙宇，使人们不再信仰它，不再用香火供奉它，久而久之，神佛就自然地消失了。"

有位士大夫点了点头，问道："拆毁神佛的庙宇，让人们不再信仰它，那万一神佛报复人怎么办？"

李严道："圣贤书说，正直聪明为神，读书人只要内心刚正严明，神念自然和神一样强大，神佛又岂能报复得了你？"

"读书人刚正严明，自身神念强大纯净，已经近乎道家的阳神天仙了。比起那些不能显形只能托梦报应的阴神要强大得多。"众士大夫听李严侃侃而谈，都心生敬仰，问他道家修炼阳神天仙的道理。

李严道："阴神能脱壳出游，人目不能见，无形无质，魂魄一团，只能依托外物显示灵异。而阳神则与生人无异，显化种种法相，飞天遁地，长生不朽。"

当众士大夫正要进一步发问时，李严却正色道："读书人只谈民生朝政、仁义礼法，神鬼之事应完全抛开，今天已经是过头了。"

"神佛本来是没有的，是从人的神念信仰里生出来的？书中所说的'天视自我民视，天听自我民听，天意自我民意'，还有这样的解释？正直聪明为神？阴神阳神？"这一切令洪易耳目一新，好似为他打开了神秘的大门。

嘭嘭嘭——

正当洪易沉思的时候，门外突然传来了声音。

有人敲门，声音很大，是用脚踢的。

洪易眉头一皱，起身打开了门。

"喂，洪易，怎么叫了这么久你都不开门，非要我用脚踢！"

门口出现了一个身穿鹅黄杂色毛皮大衣，脸蛋白皙，目如点漆的女子，年龄在十五六岁左右。她穿得很华贵，说话很不客气，名叫小宁，是侯府东边云亭斋二小姐的贴身婢女。

云亭斋是侯府二房方夫人的住宅。二房方夫人是武温侯的平妻，娘家是商贾，又捐了官，有钱有身份，在侯府里的地位虽不及大房赵夫人，却也能说得上话。云亭斋的婢女奴仆也因此高人一等。

洪易虽然是侯府中的少爷，但是一个死去的"贱籍"小妾的儿子，根本没有人把他当回事，更何况整个侯府的人都知道大房赵夫人反感洪易。洪易每个月的月例钱也是最少的。

侯府有三房夫人，四房小妾，连带管家、奴婢、家丁、护卫，总共有七八百口人，每个人都有分工，宛如一个等级森严的小朝廷。

"你有什么事吗？"洪易开门之后，坐回自己的椅子上，拿起书，不看这个婢女。

小宁被质量差的木炭烧出的烟熏了眼睛，不由地鄙夷地翘了翘嘴。

"小姐昨天和荣王府的永春郡主弹琴对诗词，永春郡主吟了一句诗，结果没有下句，小姐叫我来问问你。喂，你在听没有？"看见洪易坐回桌子边，拿起书翻看，小宁恼怒地道。

"什么？"洪易眉毛一皱，血涌到了脸上，双拳微微握紧，看着小宁。

小宁见状不但没有收敛，反而扬起了眼角，露出了一副"就算你是少爷，但我就这样对你，你能把我怎么样？你来打我啊！"的表情。

"什么诗？"洪易一瞬间的恼怒过后，深深吸了一口气，平息了下来，双拳轻轻松开，语气转为平静。

"果然是没有用。"小宁见洪易忍了下来，嘀咕了一句。

"永春郡主弹琴的时候，说了一句，'今日未弹心已乱'，随后苦苦思索下一句。小姐命我来问你，希望你对出下一句来。"

"今日未弹心已乱？"洪易思索着，"弹琴的时候心乱，是定不住自己的心神，我就对一句，'此心兀自不由人'。"

"今日未弹心已乱，此心兀自不由人。"洪易抽出一张白纸来，用浓墨写了一行草书。

"这是什么？"草书如龙蛇一般腾转飞扬，小宁是个只识几个字的婢女，哪里认得出来。

"你一个下人，又不认识字，问这么多干什么。"洪易冷冷道，"送过去就是了。"

"你……"小宁还以凌厉的目光，手指的关节咕咕响了两下。

显然，小宁练过拳脚。

"你个手无缚鸡之力的文弱书生，却什么都不怕，为什么？我随小姐练功练到了一定的火候，普通人都怕我，你虽是个少爷，但不遭大夫人待见，谁欺负你最多受点责斥。我最近学了擒拿手，拿了人伤不到筋骨，只会疼痛几天……"小宁心里想着，目露凶光，向前走了两步，假装去接洪易的纸，心里却盘算着趁他不备卸一下他的手，叫他疼痛几天。

"你对我动手，难道不怕流放三千里！"就在小宁举步的时候，洪易突然说了这么一句，声色俱厉，"大乾法律，殴打有功名在身的读书人，可是要流放三千里。你不要自误！"吓得小宁一个哆嗦。

"谁要对你动手了，我是拿纸。你是少爷，我们做下人的怎么敢生你的气。"小宁退后一步，伸出手臂拿过纸，转身走了出去。

"哼，只会做诗写词，手无缚鸡之力，百无一用是书生。"小宁出了房间，心里骂着。

"嘘——"小宁走后，洪易长长地嘘了一口气，"果然，遇到小人跟遇到鬼一样，千万不能气弱，一弱，他就得寸进尺了。你气盛，他就不敢靠近你。《草堂笔记》以鬼喻人，却是大道理。"

洪易翻出了一则以前读到的故事，用毛笔划上了显眼的标记。

这则故事是讲李严有一次深夜读书遇到了鬼，那鬼显出形体来，问李严怕不怕。

李严立刻声色俱厉道："不怕！"

鬼再问，李严的声音更大了，鬼最后道："只要你说声怕，我立刻就走，不再缠你。"

李严大声道："不怕就是不怕。"鬼最后没有办法，只得怏怏地消失了。

后来有人对李严道："你没有道法，不会治鬼，为什么不妥协说声怕呢？万一鬼真的扑上来，你又该怎么办呢？"

李严道："正是因为我不会道法，不能治鬼，所以更不能怕，一怕，气息就弱，他就真的扑上来了。"

"机变诡诈的小人，如同鬼怪一样啊。"洪易重读这则故事，想起奴婢小宁，刚才如果不是吓住了她，说不定她真就下手了。

"吓也不是王道，读书人弓马射艺都要擅长，才算是真正的读书人。可我实在是练不了武，得想个办法才好。"

洪易早就动了练武的心思，但一直都没有机会。

练骑射，一匹好马价值千金，一柄好弓也得价值百金。就算不要这些，练徒手搏杀，也得请师父，这些都是洪易不能做到的。侯府里也有武功高强的护卫，但是谁愿意为了洪易得罪赵夫人呢？

"听说大乾王朝在开国的时候，编著了两部大书，一部是《武经》，一部是《道经》，里面讲练武和修仙，洋洋洒洒数百万字，可惜后来成了禁书。要是能够借阅抄录就好了。"洪易沉思着。

嘣！嘣！嘣！

三声弓弦暴响，撕裂空气，箭似流星，直接命中了二百步之外的箭靶红心，又从另外一头飞了出来，可见射箭人强大的力量和精确敏捷的眼力。

在一块足足有五百步方圆的练武场里，一个大约二十岁，身穿一身雪白的劲装，头上系着红头巾的女子，开弓，射箭，收势，连续三箭，把弓拉成满月，气定神闲。她身上的衣服很少，但在寒风中，冻得结实的土地上丝毫不见一丝寒冷。

她就是洪雪娇，侯府二房的女儿。

她旁边站着一个锦衣华服的少年。这个少年身如鹤立，眼如星辰。

"雪娇妹妹，你居然拉得动一百二十斤的强弓连发几箭。这在《武经》里称为虎力。

这等的箭法、力量，就算是军队里的武官也比不过你。看来你的武功已经到了练膜壮骨的境界，可以称得上武师了。只是你一个女孩子，整天骑射拳棒，有点不雅观。"

"我大乾王朝以武开国，定鼎天下，虽然现在民间文风鼎盛，武风渐渐衰落，但是皇上还是极其重视武艺的。皇上春秋两季都要去田猎，难道真是为了好玩？是在提醒那些王公贵族、宗室不要忘记了武事。"洪雪娇再试了试弓弦，轻易拉成满月，"这口白牛弓虽然是上等弓，弓力有一百四五十斤左右，但远远比不上我父亲的那口落星弓。"

"当然，温武侯爷的那口落星弓是精钢做的弓身，用十年时间浸泡巨蟒筋做的弦身，足足有九石的力量，能射千步距离。只有武功拳法到了练髓如霜，练血汞浆，肉身成圣境界，才拉成满月连射。拳法到了武圣境界的人，天下恐怕聊聊无几吧。"锦衣少年笑了笑，"温武侯爷武功了得，可他年轻的时候也受过宰相士大夫李严的训斥，最后愤然弃武从文，考中了探花，现在才能位极人臣。要不是士大夫李严，温武侯爷也只能在家里，像我父亲一样做个安稳的理国公而已。"

在温武侯府，没有人敢提侯爷洪玄机年轻时的事情，而这个锦衣少年却说得如此轻松，可见身份非同一般。他正是理国公府中的嫡长子，景雨行。

大乾王朝爵位，公、侯、伯。国公的爵位在侯之上。不过爵位归爵位，朝廷的官位归朝廷的官位，武温侯洪玄机因科举金榜中探花，入主朝政，影响力和理国公比起来，有过之而无不及。

"你家若是再上一步，就是异姓王了，皇室都不会放心吧。"洪雪娇笑了笑。

"可不能乱说话。"景雨行脸色微变，眼睛瞬间掠扫四面，怕人听到。

"好了，不说了。"洪雪娇笑了笑，"不过话又说回来，你说我身为女子整日骑射，摆弄拳棒，很是不雅。你知道，六十年前我们大乾王朝灭掉大周王朝进玉京的时候，那些手无缚鸡之力的王公小姐们的下场是什么吗？不是被糟蹋就是被杀，勉强活着的，都被抓到军营，连逃跑的能力都没有。咱们大乾现在虽然是天朝上邦，但东有草原云蒙帝国，西有沙漠火罗王朝，南方的海上有诸多岛屿帝国，北方还有元突王朝。二十年前，云蒙帝国的铁骑直达玉京城外，大乾虽然击退了他们，但也险之又险。至于那些文官士大夫，朝廷只不过是利用他们安抚天下人心。前朝宰相李严虽然权倾天下，但是死后连爵位都没有，子孙后代也没有蒙恩荫的。"

"好了好了，不说了。雪娇你是女中豪杰，让我们须眉男子惭愧。"景雨行笑着，"不过我今天有一件礼物要送给你。"

"什么礼物？"洪雪娇问道。

景雨行拍了拍手，远处立刻走过来一个中年人。这个中年人手长过膝，步履沉稳，洞穿力强，眼神看似黯淡无光，实则锐利深藏，俨然是一位高手。

中年人走过来解下身后一个包袱，景雨行从包袱里面取出了一本书。

书的封皮上写着"虎魔炼骨拳"。

"虎魔炼骨拳？"洪雪娇一看，眼睛发出了惊喜的光芒，"这是中州大禅寺的武学秘本！二十年前大禅寺被朝廷剿灭之后，无数的武学秘本散落四方，都是拳法绝学啊！"

"对，正是大禅寺的《虎魔炼骨拳》。"景雨行笑道。

"这是天下炼骨最为详细的一本典籍啊，一共两百零六个招式，锻炼周身两百零六块骨头。天下武学，只有这本书的炼骨最为详细。其余的炼骨武学，都没有两百零六个招式之多，可以炼到全身骨头。"洪雪娇激动地说。

这本书，万金难买。

"这是我和成亲王在典藏皇家图书的松鹤山房翻看到的秘本，悄悄地抄下来，不要让别人看到。"景雨行背起手接着道，"中州大禅寺，武学圣地，禅宗祖庭，可惜勾结叛逆谋反，被朝廷大军剿灭。听说那座寺庙壮观宏伟，高手如云，现在却烟消云散了。听说侯爷以前参加过围剿大禅寺的兵事。那次围剿，惨烈到了极点，朝廷多位大将战死，方仙道、正一道、太上道等道教的高手参与围剿死了不少。"

"嗯。"洪雪娇兴奋地翻着书，"这虎魔练骨的拳势能活动骨节，坚硬骨头，练骨如钢，是天下最上乘的炼骨拳势。"

旁边的那个中年人说话了："天下武学，多种多样，但都无外乎练肉、练筋、练皮膜、练骨、练脏、练髓、换血，一步步循序渐进，脱胎换骨，到达肉身成圣的武圣之境界。

雪娇小姐能开百斤牛筋弓连珠射箭，已经把筋肉皮膜都练到家了，接下来是练骨坚硬，洞穿力强，这《虎魔炼骨拳》正用得着。我听说武温侯是天下少有的大宗师之一，虽然弃武从文二十年，但功夫越来越深厚。真是令人敬仰。"

"云叔。"景雨行抬了抬手。

中年人立刻笑笑，退了下去，不再说话了。

"这人很不简单，理国公府邸什么时候有这样的高手了。"洪雪娇心中暗道。

"小姐……"婢女小宁匆匆忙忙走了过来。

"这是什么字？"洪雪娇看着小宁送来的诗词问。

"好字！草书奔蛇走虺。好诗，好一个此心兀自不由人，定住心猿能安神，锁住意马能立命。如果人的心能由自己，那是神仙中人了。诗有仙气，字更是精神，骨骼嶙峋，力透纸背。这是什么人写的？"景雨行眼神一亮，赞叹道。

"这是我的一个弟弟。可惜出身不怎么好，赵夫人不怎么待见他，去年考了秀才。"洪雪娇把诗词交给了景雨行，继续翻看《虎魔炼骨拳》。

"小宁，你从我私房钱里取出十个银饼子给洪易，他要准备科考了，他那点月例银子，不够花费。"

"小姐，你给他钱干什么？让赵夫人知道了，只怕不好吧。"小宁憋住嘴角，一脸不情愿。

"你悄悄去不就行了？"洪雪娇摆摆手。

"好吧。"小宁转身就要走。

"等等。"

"景公子，您有什么吩咐吗？"见景雨行说话，小宁立刻恭敬起来。

"云叔，你快马去我家，把我的松竹轩雪纸拿一百张过来，还有那方紫砚、纯狐毛笔、麝香墨都取来。"景雨行道。

"是。"叫云叔的中年人应声之后，几步拉开，奔到练武场之外，骑上一匹漆黑如龙的怒马，狂卷而去。

大约一顿饭的工夫，云叔就回来了，马背上是笔墨纸砚。

"把这些给他送去。对了，你那个弟弟叫什么名字？"景雨行扬扬手示意。

"他叫洪易。"洪雪娇看着景雨行，突然笑了，"传闻小国公礼贤下士，急公好义，今天总算是见识了。这几样文房四宝都是名贵东西，最少值数百两白银，相当于玉京城中等人家的家产了。"

"小事而已。"景雨行笑了笑。

小宁带着几个丫鬟拿着笔墨纸砚走进洪易的房间，放在桌子上道："洪易你好运气，今天小姐和小理国公在一起，小理国公欣赏你的诗才，特地命我送你笔墨纸砚，都是价值百金罕见的宝贝呢。另外，小姐叫我带十个银饼子给你。"

"嗯？送我笔墨纸砚？"洪易抬起头来，看着桌子上的东西，"回去告诉小理国公，无功不受禄。雪娇的十个银饼子你也拿回去，要给银子的话，最少一百个银饼子，我那句诗，一字十金还是值的。"

"哼！"小宁听了脸色微微发青，立刻把东西收拾好，转身就走，远走后隐隐约约传来一些话：

"真是不识抬举！"

"他还真把自己当少爷了。"

"又酸又臭的书生罢了。等他成年了，赵夫人迟早要收拾他的。"

洪易听见了，心中冷笑，长长吐了口气："侯府越来越待不下去了。算了，科考之前，不和这些小女人一般见识。还是去西山秋月寺住上一阵子，也好为母亲守坟。"

练武场上。

"无功不受禄？雪娇，你那个弟弟风骨倒是很硬朗啊。"景雨行见洪易没有收下东西，丝毫不在意，微微一笑，换了话题，"对了，等下了大雪，成亲王的世子，还有永春郡主我们这几个交往不错的人要到西山猎狐。听说西山最近闹狐，有一只白狐跑到皇宫的御花园把元妃娘娘吓了一跳。后来喊来大内高手捉狐狸，却什么都没找到，最后把玉京观方仙道的道士叫进宫，那白狐才再没有出现。"

"到西山猎狐？我当然要去了。"洪雪娇笑着。

# 第二章 大禅秘本

　　"松竹轩出的雪纸？这可是经过数十道工序制作出来的，一百张最少要二十两银子，相当于我半年的月例。紫石砚台也是上等品，石质细腻润滑，有一股温意，冬天磨墨不会结冰。麝香墨，是在上等的松烟里掺杂了金箔、麝香，捶打成的，书写起来，流畅无比，字体精神，带有提神的清香。笔也是好笔，纯狐毛。这一套文房四宝，最少要数百两银子。这小理国公景雨行出手还真大方。听说这人礼贤下士，急公好义，常救济穷困的读书人，在玉京城中名声很好。我看其志不小……"洪易背着一个包袱，徒步前往玉京城外西山，一边行路，一边想着昨天小理国公景雨行赠送的文房四宝。

　　洪易母亲的坟就在西山，孤零零的一座坟。以他母亲的身份，死后进不了洪家宗庙祠堂。

　　西山是玉京城外的一座大山，方圆近乎百里，虽然算不上雄伟，但也丛林茂密，地形复杂，山头极多，有流泉飞瀑，也有乱石山林。山中多狐獾豺狼野兽，每年冬天，都会有一些王公贵族进山猎游。

　　天擦黑的时候，洪易到了西山脚下，打扫完母亲的坟墓之后，上了香，才在山脚下不远处一座小小的寺庙里寄居了下来。

　　这座叫做秋月寺的寺庙是一座破败的佛寺，庙由一个普普通通的老和尚看守。洪易每年都会在这里住一段日子，一是给母亲守坟，二是图个清净。

　　给了老和尚几串香火钱，吃过一碗蘑菇素面之后，洪易便在偏殿安歇下来，点上灯，烧上炭火，准备夜读。

北风呼啸，吹得四面的墙壁咔嚓咔嚓作响。

寺庙偏殿的院子里面，蓬蒿满地，枯草被风卷起，一片凄凉。

"这座寺庙一年比一年破败了啊。大乾王朝不重佛寺，好修建道观，佛门自然萧索。"洪易看着这样凄凉破败的寺庙，心中感慨万分。

"母亲，如果您有在天之灵，保佑我一科得中，为您正名分。"

眼神盯着菜子油豆大的灯花，洪易默默祈祷着。

嘭！

灯花爆出了一个花儿。

呜呜呜——

远处的深山里，传来了几声凄厉的号叫，似狼似狐，夹杂在夜风里，又似夜枭。

深山、古寺、北风、狼狐叫，这一切，都是令人恐怖的场景。

但洪易没有恐惧，一是他自认为从来没有做过亏心事，二是他熟读狐鬼笔记，里面的读书人个个内心刚正，无所畏惧，鬼魅阴灵无法近身。

裹紧了衣服，洪易打开房门，走到了院子里面。

"咦？那是什么？"洪易发现大约几里外的山谷里，有数点拳头大小的绿火上下飘浮着，十分诡异。

"鬼火是从人体骸骨里散发出来的，乱坟岗经常见到，倒也不算什么灵异。"洪易笑了笑，自言自语。

突然，一声凄厉的叫声从远处的深山里传了出来，鬼火拢着一个黑影飞了起来，转眼上了天空，令人联想到老妖夜出，吸食人心。一般的人看到这样的场景，早已毛骨悚然。

洪易一听声音就知道这是山中的夜鸮。他竟来了几分诗性，朗声念道："百年老鸮成木魅，笑声碧火巢中起。"

"少年，你年纪不大，却是个雅人。笑声碧火巢中起……"突然，一个清脆甜润的声音从身后传了过来。

洪易这一惊可是非同小可，全身都冒出了冷汗，急忙转身，看见屋里灯下站立着一个身穿红色仕女装，亭亭玉立、婀娜多姿的少女，年龄在十八九岁上下，艳丽不可方物，有一种令人喘不过气来的美。

灯下美人，是一幅绝美的景象。

洪易没有欣赏美人的心思，心想深山古寺，突然无缘无故冒出一个女人来，不是鬼就是妖。

"你是鬼还是妖？"洪易捏了捏自己的手指，镇定住心神。

"哦，你怎么知道我不是鬼就是妖呢？"女子笑盈盈地看着洪易。

"很简单。第一，你的衣服单薄，深山寒冷，正常人根本不能忍受。第二，这方圆十里没有什么人家，你一个单身女子，怎么会深夜出现在古寺？"洪易说着，脚下突然感觉有点酸麻。

"不错，我是鬼。"女子突然变了颜色，语气冷冰冰的，脸上铁青，好像随时都要扑过来吃人一样。

"我没有做过亏心事，来古寺读书为母亲守坟，你来找我干什么？如果你是个风流女鬼，想找书生一夜缠绵，那我告诉你，你找错人了。我洪易自幼读书，虽然算不上正直聪明，但道理节操还是守得住的。你赶快走。"洪易弹了弹自己的手指头，瞪着眼睛狠狠地看了过去。

"我没有道士驱神御鬼的道法，不会武功，碰到了鬼，只能凭借自己气盛……不能示弱，一示弱，她就得逞了。神念要刚正坚定。"

洪易暗自打气，坚定信念。

对付妖鬼，洪易坚信首先要气盛。

"嘻嘻。少年，你真有趣。"突然，女子笑了起来，招了招手，"我刚才只不过是跟你开个玩笑。我不是鬼，鬼在灯下是没有影子的。你进来。你感觉得到我身上的气血吗？如果有气血，那就不是鬼，而是道家中的阳神天仙。"

"哦？"洪易听了，望了望灯下，果然有这个女子的影子。

迟疑了一下，洪易还是迈步走进了屋子里面。

他能够感觉到女子说话时带着香气的吐息。"嗯，你不是妖鬼一类。妖鬼都是无形的神念所化，就算功力深厚，能显化出来，也不过是冷冰冰的一团，不会有血肉之躯的感觉。你不是妖鬼，也不是普通人，肯定是隐居深山的剑仙侠客一流了？"洪易用手指点了点自己的眉心。

"哦？你好像对妖鬼之类的很了解。读书人不说怪力乱神，你不是一个普通的读书人。"女子看着洪易，眼睛里有一丝疑惑。

"那些都是读死书的人。我辈读书人，存大义，明六合，知妖鬼，达神明。这才是格物。"确认对方不是妖鬼一类，洪易心思镇定，转而灵活了起来。

"嘻嘻，我今天来西山看亲戚，想不到遇到了你这样一个有趣的少年。"红衣女子自言自语，"读书人，嗯，不错不错。正好，我那些亲戚的小孩子要读书，想雇你当老师给他们讲课，不知道你去不去，酬金一月十两赤金。"

"一月十两赤金？"洪易大吃一惊。大乾王朝金和银是一兑十五，十两赤金就是一百五十两银子，算得上是巨额了。

洪易在侯府一个月四两银子的月例，一两银子能兑换铜钱一千文，而一文铜钱可以买一个大烧饼。一两银子足够一家三口的小户人家生活一个月。

"你不相信吗？我可以预付定金。"女子笑了笑，手晃了晃，在桌上一抹。

叮咚叮咚，一排闪闪发光的小金饼子摆在桌子上。

洪易一眼就看出来这是大乾王朝制造的金钱，和小饼子一样，民间又叫做"金饼"，官方叫做"金币"，一两一枚。

"这金的成色，不是一般的金子。只有皇宫里面才有这样的钱币。"洪易心中一愣，原来这金币的颜色是赤色的。

七成金是青色，八成金是黄色，九成金是紫色，而十成金才是赤色。

常言道"金无足赤，人无完人"，意思就是说，十足赤色的金子世界上极其罕见，只有炼丹的道士能烧出来。这种赤色的金子，又叫做"药金"，是道士练金丹的一味药材。

这种用赤金印成的钱币，只有皇宫才有，是皇帝、皇后赏给文武大臣或后宫嫔妃的。

这个女人看似神秘，心思却不够细腻，轻易暴露了自己的身份。她是皇宫里面的人？可看着又不像宫女。深夜来西山干什么？洪易心中的疑惑一闪过，道："君子爱财，取之有道。你居然一月十两金子请教书先生，可见学生也不是那么好教的。你把钱收起来，我还是找个时间去看看吧。"

虽然很想要这笔钱，但今天的事情太怪了，洪易小心提醒自己："不贪女色，不贪钱财，什么妖鬼都奈何不了我。"

"肯定不好教。走吧，现在找个教书先生可真难啊，难得碰到你这样明白的读书人。虽然年龄小了一点，不过不怕鬼，不怕妖，倒是难得，就你了。"女子说着往院子里走。

"现在就走？"洪易愣了一下。

"当然。"女子又是嘻嘻一笑，"离这里大约还有六十里，以你的脚力天亮都走不到，还是我带着你吧。"

"男女授受不亲，再说这么晚了，你明天白天再过来吧。"洪易竭力推辞，晚上深山古庙的，突然跟一个神秘的女人出去，肯定是祸非福。但出于读书人的礼节，跟着女子来到院里。

"天亮我就要回去了，什么男女授受不亲，又没有人看见。"女子抬头看了看天色，眉宇间一丝不容解释的威严，突然抓住洪易的手臂，整个人一跃，直接到了寺庙院子外。

这一跃，好像缩地成寸一样，一步就是普通人二十步的距离，洪易感觉腾云驾雾一般。

"缩地术？"洪易问。

"什么缩地术？这只不过是纵猿提身的步法而已。"

耳边传来呼呼的风声，女子的声音，洪易只看到一株株大树远去，而自己好像是一只放飞的风筝，耳朵、嘴巴里面全部都是风，眼睛都睁不开。

"这个女人跑得比马还快。"洪易索性闭上眼睛。

大约两三炷香的时间，洪易感觉到骤然一停，睁开眼睛一看，眼前是一片漆黑的山谷，山谷中央，隐约有火光。

"那是什么！"

洪易看到了令自己永生难忘的一幕。

山谷中间燃烧着一堆大大的篝火，篝火的旁边围坐着几十只雪白皮毛的狐狸。

这些狐狸，半蹲半坐，像人一样一个个捧着书本，发出稀奇古怪的声音，似私塾里的小孩子在诵读。

一群狐狸，像人一样读书。

洪易第一反应就是"真遇到妖怪了！"

他虽然看过李严的《草堂笔记》，里面多是狐狸鬼怪、多情狐女才子的故事，心中也幻想着有一天能遇到，但是今天真的遇到了，心里却陡然涌起一股彻骨的寒意来。

"我这不是叶公好龙吗？这些狐狸真的如《草堂笔记》中记载的一样，没有什么可怕的吗？不会是这群狐狸要读书，请我来做教书先生吧？狐狸也要学人一样读书，真是天方夜谭……"想起平时读过的狐怪笔记小说，洪易镇定了少许。

"唧唧，唧唧……"就在这时，那群围绕篝火读书的狐狸看到了他，有三只幼小的狐狸叫了一声，丢下书，舒展四肢，一溜烟地窜过来围绕着红衣女子上下跳跃，一副欢呼雀跃的模样。显然和这个红衣女子很熟悉。

"小桑，小菲，小殊，不要闹了，今天有客人来，不要失礼数。你们怎么还用手爬，还改不了禽兽习气，让客人笑话。"一个声音从篝火旁传来。

这个声音生硬，腔调很怪，就好像是喉咙里面卡了鱼刺，但吐字还算清晰。

洪易又吃了一惊——他看到一只老狐狸像人一样站立着，后肢着地，前肢做拱手状，歪歪斜斜地走过来，好似一个村野老学究。

"涂老，小桑她们还不懂事，小先生是个妙人，应该不会怪她们失礼的。"红衣女子笑了笑，转过身来看着洪易，"她们就是你的学生，你觉得如何？"

洪易看着这群毛绒绒，好像雪球在地上滚来滚去的小白狐，一想到要教她们读书识字，顿觉荒谬绝伦。

"你是人还是妖？"洪易再次看着红衣女子问道。

"你别管这么多。我是你的雇主，雇你做先生，每月赤金十两。"红衣女子神秘地一笑。

"先生今天光临幽谷，真是令幽谷蓬荜生辉。先生是读书人，当知禽兽也有好道明理之心。昔日有猛虎雄狮听圣贤讲经，元妃今天请先生来，没有丝毫恶意。我们纯狐一族不是智慧未开的野兽，我们明道理，懂世情。读书人格物明理，当知上古之时，人兽并无分别，都是茹毛饮血，遍体生毛，上古之民，和猿猴无异，后来才渐渐直立行走，吃熟食，创立文字，成了人类。我们纯狐久居深山，相当于上古的化外之民。先生这般惊讶，看来是我们唐突了。"

"咦?"洪易睁大了眼睛看着这只老狐狸吐词文雅，谈吐皆为事实，讲道理，比读书人还读书人，真是一只雅狐。

"你怎么会说人话?"洪易问道。

"人有人话，兽有兽语。八哥、鹦鹉能说人话，人能学会鸟语，狐狸为什么不能学人说话呢?狐狸学人话，就如我大乾王朝之民学习番外云蒙语、火罗语、元突语一般，都只是学他族的语言发音，有什么值得奇怪的?"名叫涂老的老狐说话一板一眼。

"只要能说得通道理，倒也不可怕。什么我大乾王朝子民?这狐狸真把自己当成了大乾王朝管辖下的百姓。不过，他谈吐文雅，道理分明，值得尊敬。"洪易想了想，心情平静了下来。

"老先生真是雅量之士。"洪易也拱了拱手，还了一个读书人的礼节。

"哈哈哈哈。"听见洪易说自己是雅量之士，老狐狸高兴得胡子一翘一翘，兴奋得忘了形骸。

"姑娘叫做元妃?"洪易转身看着红衣女子，也施了一礼，"元妃姑娘肯定也是道行高深的狐仙，能幻化人形。"

"不敢，不敢。"元妃笑盈盈地道，"幻化只不过虚像，只是个以神念迷惑普通人的神魂而已，如鬼打墙一流，只能迷惑敬畏鬼神的愚民而已，像小先生这样明白的读书人，却不受幻化迷惑。我不是狐，是人。"

"嗯，明理，心思就清明，不会被鬼神妖魔影响神念。心思稳定，妖魔就不能作祟。"洪易点了点头。

"小先生，你答应不答应做她们的老师呢?"元妃问道。

"让禽兽明白道理是圣贤才做的事情。我尚没有资格，但还是勉力一试吧。"洪易点点头。

"这样就好。不过，我还得考考你。一个月十两赤金，都可以开一个学馆了，我不能白出钱。"元妃盯着洪易。

一瞬间，洪易感觉到元妃身上有一种颐指气使的味道。

"元妃姑娘要考什么？诗词歌赋，经义文章，还是策论？如果是弓马武艺，那我就做不来了。"洪易正色道。

"当然不会考你弓马武艺。我就问你一个问题。"元妃不假思索地问，"天下什么东西最大？"

元妃脱口而出，显然这个问题困惑她很久了。

"天下什么东西最大？"洪易思考着，"当然是道理最大。"

"道理最大？"元妃脸上显露出了一丝喜色，"好一个道理最大！幸亏我今天路过秋月寺停了一下才听见小先生做诗，先生可真是解了我一个天大的疑惑。"

"先生还会做诗？"涂老惊讶了起来，一双碧绿的狐眼惊喜无比，好像是看到了宝贝一般。

"偶尔会做一两句而已。"洪易谦虚道，一阵冷风吹过，突然觉得有点冷。

"先生坐到篝火旁边来吧。"涂老看洪易身子略微单薄，幽谷夜风很凉，立刻邀请洪易到火边。

篝火旁边有许多精致的小木头凳子，一群狐狸学人坐着读书。

洪易就着火光，看见这些狐狸手中的书不是什么修炼典籍，而是很通俗的《千字文》、《百家姓》、《三字经》等儿童启蒙书。

"我读过不少笔记，里面的狐都神通广大，精通修炼之道，变化无穷。不知道涂老有没有这些神通？"洪易觉得这群狐狸和笔记里写的狐怪大有区别，于是忍不住问。

"能幻化的狐，万只里面难有一只，都是惊才绝艳之辈。我们狐族生下来跟一般的禽兽没有什么不同，浑浑噩噩的，只有一少部分的狐能通人性，跟人学习用火、吃熟食，而这一少部分中的很少一部分，才能学会读书，明道理。明道理之后，在机缘巧合之下，学习修炼之道，最后修炼得阴神强大如道家的鬼仙，才能幻化。我们的修炼，完全是学习人类有道之士的修炼之法。人乃天之骄子，智慧无穷无尽，身体奥秘无穷。我曾在中州大禅寺附近居住了一段时间，看里面的和尚日夜修炼念经，倒是知道了一点点修炼的道理。狐要通人性，明道理，而后修炼，需要经过种种机缘巧合。这些小狐现在只有最基本的灵性，所以才请先生来教导她们读书识字。懂了道理，才能修炼。"涂老侃侃而谈，条理分明。

"不知道修炼之道又怎么样？怎么修炼？"洪易问道。

"大乾王朝好道，城外玉京观就是有名的方仙道派。道家的'练神定神，阴神出壳'倒也流传得很广，深奥幽玄之处远远胜过我们的皮毛枝叶。小先生是读书人，为什么要退而求其次，不找道观有道之士问修炼，而问我们狐狸呢？"涂老奇怪道。

"哦？读书人不语怪力乱神，对于这些，我倒是了解很少。今天有机会所以，问一问。"洪易知道城外的玉京观是最大的道观，里面道士众多，且攀附权贵，有的还在皇宫里面烧丹。但这些人都被读书人所不齿的，认为他们以神鬼之事愚弄百姓。

更为重要的是，洪易的父亲武温侯自恃是理学大家，厌恶佛道之事。有一次，朝廷和云蒙帝国发生战事，皇帝召来道士询问吉凶，武温侯极力规劝，并且当廷训斥道士，"装神弄鬼之流，也想左右社稷把持神器，简直是荒谬。"

在这样的环境之下洪易根本无法接触道士，更何况一般的道士为了炼丹烧汞攀附权贵，洪易一个不入流的庶子根本入不了他们的眼。

"修炼的方法多种多样，但目的无非就是超脱生死。其超脱生死的方法分为两种。一是以炼神魂为主，称之为仙术。二是炼肉身，称之为武术。仙术的修炼，其实就是修自身神念，方法多样，但无非就是十大境界——定神、出壳、夜游、日游、驱物、显形、附体、夺舍、雷劫、阳神。至于武术的境界，我不知道，元妃本身是拳法大家，能为先生解释一二。"涂老道。

"定而后能静，静而后能安。这是读书人的道理，既然是修炼神魂的仙术，第一步定神倒是很必要的。读书做文章，第一步要静心收念，才能全神贯注。若是神念散乱，心猿意马，那什么事情都做不好了。"洪易听着新鲜的东西，结合读书人的道理，暗暗揣摩。

"关于修炼的事情，繁多得如天上的星星一般，一时半会儿也说不清楚。老朽蜗居里倒是有不少修炼的书籍，都是老朽当年在大禅寺破灭时带出来的，先生可以翻看一二。我还有很多看不懂的地方，需要先生来解释一二呢。"

"嗯？涂老还有藏书？"洪易一愣，四周看了看，发现幽谷的南面有一个石洞，石洞里面灯火摇曳。

"当然有，盛世重典藏，现在我大乾王朝是前所未有的盛世，一般大户人家都有百册千册的藏书，我们当然要学一学。其实，这次请先生来，一半是教教这些小孩子，另外一半是想请先生为我们整理整理书，分一下经史子集的类别，等这些小孩子成年后，好方便阅读，不然乱七八糟的，真是头疼。"涂老一副头疼的样子。

"天色不早了，我要回去了。涂老今天和小先生聊聊吧。小先生应该是一个可以值得信赖的读书人，涂老可以让他帮忙整理藏书的。"元妃抬起头来，看了看天色，站起身来，一个纵身，人就到了三十步开外，几个纵身，就消失在了山林里。

"真乃剑仙侠女也。"洪易看着元妃的身形动作，对她的身份越来越好奇。

"先生还是参观一下我的藏书吧。"涂老似是想找人炫耀自己的藏书，谈了两三句话之后，立刻请洪易到石洞里。

山谷南面的一个石洞，是狐狸们居住的地方，石洞又大又宽广，足足有五六百步方圆，高有五六人高，走进去之后，好像一座殿堂，一点都不觉得拘束。

石洞的石壁上凿有许多小孔，小孔上点燃着一只只油灯。这油不知道是什么油，带着一股清香，却没有烟。光线很亮，火光一点都不摇晃。

石洞四面全部都是木质的书架，书架上码着一册册书籍，各种各样的，有大本的，有小本的，有手抄本，有石印本，有木刻本，纸质也各种各样，有竹纸、檀纸、绸书、羊皮卷，甚至还有丹书铁卷。

四面墙壁、数十个大书架之外，四面的墙角下，还堆放着无数纸质已经发黄的书。

这一满石室的书，保守估计，有十万册之多。

这么多的书，以藏书著称的武温侯府琅嬛书屋也比不过它。母亲还在的时候，洪易去过武温侯府的琅嬛书屋，当时就惊讶里面书籍之多，可惜母亲去世后，他再也没去过。

洪易平时读书，攒下银子能买一点，但大多还是靠四处借来了抄。

书铺里没有刻印的好书，借也借不到。现在乍一下看到这么多的书，他脸上顿时显露出了好像走入宝库的神情，都忘了问一窝狐狸为什么会有这么多的藏书。

"《大藏经》、《华严经》、《往生经》，怎么大部分都是佛经？"洪易走到一个大书架面前，抽出一本书翻开来，是一本佛教经文，木刻印刷，背后有久远的印章，印章是"大禅寺"。

又翻了几本书，书背上都印着"大禅寺"的印章。

"这是大禅寺的书。"洪易道，"而且这些书，经史子集、经文等等都放在一起，根本没有个分类，只怕读的时候不好找。"

"这个老朽其实懂得不多，对于书籍分类，也甚不了解。"涂老的皮毛上微微见红，有点不好意思。

洪易这话说得还算留了情面，一般书香门第大户人家的藏书，都分类仔细，井井有条。而这座石室里面的书，却乱七八糟的，就好像是一个大暴发户想把自己家装饰成书香门第，就花钱买上许多书胡乱摆放。

"这些书，就是当年中州大禅寺被剿破寺之时，我们从寺庙里面带出来的。"涂老感叹道，"偌大一座大禅寺，僧侣上万，每年秋天到乡下催租子的和尚就有上千人。一层一层的大殿，跑马点香，长明灯日夜不息，整日整夜的灯火通明。可惜被大军攻破，辉煌的庙宇被付之一炬，财宝被收刮一空。唉，成败兴亡，实在是梦幻一般。"

"跑马点香……原来涂老你们是从中州大禅寺迁移到玉京城西山来的。"洪易总算明白了这些狐狸的来历。

中州大禅寺，地处大乾王朝的中部，是一座千年古刹，鼎盛到了极点，许多书籍里面都记载了这座寺庙的恢宏。据说，这座寺庙有无数大殿，每天早上给佛祖菩萨上香的小和尚要骑马才能跑得过来，所以才有跑马点香一说。

同时，这座寺庙也是武学圣地，修行圣地，更是财富的圣地。

佛寺不用缴税，田产又多，香火更是鼎盛，千年积累富可敌国。

只可惜二十年前大禅寺因谋反，被大军清缴，千年古刹付之一炬。

据说从这座寺庙里掠夺了千年积累的财富后，大乾王朝的财政空前稳固。

"这群狐狸肯定是大禅寺附近居住的狐族。和尚不杀生，做邻居很安全，又能学到不少东西。狐狸毕竟是狐狸，虽然有灵性，懂道理，知道修炼，却不如人类。"洪易心中对狐族有了清晰的了解。

"不知道先生能不能为我整理分类？这个藏书室，是我纯狐族的宝贝，等小狐狸们能看懂文字之后，就能进来读书了，我们也算是书香门第。我狐族凭这一屋子的书，至少不会一辈子浑浑噩噩，做只会茹毛饮血的禽兽。"

## 第三章 神魂出壳

"原来这群狐狸请我，教书还是次要的，最重要的是给书分类，方便以后阅读。想不到这次来西山为母亲守坟读书求个清净，却碰到了这样的事情。那个叫元妃的女子，居然拿出皇宫里的赤金钱币，她和狐狸到底是什么关系？这事情扑朔迷离，也不知道是福是祸。"洪易虽然读了很多狐怪笔记，里面大多是多情狐女、才子佳人，这次和狐族相识，他从元妃那些皇宫才有的赤金钱币发现他们并不仅仅是读书、修炼那么简单。

给藏书分类是一件麻烦的事情。

很多富贵人家藏书数千册，都要请资深的读书人分好类别。

涂老的藏书，实在是令原本只能靠借书、抄书满足阅读的洪易兴奋不已。

"先生好好休息，这些天若是没有事情，可以居住在幽谷里，一切茶水、饭食都由老朽招待。"涂老看见洪易一本又一本地翻看书，满意地点了点头。

"那我今天晚上就开始给书籍做分类整理。"洪易道。

"那好，小桑，小菲，小殊，去给先生做夜宵茶点。"

"唧唧，唧唧。"几声狐狸的欢快叫声从外面传了过来。

"老朽要去静坐养神，先生若要什么直接吩咐一声，外面的孩子们虽然还不会说话，但能听懂你的话。"涂老叮嘱一句之后，摇摇晃晃地走了出去。

洪易此时注意力都放在满石室的书上，涂老一走，他立刻满屋子转，搜寻自己感兴趣的书。

"这石室里面的书还真齐全啊，尤其是关于武术拳法的书和修炼的道书。"大约半个时辰之后，洪易转遍整个石室，发现里面的藏书真是浩如烟海。

洪易猛然看见正中央的书架的显眼位置摆放着两部大书，一部是《武经》，一部是《道经》："咦？居然还有《武经》、《道经》这两部大书。这两部大书我心仪已久，早就想阅读，可是一直无法借到。"洪易如获至宝般扑了上去。

两部书各自有厚厚几十册，都是大乾王朝开国之时编著的。

《武经》是搜罗天下武学经典编著的一部书。

《道经》则是收集天下道书大作编著的一部修炼之书。

洪易在许多读书人的笔记里读到过关于这两部书的详细描述：大乾王朝收集天下图书，把皇家的文库都堆满了。同时编书的人成千上万，其中有各大武学名家、道教太上道、正一道、方仙道以及佛教的一些首脑人物。

可惜，这两本编著完成后没过几年，大乾王朝就禁止再刻印，而且把已经刊印的书从民间收集起来，焚烧一空，凡是藏书的，一旦发现必受重罚。

尔后，大乾王朝又打着"正人心，弃邪说"的旗号，多次征集民间庙宇的图书，大修典籍。但再不修《武经》、《道经》之类的书，全部都是仁义礼法、大义忠诚之类的经义。

大乾王朝严禁民间私练拳棒，严格控制天下庙宇道观。自二十年前大军剿灭大禅寺之后，大乾王朝对民间武力的控制到达了一个鼎盛的时期。

大乾王朝虽然禁止私练拳棒，却鼓励王宫贵族、宗室练武骑射，还在军队里开办了讲武堂。讲武堂对武学有严格的等级划分，比科举考试还要严密，是练武人晋升的一种途径。洪易在一些读书笔记里略微读到一些，但关于军队讲武堂的具体事情，他却不清楚。

"以士大夫压制武官，却暗中培养武官保存国家武力；征集天下图书修订典籍，把武力控制在自己的手中。禁止民间武力，发展官方武力，这样的手段，真是翻云覆雨。"洪易看着两部书，心中感慨万千。

这两部书不容易弄到的，大乾王朝有法律，传抄、刻印《武经》、《道经》者，轻则充军、流放，重则掉脑袋。

洪易如果收藏了这两本书，被侯府赵夫人抓到把柄就麻烦了。

"读书人不可手无缚鸡之力。《武经》我得好好读一读，学一两门修身的拳法。"洪易怀着这样的心思翻开了《武经》。

《武经》开篇就讲：武学最终乃坚固肉身，超脱生死，绝非杀戮逞强。世间如苦海，肉身如渡海之筏。若肉身强韧，则能载人直达苦海彼岸。

"嗯？武学是超脱生死，那仙术是干什么的？"洪易心中想道，又翻开了《道经》。

《道经》开篇又讲：世间如苦海，肉身如渡海之筏。然苦海无边，筏终腐朽，唯有神魂坚固，则可舍弃舟筏，以自身之力，游至苦海彼岸。

"原来是这样，两种不同的修炼道理，却各有道理。"

洪易是读书人，自然理解书中文字之意的细微差别。

读了《武经》和《道经》的开头，他对武术、仙术两种修炼之法，有了一个清晰的认识。

两者的最终目的都是为了超脱生死。

世间是一片汪洋大海。人活在世间，肉体就好像是渡海的船只，而神魂神念就是船只里面的人。

武术讲究修炼肉身。肉身坚固，可以载人安全渡过苦海。而仙术则讲究苦海无边。船只肉身终将腐朽，不如直接修炼神魂，就好比让人精通水性，就算船只毁灭了，人也不会淹死。

洪易再将两者做比较，发现武术的修炼，分为练肉、练筋、练膜、练骨、练脏、练髓、换血，七大层次。

在《武经》里面，对这七大层次做了详细的描述。

练肉：为武术基础，运动周身将全身之肉练得结实饱满，反应灵敏，能敌二三人围攻。大乾王朝军队里面的讲武堂又把这样的境界称呼为"武生"。

练筋：全身筋伸缩强劲，爆发力量凶猛，身体敏捷，能敌六七人，这样的人在军队里面叫"武徒"。

练膜：全身皮膜结实，抗打击，一发力，人皮如牛皮一般坚韧，一人可以战胜十多人，称为"武士"。

练骨：全身骨骼坚硬，洞穿力强大，肉身更为敏捷，抗击打力更强，能敌数十人。这样的人称为"武师"。

练脏：通过呼吸吐纳使内脏强大，呼吸连绵深远，体力悠长，几乎能力敌百人。行走疾如奔马，跳跃灵动如飞鸟，称为"先天武师"。

练髓：拳法武术的修炼已经深入骨髓。这样的人，称为"大宗师"。

换血：骨髓强大之后，经过修炼全身血液焕然一新，所谓练髓如霜，练血汞浆，脱胎换骨，伐毛洗髓。这样的人，能敌数百人，为武中圣者，称为"武圣"。

"武生、武徒、武士、武师、先天武师，大宗师、武圣，好详细的划分！不知道是不是和科举的划分一样，生员、秀才、举人、进士？大乾王朝以武立国，下了如此之大的功夫，是读书人不知道的。《武经》里说的十人敌、百人敌，都不是指普通百姓，而是指训练过的士兵。连几人敌都估计出来，看来是在军队里面严格演习过。不过，就算是武中圣者，依旧不能超脱生死。"洪易看得意犹未尽，同时心里产生了一种莫名的恐惧——大乾王朝对一个人武力的控制达到如此精确而产生的恐惧。这样强大的武力控制系统，是比科举考试还要严密的晋升途径。

"嗯？"洪易读着读着，突然发现《武经》正文字体的夹行里还有注解，显然是读书的人自己加上去的：

练武不明窍，终究不能肉身成圣，也不能洞悉肉身之奥妙，人之一身穴窍，如上天繁星，天地众神居住其中，若有人能明窍修炼至与上天星辰呼应，则举手投足，威力无穷，擒龙掷象，如道家阳神之融神超脱，达致人仙之境。印月禅师于大乾朝立国三十年中秋注。

显然，这一段文字是大禅寺的一个叫印月禅师的和尚注解的。

这一段文字的意思并不深奥——人的肉身，除了肉、筋、膜、骨、内脏、髓、血之外，还有许许多多的穴窍，如天上之繁星，众神居住在其中，修炼这些穴窍之后，就能举手投足，有无穷的威力，肉身真仙，是为人仙。

"人仙？武学的最高境界是人仙？"

洪易看着这一段注解，心中想着："我父亲武温侯年轻的时候就能开九石强攻连射，不知道是个什么的境界？"

"看来，我必须要练武了。我大乾朝虽然是文官把持朝政，但是要真正封爵位，还得靠战功。我要是学了武艺，考中进士，再去军队里面，那地位就高了，若是立下战功，封个爵位，那我母亲的名分，不但是夫人，而是封君……地位就远远高过赵夫人了……"洪易又想起了练武。

他请不起武术教师，也没有钱买弓马练习骑射，幸亏现在的科举考试已经取消了骑射，要不然的话，他尽其一生也没有出头的机会。

"封君"的地位比"夫人"的地位高很多，是朝廷赐予豪门世家的最高封号。武温侯府里，只有死去的洪老太君，洪玄机的母亲是"慈安君"。洪易暗下决心，一定要为自己母亲争最高的名分！

武学修炼，不是一朝一夕的事情，不能急于一时。洪易决定先看看仙术神魂的修炼。

洪易又翻开了《道经》。

果然和那个涂老说的一样，《道经》里面的修炼分为十大层次，为定神、出壳、夜游、日游、驱物、显形、附体、夺舍、雷劫、阳神。

相比《武经》，《道经》通篇都是玄之又玄的大道理，而且大半都是讲道德、戒律。告诫修道之士，如何心无杂念，不能生出歹心来，还要遵守各种戒律，如忠君，爱国，不乱传法，不显露仙术，不为非作歹，还有许多因果报应之类的东西。

洪易对这些都略过不看，因为他知道古老的道家仙术都没有这些东西。这些戒律、道德之类的，都是道派为了依附皇权掺杂了读书人的道理。

读书人的道理，洪易都读得滚瓜烂熟了，不用去复习，他现在要看的，是古老道家仙术修炼的精义。在他看来，这些道德、戒律似是而非，和正统的经义有差别，读了也没有什么效果，毕竟是掺杂的四不像。

书读得多了，自然就会去掉粗枝大叶的部分，所以洪易看书看得很快。

"咦，宝塔观想出壳法？沐浴，念经文，咒语，手势？用这些方法，就能够定住心神，然后神魂出壳？"就在洪易一目十行地看的时候，突然，一篇占了很长篇幅的修炼方法映入了他的眼帘。

文中记载的修行之法很复杂，名为《宝塔观想出壳法》。

神魂出壳的方法：首先是要沐浴，整洁身体，然后静坐，念咒语，捏手诀，等待自己的心彻底静下来之后，再观想有七层高的宝塔，而自己一步步蹬上去，在最高层突然一跃而上，神魂就出壳了。

上面的咒语很繁复，手势也很复杂，一看就头晕脑涨，可以想象得出，要经过很长时间才能修炼成。这些手诀、咒语里有一些戒律，很难熟记修炼。

"嗯？"洪易突然记起了《草堂笔记》里的一段议论：

大道至简，那些道士偏偏要搞出繁杂的手诀、咒语来。其实沐浴，念咒，手诀，都是一种使心静下来的方法，读书人一坐下来，自然就心静如水，根本不要那些东西。

洪易明悟，嘴角露出一丝笑意。

石室旁边有桌子，桌子上面有笔墨纸砚。

洪易坐在桌前的凳子上，注水磨墨，听着磨墨声，心情逐渐安定下来。

安定下来之后，洪易铺开纸张，在纸上一连写了三个"静"字。

在写字时，神态一片安宁。

虽然洪易做不到像大学问家一样一坐下来就能心静如水的境界，但是他可以通过磨墨、写字一系列的动作，让心情安静下来。

安定下来后，洪易闭上眼睛，观想自己头顶上有七层宝塔，蹬到最顶层的时候，突然奋力一跃。

"咦？并没有神魂出壳，还好端端的！"

洪易想象一跃之后，睁开眼睛，发现没有任何的异常，自己还是自己，捏了捏自己的手，依旧有感觉。

"怎么神魂出不了壳？难道还有什么关键的地方没做到？莫非是……"

洪易再次静下心，定下神，试了一次，还是不行。

他陷入了沉思。

"蹬上宝塔，一跃而出……关键地方应该在这里……"洪易参悟着这段练功的方法。

"有了……"洪易心中突然明悟一闪。

他闭上眼睛，想起了自己小时候有一次跟随母亲登玉京城第一塔宝月塔时的情景。

宝月塔一共有十三层，一层一层上去，几乎可以俯瞰玉京城。当时母亲牵着他的手，登上塔顶，风吹来，看着下面行人只有拳头大，他一阵头晕目眩，双腿发软。

"就是这种感觉！"洪易心中道，"一跃而出，一跃而出……"

虽然是假象，但是洪易回忆小时候的情况，仍旧不寒而颤，他突然把心一横，猛地向上一跃，整个人跃下塔顶。

轰！

天地再非天地——就这神念的一跃，在假象中跳下悬崖，洪易陡然感觉到自己的身体一轻，好像轻轻飘飘浮起来一样。眼前的景物还是原来景物，四面都是书，四面还是是石壁。

但是，唯一不同的是——洪易看到了自己。

准确地说，他没有一点重量地浮在自己头顶，看到了自己的身体。

自己的身体呼吸微弱，两眼紧闭，好像是睡着了，又好像是晕死过去一样。

"我的魂离体了！"一个神念在洪易的心中升腾起来。

洪易倒也不慌张，神念一转：传闻身体虚弱的人，晚上在睡梦时能神魂离体，倒也没有什么大不了的。

看了看四周，景物如常。他翻了翻书，发现自己的魂根本翻不动书。很显然，神魂就是无形无质的神念。

再一看，灯下也没有影子。

无形无质。

"到底是做梦，还是神魂出壳了？"

洪易怀疑。

但是，睡梦中人是来不及体会的，自己可以体会到神魂跳出体外的感觉。

这种感觉，非常玄妙，令人不敢相信。

呼呼——

突然，一阵风从石室外面吹进来，冷得很。

风吹到身上，洪易感觉自己赤身裸体地站在冰天雪地里，冷得发抖，随时都要冻毙。

同时，他又好像是不会游泳的溺水者，随时都要灭顶。

无助，无力。感觉非常难受和恐怖。

"难怪，经书里面说肉身是渡过苦海的宝筏，原来神魂离了肉身，就好像是离船掉进大海的人，如此的恐怖！"此时，洪易脑中一个神念，急切地想回到自己的身体里。

但是，根本动不了，就好像是冻僵了，溺水被卷进了漩涡，筋疲力尽。他神志渐渐模糊起来。

"神魂出壳原来这样的危险……"洪易感觉自己要魂飞魄散了。

"你的魂怎么跑出来啦？"

就在洪易感觉自己的神魂回归不了身体里，即将魂飞魄散的时候，突然看见一个浑身素白的小女孩跑了进来，一把抱住他，推向了他的身体。

随后，洪易只感觉浑身一轻松，猛地坐了起来，眼前却没有身穿白衣的小女孩，而是一只小白狐，石头桌子上放着一个果盆，果盆里几样小吃，一杯热气腾腾的茶。

小白狐狸的眼睛望着他，一眨一眨。

"刚才是你救了我？"洪易问小白狐。

"唧唧，唧唧。"小白狐点点头。

洪易刚才危险到极点，多亏这个小白狐的魂推了他一把。那个浑身素白的小女孩就是小白狐出壳的魂。

"难怪世间如苦海，肉身是渡世的宝筏。人的神魂脱体，就等于是赤身裸体跳进海里，一下就完了。"洪易领教了神魂出壳的危险。

"唧唧，唧唧，唧唧……"小白狐狸欢快地围绕着洪易转圈，同时用爪子指着茶点小吃。

"这是什么？"

洪易发现盘子里面的干果很奇怪，是一种比豆子大的果实，果实外面包了一层红色的外膜。而另外一种是大块果实，被烤得焦煳，拨开外壳，里面金黄，散发出香甜的味道，令人食欲大增。

洪易从来没有看过这样的东西。

小白狐狸唧唧叫，好像是回答洪易的问题，但是言语不通，看得洪易莫名其妙。

小白狐狸叫了一会儿，知道解释不通，吧嗒吧嗒跑了出去，叼了一炷长长的香进来，点上火插在地上。不一会儿，洪易周围便香烟缭绕。

"唧唧，唧唧。"小白狐狸用前爪点了点的自己头，在地上蹲坐着，又指了指洪易，要他跟着做。

"你的意思是再要我神魂出壳？可是……"洪易有点犹豫。

"唧唧，唧唧。"小白狐狸又用爪子指了指地上燃烧的香火，意思是说有香火不怕。

"好吧。"洪易坐好，闭上眼睛，施展宝塔观想法，突然一跳。

轰！

他又神魂出壳，看见了自己的身体。

"你以前修炼过吗？怎么这么快就可以神魂出壳？"

洪易听到了一个声音，看到小白狐狸头顶上虚站着一个十二三岁的小女孩。全身素白，衣袂飘飘，眉目如工笔刻画，精致里透出灵性。

"我叫洪易，你叫什么名字？"洪易看见四周缭绕的香烟，只觉得好像泡在温泉里，完全没有第一次神魂出壳的寒冷。

"我们纯狐都姓涂山，我叫涂山桑，你叫我小桑吧。原来你叫洪易，那我以后就叫你小易哥哥好了。"小桑天真浪漫，"我的身体还没有学会说人话，只能和你神魂交流。这是檀香，能保护神魂，风就不能把魂儿吹散。"

"难怪神都喜欢香火……"洪易笑道，"小易哥哥……你刚才叫我小易哥哥？"

洪易眼神里闪烁出惊喜，从来没有人这么亲切地称呼他，小桑虽然是只狐狸，但神魂出壳，和人没有什么两样，是一个可爱的小女孩。

"你还没有告诉我你为什么能这么快就神魂出壳呢？你刚才修炼的是宝塔观想法吗？我修炼这门方法足足修炼了一个月，才做到神魂出壳的呢。"小桑摆弄着自己的头说。

"这门方法没什么奇怪的，就是取一个登高后跳跃的神念，登山跳悬崖的人，跳下去的时候，还没有到地面就已经死了——魂已经出体了。修炼这种观想法，假想自己从高处跳下，神魂就脱壳了。"洪易思考着说。

"我刚刚看了《道经》里面记载的定神、出壳、夜游、日游、驱物、显形、附体、夺舍、雷劫、阳神。这道家的神魂修炼之法，道理简单，但是难以入手。幸亏我是读书人，能静得下心来，一般人心猿意马，怎么能定得神下来？定不下神，就别谈出壳了。果然是大道至简，这仙术的修炼比武学的修炼简单多了。"洪易道。

"小桑，这是什么东西？我怎么从来没有见过？是狐狸吃的吗？"洪易指着盘子里的两样东西问。

"这是大禅寺的和尚从海外带过来的种子，红衣的叫落花生，又叫做花生，那个烤得又香又软的叫做番薯。大禅寺被烧了之后，我们就把一些种子带过来播种在山里。这两样东西，又好种，产得又多，还很好吃。"小桑呵呵笑着。

"花生，番薯？"洪易看了看，伸手去捻，却捻了个空。

"呵呵，小易哥哥，你怎么这么笨，魂儿是拿不起东西来的，除非到了驱物的境界，才能拿起东西来。不过，小易哥哥你这么快就可以修炼到出壳，驱物应该很快的。人果然是万物之灵，修炼起来比我们狐狸快多了。"

"小菲，小殊，你们快过来呀，小易哥哥能神魂出壳和我们说话。"小桑突然叫嚷了起来。

就在这时，又进来了两只小白狐，看见石室里点着檀香，都发出了唧唧的声音，将身体匍匐卷缩在地上不动，然后两个身穿素白的小女孩出现在洪易面前。

"真的哦，这下好玩儿了。天天待在山里面，闷死我们了，可惜元妃姐姐说外面危险，人会杀了我们，不让我们出去。"

"上次元妃姐姐也带了几个书生来，说要教我们读书说话写字，可是一看见我们就晕死了过去。"

"真搞不懂，我们狐狸有什么好怕的，那些人一边要杀我们，一边却害怕我们。真奇怪啊。"

"小易哥哥，咱们以后可以一起玩儿。我老早就想出山找人玩儿了。"

两个小女孩围绕洪易叽叽喳喳叫个不停，洪易感觉小女孩居然可以这么可爱，不像武温侯府邸的丫鬟，年纪小小，却个个精明，都想削尖了脑袋向上钻营。

"世人都说狐狸狡诈，却不知道人的机变狡诈胜过狐狸一万倍。"洪易感叹。

"对了，你们三个修炼到什么境界了？"

"我和小桑都才修炼到出壳，小殊厉害一点，可以夜游远行了，但还没有到日游远行的程度，不能离身体太远。元妃姐姐说，如果我们没有修炼到驱物的阴神境界，就不能用飞针飞剑，就不能出去。山外那些人，血魄旺盛的，我们都迷惑不了，很容易被害。"小菲摇摇头。

"飞剑飞针？"洪易疑惑道。

"是啊，炼到驱物的境界后，可以驱动剑和针刺杀，还可以驱动石头打人，就可以保护自己了。"小桑道。

"那没有修炼到驱物的境界，你们有什么自保的能力吗？"洪易问道。

"在神魂没有修炼到驱物之前，我们只能通过迷惑别人自保。但是碰到身体强壮、意志坚定的明白人，迷惑他们就有点困难呢，像易哥哥你这种明白人，我们就一点迷惑不了。上次进山打猎的一群人，其中就有几个身体特别强壮的，我的魂儿老远就看到他们血气旺盛得好像火烧一样，不敢靠近。还好我们躲了起来，没有被他们找到。"

三个女孩子里面，小殊似乎成熟一点，说话也条理清楚。

"嗯？妖魅迷惑人，一是要人的内心不正，疑神疑鬼，神魂就会虚弱。二是身体虚弱，血气不旺的，妖魅可以乘虚而入，如将死之人总是能看到妖魔鬼怪。"洪易想起了《草堂笔记》中记载的一些东西。

"难怪说神鬼之道，不登大雅之堂，原来有这么多的禁忌。"洪易对修炼神魂的仙道有了更深的认识。

"修炼神魂的仙道限制太多，难以入手，而且危险性太大，难怪在世间不流行，而武学之道却是大盛。"

原来修炼神魂，先要静心，定神，去除一切的杂念，然后才能通过观想法出壳，这些一般人很难做到。就算出壳了，也像不会水性之人离船跳入了大海，立刻遭受灭顶之灾。

洪易估计，很多修炼者在修炼的时候都会在出壳之后魂飞魄散。就算出壳，也没有自我保护的能力，直到驱物之后，才逐渐拥有了自我保护的能力，这比武功拳脚相差多了。拳脚练上一两个月，就能轻易击倒一两个人。

"《道经》记载观想法的时候，没有说要点燃一炷檀香，这是蕴藏恶毒之心，要修炼的人死。"洪易想。《道经》是大乾王朝收集天下典籍编著的，大乾王朝不想人们修炼仙术，怕破坏王朝的统治。

"同样，《武经》里面也故意不提醒一些关键的东西。我想，《武经》和《道经》应该有两个版本，皇家书库里面是一个版本，而流传到民间的又是一个版本。而且，大乾朝的皇帝觉得这仍旧不妥，于是下令禁书。"

洪易不死读书，而是揣摩著书人的思想，甚至平生经历，甚至要搞清楚成书的时间，考察著书人著书的时候是个什么样的环境，处在什么样的状态，心态如何，这样才能把一本书彻底读通，和著作人心灵交流。

现在他略微一思考就明白了，大乾王朝的《武经》、《道经》两部书虽然博大精深，但有很多不妥的地方，甚至会害死一个人。

"难怪，《武经》里面最高境界只是武圣，没有人仙！"想通了问题，洪易心中一片清明。

"小桑，小殊，小菲，你们纯狐族，都是按照《道经》修炼吗？"洪易突然问。

"是啊，开始的时候是这样，有几个长老走火入魔死了。后来白先生过来了一次，说这部《道经》有问题，于是给涂老指点了一番。"小殊回答。

"白先生？白先生是什么人？"洪易这是第一次听说白先生。

"白先生叫白子岳，很有名气呢，是天下八大妖仙之一。"

"天下八大妖仙是什么？"洪易问。

"就是除了人类之外，最杰出的八个妖仙。不过我也不清楚，只是在上次偷听白先生和元妃姐姐谈话时偶尔听到的。"小殊摇了摇头。

"咦，香要烧完了，小易哥哥还是归壳吧，要不然会受不了的。等神魂强大了，小易哥哥还可以和我们出去玩儿呢。小易哥哥到城镇里给我们买些东西回来玩儿好不好啊，我好想去城镇里面买东西呢。"

三狐一人神魂归壳。

洪易睁开眼睛，眼前什么都没有，只有三只小白狐看着他，眼睛一眨一眨。

"唧唧，唧唧。"三只小白狐又叫了起来，把石桌上的干果捧起来，送到洪易的面前。

洪易捏开一粒花生米，果然满口脆香。剥开番薯，也是满嘴香甜，从来没有吃过这样的好东西。

喝了一口热气腾腾的茶水，洪易看着三个跳来跳去的小狐狸，想起三个喊他小易哥哥的女孩，心中涌起一股暖意。

这样的暖意，是在人情冷暖似刀剑冰霜一般的侯府中感觉不到的。

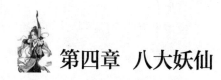 第四章 八大妖仙

　　这几天，洪易住在西山深处的山谷中翻弄数万册典籍，大有忘却人世间一切烦劳的心思。

　　山谷石室中的典籍藏书，只逊于皇宫的书库。

　　"这大禅寺的书库，是不是被你们搬空了？这么多书，你们是怎么带出来的？"

　　读了三天的书，总算给一小半书籍分完了类。乘着闲暇休息的工夫，洪易又神魂出壳，和三只小白狐聊天。

　　三只小白狐小桑、小殊、小菲和洪易聊天聊得很开心，每天都哥哥长、哥哥短地叫嚷着，比亲兄妹还要亲昵。狐狸的单纯天真，让洪易深深感动。

　　"大禅寺的书多着呢，我们只是带了一小半出来，我也是听我爸妈说的。他们在从中州迁居来的路上，被人抓走了。"小殊提起自己的父母，很是伤心。

　　"中州到玉京，千里迢迢，一窝狐狸迁居来，路途上遇到的危险不是一点半点，尤其是小桑、小殊、小菲，她们是纯白狐，身上的毛没有一点杂色，皮毛价值百金。天赐狐狸华贵的皮毛，却没有赐给它们保护自己的能力。唉，不过还好，小桑、小殊、小菲她们总算有点自保的手段，不像我，手无缚鸡之力。是得修炼武学了。修炼到驱物的境界，绝对不是一朝一夕的事情。《道经》记载，根基不深的修道之士没有高深的锻炼神魂的方法，尽其一生也修炼不到驱物的境界。"洪易感慨。

　　这三天来，洪易熟读典籍，明白了不少读书人"六合之外"存而不论的鬼神之事。

　　修炼神的十个层次，洪易大概知道了一些端倪。他现在已经能定神，出壳，却只是修炼功夫的初步，甚至连登堂入室都不算。

　　神魂出壳之后，下一步就是远离身体出去周游，就好像是离开了船只下水的人，逐渐熟悉水性。

　　夜游也有诸多的限制，如开始只能在漆黑无风的夜里，神魂一步一步强大之后，才能逐渐在月光下周游。

　　夜里周游之后，就是日游。白日游荡可比夜游危险了很多。日光暴烈，一般的神魂经受不起日光的暴晒，见光死。

　　白天出壳游荡，就等于是在大风大浪来临之时，离船下海游泳。这也是为什么光天化日之下没有鬼怪阴魂出没的原因。

　　当神魂能在白天游荡，不怕日光的时候，那就已经强大到了一定的境界。之后，神魂进一步壮大，能驱动物体，修炼之人就能够驱剑刺杀，或弓弩射击，凭此可以自保。

　　在这之前，修炼的人要自保，还是得靠拳脚。

　　身体越强健，神魂离体的时间越久。洪易神魂出壳久了，身体就会逐渐虚弱。如果出壳一天两天，身体就会渴死饿死，就算不死也得一场大病。

　　洪易读了三天的《道经》，对修仙之术了解到了驱物的程度。至于后来的显形、附体、夺舍、雷劫、阳神等，《道经》里没有记载。

　　"《武经》里面有几样初级的运动筋肉之法，我还是找时间练习一下。能把身体练强壮了，神魂出壳就可以出得久一些。"

　　洪易下定决心，要开始练武了。大乾王朝以武立国，以文治国，文能做官，武能封爵，这对要为母亲争得名分的洪易是唯一可以利用的途径。

　　况且，修仙修武，都是息息相关的。洪易读了三天《道经》，知道了神魂出壳之前的那些手诀动作都不是没有用的东西，是锻炼肉身和呼吸法的复杂方法。

　　"考科举，得功名，立战功，封爵位，这些都是一步一步要进行的事情。总之，先得使自己身体强壮起来，改变手无缚鸡之力的现状。"

大乾王朝六十年的第一场大雪终于洋洋洒洒地降临了。

雪下得非常大，铺天盖地撒鹅毛，扯棉絮，一团团，一饼饼。

玉京城的西山更是刮起了白毛风，天气寒冷得吓人。

不过这样的天气，深山老林幽谷却别有一番安静，最适合读书写字，钻研学问。

外面寒冷，滴水成冰，但是幽谷狐狸居住的石室却是暖洋洋的。

石室里燃了几个大铜盆的炭火，门口挂了棉帘子挡住寒风。整个石室两旁有几个拳头大的小口，很是巧妙，正好让光线射进来，能透气，却不透风。

洪易坐在石室前面研究揣摩《武经》。

小殊、小桑、小菲三只小白狐围绕着一个大陶罐子收拾，陶罐子里面散发出鸡肉的香味。

是在炖鸡。

鸡是上好的山鸡，是吃松子果实长大的，炖出来的香味儿带着松子的清香。小狐狸们趁着下雪在山里面逮野鸡，说是给洪易加餐。

石室里面储藏了粮食，油盐酱醋等调料也一应俱全，倒是不怕大雪封山。

在山谷里住了几天，洪易知道这群狐狸彻底脱离了茹毛饮血的禽兽生活，不但读书习字，还学人话，学人种植，做饭，吃油盐，睡在山洞里面铺好的床铺，并且每天都打扫卫生，洗澡，一切都收拾得干干净净。

石室另外一头有几个小一点的房间，一些狐狸懒洋洋地趴在地上睡觉，一副懒散的样子。

虽然一窝狐狸，却没有一点腥骚味道，不会影响洪易看书阅读。

涂老这只老狐坐在石室里面一动不动，显然是神魂出壳游荡去了，一是防备猎人乘雪捕猎，二是锻炼神魂的力量。他已经修炼到了日游的境界。

"练武很难啊，这么多的禁忌。没有师父指点，自己摸索，很容易出岔子。"洪易合上了《武经》心里失落。

这几天的读书揣摩，他已经粗略明白了一些武学的道理。

修炼武学不是一件容易的事情，光在饮食方面就有很多的讲究。人一身的结构复杂精巧，稍微不注意就会出岔子。第一步练肉，《武经》记载了大至有上百种手法，数十种武学，不知道谁优谁劣，练了之后会不会有什么问题。

洪易明白大乾王朝编著的《武经》里面有很多不实在的地方。想来想去，洪易决定不乱练。

"看来这武学真难以入手。难怪我大乾王朝的科举取消了弓马射艺。一般人哪里有机会练习武艺？还是等元妃姑娘出现，再找她问个详细，读书人本就不耻下问。"

这群狐狸是不会武功的，武术是针对人体的修炼，狐身修炼不来的。

西山。

大雪纷飞，一群骑马背弓，身穿华贵皮装披风的人带着猎犬进山了。

从他们骑乘的马儿就看得出，都是极其有地位和钱财的王公贵族。

这些马，最小的都有一丈多长，八尺高，在风雪里喷着白气，眼睛迎着风雪，没有一点儿畏惧和寒冷，可见都是不普通的种类。

大乾王朝善于养马的人都可以看得出来，这些马是域外火罗国的火云马。全身暗红，奔跑起来仿佛火云，因此得名。这种马不吃草料，顿顿都要用鸡蛋拌着黄豆饲养，讲究极多。在大乾王朝，这样的马每匹都要配备三到四个马夫日夜照料，普通人根本养不起。它们奔跑起来极其迅猛，忍耐力极强，载人日行千里，通人性，对主人不离不弃，是富豪、王公侯伯家族不惜花费数千金都要得到的好东西。

骑马的是两男两女。几个衣着单薄，眼神冷傲的随从，行走如风地跟在马后面，丝毫不落下，也不惧寒冷。很显然，这些人都是王公府邸豢养的护卫高手。

"郡主，前天听宫里传来消息，元妃娘娘不知为什么被册封了皇贵妃。"这四个人里的一个少年，正是小理国公景雨行。

另外一个女人，则是洪雪娇。

还有一对男女，更是显得尊贵雍容，披着纯白狐皮大披风，雪落披风上，轻轻一抖，立刻滚落，好像是不沾水的荷叶。

女的是玉京城里荣亲王的郡主，皇帝赐封号永春，永春郡主。

男的身材极高，鼻梁高挺，鹰眼，虽然不及景雨行那样有风度，却有一种慑人的气质。

他是成亲王的世子杨桐。

"听宫里太监传出来的消息，是皇上偶尔问众妃子天下什么东西最大，众妃子都没给出满意的答案，结果元妃说道理最大，令皇上龙心大悦，就加封为皇贵妃了。"永春郡主回答景雨行的问题。

汪，汪，汪……

就在这时，在前面奔跑的十多只猎犬狂叫起来，全身弓起，毛竖得笔直好像豪猪。

这些猎犬个个都有小牛犊子大小，牙齿锋利，神态凶猛，似狮子一般。

它们是獒犬，三四头獒犬可以撕裂一头猛虎。

这四位男女出来打猎，足足带了十多只獒犬，显示出了对猎物志在必得的信心。

"发现纯狐窝了？"成亲王世子杨桐伸手朝马上一扬，取出一柄长弓。

"纯狐有灵性，十分狡猾。不过，它们逃不出我们的手掌心。这群獒犬有看穿鬼怪的能力。"

汪，汪，汪……

"嗯？这是什么声音？"洪易听见了外面隐隐约约传来的犬吠声。

"唧唧，唧唧！唧唧！"三只小白狐比洪易敏感，一听到风雪中传来若有若无的犬吠，顿时跳了起来，唧唧乱叫，非常慌乱。

"不好？有猎人进山了。"洪易一下就明白了，大雪天深山老林的，不可能会有犬吠，唯一的解释就是有猎人进山来。

小殊、小菲、小桑三只白狐团团乱转起来。

"怎么办，怎么办？易哥哥，怎么办？这是獒犬的声音。獒犬是我们的克星，它们连老虎都能撕得碎……"

小殊略微镇定一些，用爪子在地上划拉着歪斜的字体。

此时是大白天，三只小狐狸没有到日游的境界，不能神魂出壳和洪易交流。

洪易从三只小狐狸慌乱的眼神里可看出它们的恐惧。

"獒犬！"看见小殊写在地上的字，洪易浑身汗毛都竖立了起来。

他知道獒犬有牛犊子大，极为凶猛，是看家护院的神物，又极为敏感，有灵性，能看得到无形的鬼物。

"怎么办？怎么办？"洪易心中也略微的慌乱。

这些狐狸虽然开始修炼，但没有自保的能力，遇到普通的猎人还能对付一下，遇到这种带着獒犬的猎人，肯定会被撕咬得粉碎，跑都跑不掉。獒犬发威起来，可比狮虎，三四个精壮大汉都不是它们的对手，更何况它们还有看穿神魂的能力。

"只怕涂老也不是这些东西的对手，我出去把他们引开，就说我是进深山迷路的书生，请他们送我回去，骗他们离开这里。"犬吠声越来越接近，情况越来越危急，洪易把桌子一拍，大踏几步，猛地掀开棉帘子，走出了石室。

"呼呼，好冷。"一出石室，寒风扑面而来，洪易打了个寒颤，地下的雪已经有两尺来深，一踏上去人就陷进去。

洪易寻着声音，艰难地行走着，一步步朝幽谷外走去。

幽谷外是一个小山坡，地势较高，小山坡有树林，可以隐蔽身体，也可以居高临下看谷外的一条长长的小路。

"我的天！"洪易一爬上山坡，就远远地看见了十几个黑点出现在小路尽头。

"十几头獒犬！"洪易有一种眩晕的感觉，心里嘭嘭直跳，担心狐狸们在劫难逃。

"洪雪娇？还有哪些人？"几个人骑马跟在獒犬后面，越来越近，还剩下数千步距离，洪易躲在树林后面，认出了洪雪娇。

"糟糕，居然是这些人进山打猎！"洪易更觉糟糕。这些人可是不好对付，他肯定引不开这些人，恐怕会引起更大的怀疑。

"跑上去跟他们说道理？恐怕说不通？可恨，我若是武术大宗师……"洪易想来想去，也没有想到好的办法阻止这群人，心底深处有一种无力的感觉。

"郡主！前面小山坡的树林里藏了有生气的东西！"一个护卫高手指着洪易的方向大吼。

"怎么？纯狐就藏在山林里面？獒犬先上去会把狐狸撕碎，那就不好了，我要的可是没有损坏的皮毛。雪娇，你的箭法不错，等下让獒犬上去，把狐狸赶出来，你再射它们的眼睛，不要伤到皮毛。"

"郡主，没有问题。"

獒犬不停地叫，离洪易越来越近。

"发现我了？说什么也不能让小姝、小菲、小桑她们遭难。她们既然叫我哥哥，我自然要把她们当妹妹，人以国士待我，我以烈士报之。"洪易整理了整理了衣服，正要从容走出树林去。

就在这时，朝小山坡上扑来的獒犬突然停了下来，似乎是感觉到了什么可怕的威胁。

"怎么回事？"

景雨行、杨桐、洪雪娇、咏春郡主的眼睛里，同时闪烁出了摄人的光芒。

与此同时，随行的护卫高手们都猛地上前踏了一步。

远处突然传来了一阵歌声，风雪里一阵隐隐约约的酒香味道：

"好酒……好酒出自咱的手。

喝了咱的酒，上下通气不咳嗽。

喝了咱的酒，滋阴壮阳嘴不臭。

喝了咱的酒，一人敢走青杀口。

喝了咱的酒，见了皇帝不磕头。"

"这歌，好大的豪气，是从什么地方发出来的？一人敢走青杀口，见了皇帝不磕头。"洪易叹歌者豪气干云，有一种铺天盖地的气势。

青杀口是大乾王朝和云蒙帝国交界的边界，那里年年征战，死人无数，尸骸堆积如山，据说是一寸泥土一寸血肉。传闻白日都可以见到鬼打人，无人敢走。

这歌声一起，酒香四溢。

突然间，异变陡生。

十多只獒犬中最大的一只獒猛然转过了头，好像是被什么东西附上了身一样，眼睛闪烁着凶狠的光，吼叫一声，猛地朝景雨行一行人猛扑过去。

忠心耿耿的獒犬居然反噬主人。

"呃？"景雨行倒是处变不惊，从马上跃下，出手如电，如豹虎扑杀，一拳轰中

044 | 阴神 ❶ 侯府风云

了大獒的头骨，打得这头大獒足足飞出了三五步开外，不等它翻身挣扎起来，景雨行一步踏过去，一脚踏毙。

动作干净利落，威势凶猛，反应如电，小理国公身手不凡。

"鬼仙附体！居然有这样强大的妖怪！谁！给我显身出来！"景雨行打死了自己的獒，脸上没有半点笑意。

神魂修炼到了附体夺舍的程度，可以称呼为鬼仙。

"好！居然能看出鬼仙附体的手段来！不过，要我显身，你们还差了一点点。要洪玄机、杨拓这两位武圣来还差不多。"又有一头獒犬开口说话了。

嘣！

一箭射出，正中了这头獒犬的眼睛，獒犬翻了个身，滚在地上不动了。

发箭的人正是洪雪娇。

"没有用的。"这头獒犬刚死，另外一头獒犬立刻开口说人话。

场面变得异常地诡异。

听见洪玄机、杨拓这两个名字，四个人都脸色一凛。

成亲王世子杨桐上前踏出一步，问道："你是谁？"

"你姓杨吧，是皇室？回去告诉杨拓，就说我白子岳迟早会找他一较高下。叫他等着吧。"

"白子岳！妖仙！"一听这名字杨桐陡然一惊，似乎是感觉到了什么可怕的东西，眼睛死死地盯着眼前那只说话的大獒。

"走！"杨桐架马转身狂奔。

看见杨桐这个样子，其余人都吓了一跳，紧跟其后。

一时间，马走獒奔，向来路返回，不出半炷香的工夫，走得干干净净，只剩下两具獒尸，一头獒犬。

"洪易？"就在洪易松了一口气的时候，这头大獒慢慢走上了山坡，询问道。

"你是谁？"洪易看着这只会说话的獒犬问道。

"我是白子岳。外面冷，你先跟我来石室吧。"獒犬说道。

"好。"洪易跟着这头獒犬下了山坡，回到幽谷的石室。

他看见了一个着一个身穿月白色衣服的年轻人坐在中间正座，头发很长，散落于肩。

年轻人紧闭双眼，等洪易一进来就睁开，双眼散发出柔和的光，就好像是温玉一样。他旁边放着一个两尺多长的紫色酒葫芦，背上有一口长剑，一副仙风道骨的模样。

"先生请坐。元妃提过你的。这是我几十年陈酿，能活通气血，延年益寿，喝上一口吧。"年轻人哈哈一笑，招呼洪易坐下。

"你是白子岳先生？"洪易接过酒葫芦，喝了一口，才入胃中，就升腾起一股暖洋洋的气息，似乎全身毛孔里都散发出了清香。

"好酒，仙酒。歌也是好歌。一人敢走青杀口，见了皇帝不磕头，不现身就吓退了那群高手，当真称得上是英雄。"一口酒下肚，洪易浑身都发热起来，"白先生的酒，我当然不白喝，就赠送先生一首诗吧。"

说着，洪易站了起来，走了几步，大声吟道："长剑横九野，高冠拂玄穹；独步圣明世，四海称英雄。"

"长剑横九野，高冠拂玄穹；独步圣明世，四海称英雄！好，好！四海称英雄，天下谁是英雄？"听见洪易的四句诗，白子岳全身一震，细细品味着，只觉得无穷无尽的豪气。

白子岳一立而起，大笑三声。说道："喝酒，喝酒，你这首诗深得我心，可谓是天涯相见遇知音。"说着，又把酒葫芦递给了洪易。

咕咚咕咚咕咚，洪易连灌三口，仍意犹未尽，只觉得这酒越喝身体越暖和，轻飘飘好像要飞起来一样，但是头脑越来越清醒，没有一点醉意。

这酒非同一般。

洪易心情舒畅，今天要不是白子岳大显神通，惊退那一干猎狐的凶神恶煞，一窝狐狸已经凶多吉少了。

"独步圣明世，四海称英雄——"白子岳和洪易拿大葫芦灌酒，每喝一口，就念一句诗，似乎在用诗做下酒菜。

"大贤以史书下酒，洪易你的诗也能下酒，真是好久都没有这么畅快过了。"

白子岳喝了十多口，似乎有微微的醉意，高歌起来，"喝了咱的酒，上下通气不咳嗽……"

"这是什么歌？"洪易问。

"我做的一首《酒神曲》。"白子岳笑答。

"狂放不羁，神通自在，真是潇洒啊。"看见白子岳这狂放不羁，却丝毫不散的神态，又想起他刚才的神通，洪易不由心中暗暗羡慕。

"白先生，刚才听他们惊呼什么'妖仙'，请问何为妖仙？"洪易问道。

他这两天读了《武经》、《道经》，知道修武道成人仙，修神魂到了附体夺舍转移肉身的境界，可以称呼为鬼仙，而练成阳神之后，可称呼神仙。至于妖仙，却是没有听说过。

"叫我子岳吧，叫白先生就太见外了，就凭你赠我的诗，就是我白子岳的知音。"白子岳又喝一口酒，脸上微微红晕，眼睛中的神光依旧温玉，"妖仙即鬼仙，凡非人类，修得阴神夺舍转身为鬼仙。我在山中，六十年苦修成鬼仙，投胎转生附于胎儿身上，现在十五岁。不知易兄多大？"

"原来子岳十五，我也正好十五。我读《道经》，得知有妖鬼强夺人躯壳，灭人神魂。子岳却投胎成人倒是有道妖仙。"洪易道。

原来凡是动物有了灵性，神魂出壳，逐渐修炼到鬼仙，可以附体夺舍，就可以转投人身，甚至强夺人的身体，灭掉人的神魂，占据躯壳。同样，修炼仙术的人，肉身腐朽之后，也可以神魂出壳，夺人肉身。

"非是有道，而是强行占人躯壳，灭人神魂，也要消磨自己神魂，损人不利己。而且成年之人，躯壳已经成形，无法塑造，修炼武道必不能精深。而胎儿就是一团血肉，无魂无魄，纯净无比，出生之后，才逐渐产生神念，有了神志，才算人。"白子岳道。

"原来是这样。不过修仙之人，也要修武吗？"洪易问道。

"只修性，不修命，此是修行第一病。只修魂，不修魄，不能渡过苦海到彼岸。"白子岳道，"人之神念为魂，人之形体为魄。一性一命，需要双修，否则空谈理性，不修体魄，也是不成的。"

"难怪！读书人都要讲究射艺，壮其体魄，是这个道理。性命双修，才能超脱。"洪易道。

"性命双修，恐怕仍旧不能超脱！"白子岳摇摇头。

"咦？"洪易疑惑道。

"不要问我，我也不知道。我的魂也只修到鬼仙，还没有经历雷劫，武也只修炼到炼髓换血的武圣境界，未成人仙。这次我来玉京，也是为了求答案的。"白子岳道。

"求什么答案？"

"传闻大禅寺中有三卷书，一卷为《过去弥陀经》，一卷为《现世如来经》，一卷为《未来无生经》，讲的是超脱的无上法门。《过去弥陀经》为修炼神魂的无上秘诀，《现世如来经》则是成就人仙的无上拳术，而《未来无生经》就不知道了。不过，传闻要真正超脱需要三卷经一起参悟。大禅寺破灭，三卷经不知道去向，可能收藏在皇家书库里。我这次来玉京，就是为了找这三本书的。"

"《过去弥陀经》？《现世如来经》？《未来无生经》？"洪易听见这三个名字，眼皮一跳。

这三个名字他听说过。李严的《草堂笔记》中这样记载：大禅寺有三经，为"过去"、"现在"、"未来"。有如读书人之立德、立功、立言。可惜未亲见，可惜可惜。

"不愧是妖仙，说话不遮遮掩掩，换成是人绝不会说出要到玉京皇家书库找秘卷的事情。"见白子岳直言不讳，坦坦荡荡，有一种"事无不可对人言"的脾气，洪易心中又多了一份亲切感。

"子岳是武术大行家，修炼到了武圣的境界。我要练武就得向他请教请教。"洪易心中想着。

大乾王朝有一套严格划分武术的考试，武生、武徒、武士、武师、先天武师、大宗师、武圣，虽然分得很详细，但是军队中的高手也不过是武士、武师，功夫达到内脏强大且体力悠长的先天武师境界的，少之又少，更别说大宗师和武圣了。

至于人仙，听都没有听说过。

"我这些天熟读《武经》，也想修炼，但缺乏高人指点。三人行，必有我师。今天碰到了子岳，就要请教了。"洪易拿出《武经》对白子岳道。

"洪易你要练武？"白子岳看着洪易，又看了看桌子上的《武经》，"这本《武经》删节的地方很多，而且里面记载的东西多是毛皮。你皮肉松弛，筋弱无力，无武力在身，等于是空白一片，短时间内很难练出强大的武力来。"

"一步一个脚印吧。"洪易笑笑。

"练武，首先是修炼肉、筋、皮膜。大乾讲武堂里，把修炼到皮膜的人定为武士，也算科举考试的生员，在军队里也可以轻松担当一百人的都尉武官。"白子岳道，似乎很熟悉军队里的系统。

大乾王朝军队五人为"伍"，武官为"伍长"，一百人为"都"，武官叫"都头"，五百人为营，武官叫做"指挥使"，一千人为一"军"，武官为"将军"，一万人为"统"，武官为"统领"，其等级森严，远胜朝廷，都凭武力、军功担当。

"论修炼肉、筋、皮的武功，莫过于大禅寺的牛魔大力法和虎魔练骨拳这两套拳。练过之后，筋骨皮肉强健，外功大成，可以成为武师了。至于进入先天境界，则需要各种修炼脏器的吐纳之法，种类繁多。我先教你牛魔大力法吧。"白子岳道。

五天后，大雪初晴。

山林幽谷里的雪被阳光映得一片明亮，几乎没有阴暗的角落。

洪易站在雪地里，在白子岳的指点之下一招一式地比划着拳脚，动摇四肢。哪里一有错乱的地方，白子岳便立刻纠正，一丝不苟。

"牛魔大力法一共三式，为'牛魔顶角'、'牛魔踏蹄'、'牛魔运皮'。每一式都有一百种变化，复杂多变。不过，只要掌握了方法，从浅到深，炼肉，炼筋，炼膜一步步来，练成之后，全身有一牛之力，能开一百二十斤牛筋弓连珠发射，能抗住百斤重的拳力，起落敏捷，成为可敌十数人的正宗武士了。"白子岳一边看洪易慢慢比划，一边灌酒道。

"这是大禅寺千年武学的精华，注重打基础的功夫。世上武学千百种，没有一种比得上这套牛魔大力法。大乾王朝当年剿灭大禅寺，若是弄到这一套拳法，现在大乾军的实力会更增一层。"白子岳似乎是想起了什么，说话时眼神如烟云。

"大乾军现在操练的拳，应该是小周天练力拳……可惜，一本《虎魔练骨拳》被抄走了，我都没有弄到手，不然就一起告诉你，你以后自行练习的时候就不用到处寻找练骨的方法了。"

洪易终于把三式勉强演练完毕，气喘吁吁，脸色惨白，上气不接下气。这一套牛魔大力拳，体能消耗实在是太大，他本来身体就比较单薄，体力弱小，练武自是很吃力。

"来，喝酒。"白子岳把酒葫芦抛了过来。

洪易双手接住，喝了几口，全身暖洋洋，清香从喉咙升到鼻孔，舒服了很多。

白子岳的酒是一种神奇的酒，不知道用了多少种药材经特殊手法酿造的，每次洪易运动得气喘吁吁脸色惨白后一喝这酒顿觉舒服。要不是这酒支撑着，以洪易单薄的身体根本练不下去。

"子岳，这到底是什么酒？"洪易面色好了一些。

"这酒是我当年在山中修行时候酿造的，采了上百种药材，极增体力，杀体内九虫，清理肠胃，滋养肝脾，酒名为琼浆。可惜，现在就剩下这一葫芦了。"白子岳笑着，长发飘飘。

"哎呀，那我喝了，子岳你就没的喝了。"洪易连忙把酒葫芦给了白子岳。

"哈哈，好酒和知己一起喝才有滋味。你赠我的那首诗，就值得十葫芦琼浆。"白子岳并没有接过酒葫芦，而是用手捏着两鬓长长的垂发，眼睛看向前方。

天下八大妖仙之一的绝顶高手，此时却如一个文雅的少年，一个在闲暇的时候，喜欢捏着自己鬓角长发的少年。

"那四句诗，我只是一时做的，还不足以形容子岳你的气质。若是有时间，我得殚精竭虑为你做一首长诗。"洪易对自己那四句并不满意。

"真的？"白子岳眼睛闪烁了一下惊喜道，"长剑横九野，高冠扶玄穹；独步圣明世，四海称英雄。这四句诗本来就蓬勃壮烈，你还能做出比这还要豪迈的诗来吗？"

"诗文本天成，妙手偶得之。若是有灵光一现，当然能。"洪易手指按了按太阳穴，"对了，子岳你刚才说没有《虎魔练骨拳》，那你怎么练骨的？"

白子岳一提到武学就似乎变了一个人，有无穷的自信，神采飞扬："我练的是道家正一道的飞灵锻骨拳，不过只有一百三十手，没有虎魔练骨拳两百零六手那么多，效果相差一些。不过，我花了三年时间，服用虎骨膏，却是一样修炼到了练骨如刚的境界。可惜，花费的时间精力太多了。"

"飞灵锻骨拳。"洪易好像在《武经》上看到过这一篇。

"原本以你的身体，苦练三年恐怕也练不到武士的境界。我的酒，却给你打下了基础。可惜，咱们数日相聚，终有一别。"白子岳神情有些萧索。

"你要走了？"洪易一愣。

就在这个时候，雪地里蹦跶出了三只小狐狸。

"小殊，小桑，小菲，你们怎么出来了？"洪易问。

"小易哥哥，我们要搬家了。白先生和涂老说这里可能被发现，不能住了。要搬到很远的地方去呢。"小殊说话了。

这几天，小殊喉咙的骨节脱开，已经开口说人话了。

"你们要搬家？这里是太不安全了！难怪子岳刚才说要走。"洪易大吃一惊，心中依依不舍。相处虽然只有十天左右，但是这一窝狐狸的淳朴可爱，深深印入了他的心里面。

"你们要搬到哪里去？石室里面那么多的书，还有很多东西，你们怎么运走？"

"有白先生帮我们，没有问题的。"小殊说。

"嗯？神魂修炼到了驱物的境界，能搬走近乎十万册的书？"洪易一愣。

白子岳摇摇头："那怎么可能，修炼成了阳神或许有那样的能力。但是天下能修炼成阳神的人，我至今还没有听说过。就算是大乾道门最神秘的太上道领袖梦神机，也没修炼成阳神。"

"那修炼武道的，有没有人修炼到人仙境界的？"洪易问。

白子岳想了想："没有听说过。不过二十年前，大禅寺长老印月禅师好像是窥视到了人仙的境界，只可惜被围杀致死。现今，大乾王朝两大武圣，杨拓、洪玄机威震八方，也只相当我的境界，想要前进一步，难于上青天。"

"成道难，难于上青天。"洪易感叹。

性命双修修炼成阳神、人仙，听白子岳的意思都不能超脱，更何况这个世界上，似乎没有修炼到阳神、人仙的人。

"那子岳你怎么搬走这些藏书？"洪易又问。

"我如今转世为正正经经的人。我白家也颇有势力，掩护纯狐们搬走也是可以的。"白子岳笑着道。

"白家？"洪易又一愣，"玉京城中没有白家。"

"我住在北方，元突王朝的白家。"白子岳望向远方。

"小易哥哥，这是涂老送给你的书，还有元妃姐姐给你的金饼子。这些天，我们都很开心呢。我们现在要走了，上千里的路呢，好想小易哥哥你跟我们一起去。"小殊眼睛里面显露出忧伤。

小殊拖着一个大布袋，布袋里面是几本书，还有一个小锦囊，里面发出金币碰撞的声音。

"你们要去元突么，那我不能跟去了。"洪易不无遗憾道，"我们相聚一场，你叫我哥哥，我怎么能收你们的钱呢。"

"收下吧。纯狐们也用不到钱。"白子岳把手一扬，"里面还有一部《武经》，虽然不可以练，但可以做参考，这些天你练了牛魔大力拳，已经有了自修的基础。这部《武经》里面有些和尚的注解，还是可以看一看的。"

"那我就不再推辞了。"

这部《武经》一共有数十本，这些天洪易没能一一读完。虽然有很多残缺的地方，但毕竟是一部武学大全，而且大禅寺和尚注解了不少的东西，还是有研读的价值。

"天色也不早了，天一黑你就不好出山。今日一别，总有一日再相见，到那时候，我们再把酒谈文论武。"白子岳突然长笑一声，高歌《酒神曲》，一步一步走入了山林里。

"小易哥哥，我们走了，你要记得我们呀。"三只小白狐跟在白子岳后面，一步一回头。

洪易挥挥手，随后转过头去，抹了抹自己的眼角。

# 第五章 弥陀经卷

大雪刚刚停，玉京城里又恢复了热闹和繁华，街道上到处都是人，各种大型店铺更是热闹。聚元楼的酒水宴，散花楼的姑娘，松竹轩的笔墨纸砚，松江铺的绸缎，意古楼的古董旧货，金玉堂的珠宝等等，都展现着玉京城的热闹繁华。

光顾这些大型店铺的有鲜衣怒马的王孙公子，也有身穿青衫的读书人，还有富豪和一群闲散的京官士大夫。

此时已经到了腊月，接近年关，皇帝要祭天，还要接见各国来朝的使节，西域火罗国、东方云蒙国、北方元突国、南方神风、琉珠等岛国的使节也都住进了玉京城的别馆里。这些身穿稀奇古怪服装的人时常出来走动，观赏大乾第一大城玉京的繁华，给玉京城增添了几分热闹。

自二十年前，大乾将云蒙突袭的铁骑反杀过去，双方在边关青杀口定下盟约，永不再战，大乾王朝就步入了一个鼎盛时期，成为天下最为强大的王朝帝国。

武温侯府邸也热闹了起来，奴仆们把各个角落都打扫得一尘不染，张灯结彩，准备过年。

府邸的热闹和洪易却没有一点儿关系。

洪易从西山回来后心思却留在西山幽谷里。

遇狐，教书，整理书籍，修魂练武，与白子岳喝酒，都如做了一个个清晰的梦。

身在府中，他有一种恍如隔世的感觉。侯府依旧是侯府，七八百人都忙碌着准备过年，只有他的小屋冷冷清清，没有什么人上门。每回过年赵夫人都会打赏仆人、管家、奴婢、护卫一些衣物和银两，而他却什么也没得到过。

"这些人不来骚扰我最好，我可以关上门来练武读书。我最近身体很舒畅，感觉四肢有力多了。"斗室里，洪易双腿一前一后站立，弯下身体，双手抓住两条大腿的腱子肉，猛烈一抖，力贯大腿，大腿两块腱子肉发出了嘣的一声轻响。

随后，他又迅速换手下抓，抓到了自己的小腿肚肉，同样一抖，松手，按自己的肚子向前一顶，跨出一步。

抓大腿，抓小腿，按肚，一步跨出去，这一系列的动作像是一头大牛顶出去，而不是简单的迈步。这正是《牛魔大力拳》里的"牛魔顶角"中的一个动作。

洪易一连做了几个动作，感觉四肢、腹、胸、背上的大块腱子肉都明显发热，充满了力量，于是卷起舌头，顶住牙齿，憋住气息，精神集中在手臂拳头之上，一拳向前空击。

嘭！

全身的大块肌肉在这一拳后震动了一下，似乎力量大多都聚集到了拳头上，有一种说不出的酥麻舒服和力量感。

"我再也不是手无缚鸡之力的书生了。只要这样练下去，我会越来越强的。"洪易心中有一种满足的喜悦感，觉得更加踏实。

"难怪读书人要练习弓马武艺，练武既能强壮体魄又能坚定心神增强信心。"洪易感叹。正如在大海里航行，船无比坚固，人心自然就安定，任凭风浪起，稳坐钓鱼台。如果船不坚固，再稳定的心没有倚仗，唯恐大浪打来。

怀着满心的喜悦，洪易坐到桌子前面，翻开一本《武经》继续揣摩。里面内容虽不全，不能练，但被一个印月禅师的和尚注解过，一些道理讲得很透彻，可以让洪易对"牛魔大力拳"有更深的理解。洪易本是一个聪明的读书人，最擅长揣摩文中字里字外的意思。

"不知道我到了武生的境界没有？恐怕没有，这才练了半个月。虽然用子岳的琼浆酒调养过身体，还有他的细心指点，但还是欠缺一些火候。"洪易心中想着。

忽然，小院子门口传来沉稳的脚步声。

"又谁来我这个小院子？难道又是小宁那个婢女。"洪易推开了纸糊的窗户看了过去，顿时大吃一惊。

"老总管？"

来人是一个白发苍苍，身穿黑色衣服的老头子。

他既不是大房赵夫人那边的，也不是二房云亭斋那边的，更不是三夫人的人，而是直接服侍武温侯的大管家。

每次武温侯洪玄机在紫禁城皇宫的内阁处理朝政到很晚，都是这个人给送衣送饭盒子。

在洪易嘎吱一声打开窗户的时候，老总管的眼睛一瞬间也看了过来，有一种先知先觉的感觉。

看见洪易，老总管停住了脚步，点点头，露出笑容："易少爷，侯爷回来了，叫你过去有话要说。"整个侯府里，只有老总管对洪易比较客气。当然，老总管对谁都客客气气，传闻这么多年，没有人看见他动怒过。

"什么？父亲回来了？为什么叫我？有什么话要说？"洪易非常震惊，武温侯虽然是他的父亲，但他没见过他几次，兄弟姐妹十多个，他是最不起眼，地位最低。洪易有时甚至怀疑，洪玄机记不记得还有他这么一个儿子。

"糟糕，《武经》是禁书，上面还有大禅寺的印章，若是让我父亲知道……幸亏其他几本收藏得好，但是这本已经来不及藏起来了。"洪易当机立断，把这书丢进了火盆燃烧起来，免得趁他不在有人进来看到这本禁书，麻烦可就大了。

武温侯洪玄机以严格的礼法治家，规矩很严，他若是藏书拖延，也必会受到家法处置。

有一次，洪玄机考三夫人的儿子洪桂的功课，派人去叫他，不巧他醉酒迟到了很久，结果一顿家法，腿都打折了，躺在床上足足半年才好。

洪易看见书在火盆里燃尽，才放下了心来，起身整理一下衣服，打开门，跟随老总管去见自己的父亲。

就在他出门的时候，火盆中的灰烬里出现了一张略带暗金色的纸，上面密密麻麻的全部都是小字经文，还有图画，似是金箔，完好无损的样子。

穿过几条长长的走廊台阶，走过几个大花园，经过几个大池子和十多个圆门围墙的门户，洪易足足走了一顿饭的时间才来到了侯府中央的正府。

"一入侯门深似海"，这句话在武温侯府里得到了最好的验证。

久居在角落，很少出来走动，要不是老总管带着路，这一顿乱转悠，洪易也有可能走错。以他的身份，在府中不能过多地走动。

在他的记忆里，只有小时候随母亲来过正府，这人情冷暖如刀剑冰霜的侯府并不是他的家。

"怎么有点定不住神儿？"来到正府之前，洪易突然觉得自己有点惴惴不安，也许是许久没有见威严的父亲的缘故。

"读书人要定神，大山崩于前而面不改色。"洪易心中想着，镇定了一下神思，随着老总管踏进了正府。

侯府的正府修建得堂皇威武，清一色大条艾叶青石铺的地面，平光如镜，坚硬似铁。正府的大厅中一排红木古朴的大椅，正中央是一幅巨大的字，字体端端正正，给人压迫感。

是个"礼"字。"礼"字下面是一张大得足足可以平躺四五个人的大条紫檀贡桌。供桌上摆放着许许多多的物品，都用明黄色的缎子覆盖着，用香火供奉着，显然是皇帝御赐的物品。

贡桌左边的大椅上坐着一个锦衣华服，头带紫金冠的人。

这个人两鬓微微花白，手按在大椅扶手上，给人一种掌握了无穷力量的感觉，其威严，叫人无法正视，只能乖乖低头。

他就是武温侯府的主人，武温侯洪玄机，朝廷社稷的支柱，大乾王朝的武圣。

"洪易，你站到右边去，我有话要对你说。"看见洪易进来，武温侯用手一指。

洪易应了一声，走到大厅的右边站好，朗声道："父亲大人有什么吩咐？"

"嗯？"就在洪易说话时，退到了门口角落的老总管疑惑了一下，对洪易的镇定有些意外。就算是侯府早已经成家的长子，在洪玄机面前无一不是战战兢兢，大气都不敢出。

"听说你用草书给咏春郡主答了一句诗？为什么不用正字？卖弄你的文字和诗才？经义道理不去读，做这些邪门歪道？"武温侯淡淡地说，语气很冷。

任凭洪易心中紧守读书人大山崩于前面不改色的道理，也觉得身上凉嗖嗖的，出了一身冷汗。

"嗯？"看见洪易不回答自己，武温侯冷嗯了一声，顿时整个大厅的温度好像骤然下降了很多，洪易只感觉到自己的腿肚子一软，要不是他练了牛魔大力拳，身体强壮了一些，恐怕整个人都会瘫软下去。

"父亲大人教训的是，我以后不敢了。"洪易低下头去。在洪玄机面前根本没有反驳的机会，哪怕你有道理也要屈从。

武温侯讲规矩，反驳的话，轻则被打断腿，重则打死都不稀奇，这一点整个朝廷都知道，也颇得一些士大夫的赞赏。

"嗯。"武温侯又嗯了一声，语气缓和了一些，洪易顿时觉得整个大厅气温都升高了一些，小腿肚子不再转筋了。

"这件事情你犯了家法，本来要打你二十棍子，但是你有功名在身，年后开春就是恩科乡试、国家大典，你要参加，就暂且饶过你。你若是中了举人，自然一笔勾销，若是不得中，家法一样执行。"武温侯脸上毫无表情地道。

"是，父亲大人。"洪易再次低下了头。

"诗词虽然不是正规经义，却能够看出一个人的文思敏捷。你的诗做得还像模像样。"武温侯又道，"你已经十五，按照我大乾朝的律法，已经成年，你有什么打算？"

"父亲大人，我想学弓马武艺。希望父亲大人成全。"洪易见气氛有点缓和，大胆提出恳求。

弓马骑射，洪易现在是学不起的，他虽然有十个赤金币，但也买不起一匹好马和好弓，养一匹马还需要马夫照料，洪易不可能自己亲自照料，一是身份问题，读书人当马夫，传出去不好，二是照料马是个辛苦活，晚上还要起来喂料，很多讲究，太花费时间精力。

"经义都没有读好，学什么弓马武艺！"武温侯一听，眉头微微皱了一下，一口气断然拒绝道，"你先把经义读好，经义不读好，就学习武艺，不过是个莽夫而已。这事情以后不要再提，知道了吗？"

"知道了。"洪易依旧没有反驳。

"好了，你去吧。吴总管，带他到账房支一百两银钱，让他备考。"武温侯说完摆摆手，"去吧。"

"为什么不让我学武艺，莫非是怕我考中进士之后再入军中，立战功封爵，我母亲一旦被封君，搅乱了侯府的规矩？"走在回去的路上，洪易闭上眼睛，长长嘘一口气。母亲被封君，灵位就得以和"慈安君"并列，这一点，破坏侯府的规矩，简直是翻天覆地的变化。这是讲规矩的武温侯不能忍受的。洪易心中猜测，这就是父亲反对他学武的根本原因。

"我一定要给母亲争到封君的名分，让整个侯府看一看！"洪易捏住拳头，暗暗道。

"子岳也是武圣，更是鬼仙。但是面对他的时候，我怎么没有感觉到那么大的压力。难道是积威所致？果然，没有实力和底气，读书人大山崩于前面不改色这些道理都有些虚！如果我是武圣，肯定敢在父亲面前据理力争。天下什么最大，道理最大。父子也可以据理力争的，就连君臣也可以据理力争！父亲的那些道理，偏离了读书人的本义。可是，这些道理，我又怎么能去争？没有实力，有道理都不能伸张。"

想着想着，洪易走回了自己的小院，关上门静静地想着，看了看桌子上，有点可惜那本烧掉的《武经》。

"咦？那是什么！"他发现了火盆灰烬里暗金色的一页经文。用火夹子夹起，发现这片经文竟然像绸卷一样，提起来一大块。极薄，上面密密麻麻全部是文字，当中是一尊金色的佛像端坐虚空，无数的日月星辰围绕。

这卷经文也不知道是什么材料制作的，居然火烧不着。

洪易一眼就看见了经文的名字——弥陀经。

"《过去弥陀经》？这是传闻中大禅寺三大镇寺经卷之一、神秘莫测、无上的修炼神魂之术？子岳千里迢迢寻找的东西，居然夹杂在这本朝廷刻印的《武经》里？"

洪易看着自己手里薄如蝉翼、四四方方、暗金色、摸在手里柔软得水一般的经文卷，看着上面亮金色的小字，心中的震惊简直无以复加。

大禅寺是千年古刹，跑马点香，高手如云，在没有被剿灭之时，天下无论什么门派都不得不承认它是天下第一寺，修行最高成就的圣地。

而大禅寺修行的最高秘诀，就记录在"过去"、"现在"、"未来"三卷经书里。"过去"是弥陀经，"现在"是如来经，"未来"是无生经。

弥陀经是无上修炼神魂之术，如来经则是武学人仙之道，无生经最为神秘莫测。传闻里，三卷书合一，参悟透了，就可以超脱世间苦海，真正达到彼岸。

就连读书人里最看不起神佛，一贯用读书人大道理解释神佛的李严，都在笔记里对未能亲眼见到这三卷书表示可惜。

最擅长读书揣摩作者心思的洪易，得出一个结论，那就是：这三卷经书的确是实打实的无上秘诀。可比漏洞百出的《武经》、《道经》厉害得多，珠玉和粪土的区别都不足以形容两者的差异。

"可能在大禅寺即将破灭之际，和尚怕这经书被人夺走，于是藏在了最平凡的一部《武经》里。也是，朝廷自己刻印的武经，肯定不会去抢夺的。子岳要寻找的东西，居然近在咫尺……"洪易抓着弥陀经，深深呼吸几口，镇定住了自己的心神。

读书人的道理，见色不动心，见宝物心不乱。

洪易知道自己刚才险些失守了。

见宝物心不乱，不是对宝物不屑一顾，而是告诫人得到宝物不要得意忘形，保持冷静的心态，否则就会露出种种破绽，一旦被有心人察觉到，很容易遭遇杀身之祸。

"弥陀经虽然是修炼神魂的最高秘诀，但是大禅寺那么多的和尚，不乏成就高强之人，却无一人修炼成阳神，不然怎么被大军围剿得干干净净。看来这卷经并不是那么容易练习参悟的，我只不过粗通神魂出壳的法门，只怕还参悟不来。如果子岳在就好了，可以和他一起参悟，只可惜……"洪易镇定住心神之后，手脚麻利地把这卷绸缎似的经文折叠成手帕大小，贴身收藏，并不急着看。

收藏好之后，自信没有任何的破绽，洪易端端正正地坐好，点燃了一炷香，然后轻轻磨墨，在纸上写"静"字。

一连写了十多个"静"字，心思彻底静了下来。

之后，洪易起身洗手，再闭上眼睛默坐。直到香烧完，整个人安定无比。豁然睁开眼睛，眼神扫射了一下四周，耳朵倾听，确定四周没人之后，才小心翼翼地从怀里取出经文，打开细看。

正经的读书人都有这一套规矩，在读书前静心，焚香，洗手，做一套准备工作。这不是无用的礼仪，而是调解身心的方法，使自己能全神贯注。尤其是读这种传说中的弥陀经的时候，洪易怎么会不慎重？

从贴身的地方取出经文，丝绸一般的顺滑感觉让洪易觉得非常舒服。

经文铺在桌子上，四四方方，三尺长宽，宛如一幅大的字画。上面的字迹非常之小，蝇头小楷，却非常清晰，如刀刻印，没有一点模糊之处。字体有一种深入骨髓的力量感，让人觉得这些小字会飞起来一样有灵性。

"好书法！"

看见这字，洪易忍不住心中叫了一声好，他自信自己的字写得不错，但和这经书上的字比较起来，简直是不入流。经文的中间，是一尊金色佛坐于虚空，无数日月星辰围绕在周围。

这尊金色佛陀双眼微微闭，盘膝，双手结印，神态安详，不像别的寺庙里的佛像威严，透漏出来的是一种亲切、熟悉的气息。洪易甚至感觉这尊佛就是自己的千百世起源的前生。

"这才是真正的佛像，这神态、这气质，能引起人的共鸣，有自身成佛的意境。佛的教义讲究众生平等，人人都可以成佛。真正的佛像，不是威严，不是巨大，而是看了让人觉得这尊佛就是自己前世的感觉，焕发出人的佛性道心。可惜，能画出这样佛像的人，五百年都不能出一个，单论画画，已是画中圣者。"

不说这卷弥陀经是不是无上正经，洪易第一眼看见就肯定是无上画道，就是这字，这画，都是无价之宝啊。

洪易开始阅读经文上的正字。这篇文章开章就是四个字——如是我闻。

"如是我闻？这经书是亲自听见佛说法而记载下来的？"洪易疑惑道。原来，佛教典籍用"如是我闻"开头的，都是真正听见上古时代佛说法而留下来的。这四个字，是外道典籍和正经的区别。

按照道理，如果是修行的法门，不会出现这个四个字，因为佛根本不传修行的法门，只叫人明心见性。有点类似上古圣贤只教导读书人养正气一样，是个大致的方向，具体的如何明心见性，如何养正气，都是靠自己摸索，各有各的成就和道理。无论是佛，还是上古圣贤，都只是指了一条明确的道路和方向，至于具体怎么行走，恐怕那些圣贤都不知道，要靠后来人的逐渐摸索。

无论是武道，还是神魂修炼的仙道，都是大禅寺千百年吸纳各种教派精华而提炼出来的。

"不管它，也许著作者是想把经弄得正式一些吧，看具体的修行方法。"洪易当然不会在这个问题上过多纠缠。

第六章 游魂窥武

　　大雪过后，是几个晴天，阴云尽散，夜晚的天空露出稀疏的星辰，远不如夏天夜晚那漫天灿烂的银河。

　　"神魂存想于天庭。天庭者，众神之所归，众佛之灵台。观想天星之气贯顶而入，寸寸深入，与神魂结合，幻象重生。神魂可得清凉、炙热、酸辣，可见天上琼楼玉宇，又可见修罗恶鬼，可见天女诸菩萨，可见天地众神，可见上古圣贤，可觉已堕轮回，可觉战阵厮杀，可觉软玉温香，可觉父严母慈，可觉武力滔天，翻江倒海，可觉遍体腐烂，白骨累累。此诸般幻象，一切不管。守定心神，观想虚空有一佛，名为阿弥陀，结弥陀法印，此佛为天地众生本来面目，守护本念，不为一切所动，能免灾厄。忽然又感，天星之气已触神魂，以大力向上拉扯，人有白日飞升之意。此时便以莫大定力定神，于体中沉浮，切不可真意出壳。凡此种种，皆为虚妄……"

　　夜里子时，四周无人，寂静一片之时，洪易站在院子中间抬头望着天上稀疏的星斗，深深地看了几眼，随后闭上眼睛，背诵着经文里的修行方法。熟读了一天，他已经大致读通了弥陀经里的一门最初壮大神魂的本源之法。

　　地上铺着垫子，洪易盘坐在上面，又抬头仰望天空，注视默记。过了半炷香的工夫，他似把天上星空全部记在了脑海里，又闭上眼睛，学着弥陀经中间的那尊佛静坐，双手抱在腹前，拇指相对，结住弥陀印。洪易静想着天空里的星辰光辉射下来，灌顶而入，一寸寸地进入脑里。

有修炼宝塔观想法的经验，本身也定得住神，没有什么杂念，再加上他熟读《道经》，了解神魂修炼之法基本上都是观想，以假做真，洪易修炼这弥陀经上的壮大神魂之法，倒不是很难。假象，能够引起神魂甚至身体的种种反应。洪易坐了一炷香的时间，渐渐地进入了状态。

在观想中，天上所有闪烁的星辰，射下了无穷长的光线。

假象中，星光从无比遥远的虚空全部落到了自己的头顶上，一寸寸地钻入脑，才达皮膜，洪易就豁然感觉到了全身清凉，好像沐浴在清风里，全身毛孔都呼吸着清气，整个人飘飘欲仙，无比舒畅，深入骨髓，好像是《草堂笔记》里描写的前朝大周一些贵族抽的福寿膏一般。

这种舒服的感觉，就算是心神坚定的武士、武师，甚至先天武师、大宗师都抵挡不住诱惑。洪易也有一种沉醉的感觉。

幸亏他读了经文，知道观想天星光辉入脑，会产生很多幻象，清风吹体，飘飘欲仙，是第一重感觉。就在要沉醉的时候，洪易心中警觉，豁然观想，星空里出现一尊金色佛陀，慈祥，亲切，好像是自己千百世之前的前生。

这尊佛正是弥陀经所画的那尊佛。

经上说，观想这尊阿弥陀佛，可以镇压种种心魔，明白自己千百世的本来面目。

洪易知道经书没有夸张，因为这佛的画艺已经把佛教所有的经义都浓缩在了其中。画的人物，已经是画道的巅峰，这种境界可以媲美武道的人仙和仙道的阳神。

洪易相信，如果白子岳看到了这尊佛，不用修炼经上的功法就可以更进一步。

这尊佛一出现在脑海里，洪易感觉到舒畅感立刻消失，回复了神志。

天地依旧是天地，没有星光入体，一切都是幻象。

"好强大的幻象……幸亏能观想弥陀佛，要不然就沉醉在其中，危险万分了。"洪易如果没有及时观想弥陀佛，恐怕真的沉醉在清风入体的感觉里不能自拔，变得疯疯癫癫。

修炼神魂观想，静守，全身心地投入，真做假，假做真，一个心神失守，立刻万劫不复。修炼之危险，比修武更大。

"有了刚才的经验，再试一次就不怕了。"洪易再次定神，静坐，结印，内观星光入脑。

果然，当观想到星光一入皮膜的时候，全身又清风环绕，舒服了起来。他竭力镇定心神，一步步继续观想。果然，当星光入脑渗透过皮膜之后，幻象又换，却是全身刺痛，头痛欲裂，随后又是酸甜苦辣万般滋味涌上心头。洪易依旧紧紧地守住心神。

忽然，面前恶鬼丛生，修罗、夜叉、魔鬼四面环绕，个个都要扑上来吃人喝血。洪易好像是跌入了修罗地狱里，耳边好像是传来了各种凄厉的叫声，环绕不绝。他对此毫不理会，紧守心神。

忽然又一变，如坠入温柔乡中，美女如云，缠绵温柔，轻歌曼舞。洪易经受住了诱惑。

忽然又变，四面厮杀，尸山血海，置身战场刀枪丛林里。洪易再次紧守真心。

忽然之间，自己全身腐烂，爬满蝇蚊蛆虫，节节白骨外露。洪易依旧紧守真心，刹那明悟了什么叫生死无常，恐怖心尽去。

幻象百般的变换，突然之间——轰！

观想的星光似乎和自己的神魂结合在一起，洪易感觉到天上虚空里，冥冥传来了不可抗拒的大力，把自己的神魂扯出体外，向天上飘去。

这种感觉非常真实，就好像是历经了千辛万苦，克服了九九八十一难的求道者，终于度过了最后一关举霞飞升了。

洪易的神魂禁不住让这股大力扯离身体，欲向天上飘去。就在这个紧要关头，豁然，星空里又出现了那尊弥陀佛。

欲脱离身体飞升上天的神魂一下镇定了下来。

洪易清醒之后，吓出了一身冷汗。

"原来最后一关的幻象那么厉害！的确，经历万般艰难，千辛万苦的磨炼，终于到达了目的，飞升上天的愿望没有人能控制得住，哪怕是圣人。"洪易知道如果真的神魂出壳，飘上天去，自己现在已经魂飞魄散了。

洪易再次坐定，又尝试这门观想法来。

有了更多的经验后他很容易克服了万般幻象，再次尝试到了被天上大力扯得神魂欲脱体飞升的感觉。他努力和这股力量做对抗，感觉魂在体内一沉一浮，好像是溺水挣扎的人。

终于，洪易筋疲力尽，轰然一下，神念全散，感觉神魂消耗太大了，就好像是读书思考过度忍不住睡觉。

"不能在院子里面睡，会冻死的。"强撑着自己的身体，洪易几乎是爬进了房间，躺在床上，盖上被子，整个人立刻进入了睡眠。

一夜无梦。

一觉醒来，已经是大天亮。

明媚的阳光透过窗户照进来。洪易只感觉到神思敏捷，全身清爽得直想高歌。

一连四五个晚上，洪易都修炼弥陀经上的观想法。

这天晚上，洪易在房间里面燃了一炷香，偶尔试了下神魂出壳。神魂刚一出壳，接触到了外界，洪易就有一种刚刚学会游泳的人下水畅游的欲望。

《道经》里记载，白子岳也说过，魂出壳之后的这种欲望就说明到了夜游的境界。洪易试着将魂飘出了香火的范围。

果然，再也没有当初那种无力寒冷的感觉，反而有一种畅游的舒服。

乘着兴致，洪易的魂儿飘飘荡荡地出了门。

"想不到我这么快就到了夜游的境界。《道经》上说修行之人，要达到夜游的境界，最少也要修炼一年以上定神静心的功夫才能勉强做到，我怎么这么快就做到了？"

洪易神魂出壳出门游荡，感觉很惬意，大热天嬉水一样地舒服。

他双脚离地一两尺向前飘着行走，自我感觉轻飘飘没有一点重量，没有肉身行走那种踏实的感觉。房门、墙壁都挡住不他，神念一动，就穿过去了。

"一些读书笔记里都有一夜神游千里的说法。说是有道士和人面对面静坐不动，告诉人千里之外发生的事情，说是自己神魂出壳，一夜行了千里的路又回来，结果人不相信，但是一个月之后，千里之外传来消息，果然说得和道士的一模一样。不知道我有没有神游千里的能力。且试试，魂儿飘荡有多快？"第一次神魂夜游，洪易觉得很新奇。

一个神念动了起来，他的魂儿豁然向上高飞，飘荡的速度也变快了。

"怎么这么吃力？"魂儿一飞高，速度一加快，洪易觉得自己喘不过气来，身体一阵寒冷，好像要被风吹散一样。

他连忙停了神念。

"刚刚才飞一人高，飘荡的速度也不过是普通人奔跑的速度，怎么就这样难受？这显然是神魂还不壮大的缘故。弥陀经上的修炼方法，真是凶险。观想天星之力入脑，幻象重生，一一坚守。一个坚守不住，就魂飞魄散。《道经》里也记载了神魂壮大的白骨观、修罗观、玉女观、飞升观等等，但是这些观想法其中的经历，我好像都一一经历了。难怪这卷弥陀经乃是宗法之源流。"

洪易读过《道经》，里面也记载了不少壮大神魂的观想法。

白骨观：观想自己遍体腐烂，蛆蝇密布，白骨显露，以消除自己的恐怖心。

玉女观：观想自己怀抱玉女，玉女做出各种挑逗动作，但自己坚守不动，锻炼心如冰雪的神念。

修罗观：观想自己置身百鬼万魔丛中，丝毫不惧，练习去恐怖。

飞升观：观想天上有大力引神魂白日飞升，抗拒这白日飞升的神念，消除妄想心。

这一切观想法情景，洪易似乎在修炼弥陀经的时候全部感受到了。弥陀经上的修行，在电光石火的刹那包容了万般法门。

洪易飘飘荡荡出了侯府角落，游荡向了南面。

此时已经是夜深人静，整个侯府除了提灯笼巡游检查守夜的仆人以外都进入了梦乡。

但是，洪易突然听见了说话声。

"兄弟，听说洪易前些天被父亲突然叫去了，还让账房给支了一百两银子，让他准备开春后的科举考试。这是不是表明父亲开始重视洪易了？父亲是从来不搭理他的。"

一间红漆围墙的大院子，院子里面传来了呼呼的拳脚声音，还有说话声。

侯府南院叫做兰亭斋，是三房平妻荣夫人的住宅。

侯府里，三位夫人，分别是正妻大房赵夫人，居住在侯府的中间正府，生有两子。平妻二房方夫人，居住在侯府的东边云亭斋，生有一女，洪雪娇。平妻三房荣夫人，居住在侯府南院兰亭斋，生有一子。

其余的几个小妾，集中居住在西面，不像三位夫人这样占据一方。仆人护院、管家账房、婢女等都集中在北边的角落。

洪易穿过墙，看见两个男子正在对练拳脚，一个舞根硬木齐眉棍，一个好像是用拳脚攻打练手，两个人都穿着绸缎劲装，颇有一点虎虎生风的架势。

这两人你来我往，打了几个回合，就停歇了下来。洪易认得这两个人，拿棍子的正是三房荣夫人的儿子洪桂，而赤手空拳的却是荣夫人那一头的亲戚，叫荣蟠，都在洪易家的宗学里一起读书见到过。

"桂少爷也不用和那种人生气。"荣蟠讨好道。

"哼，本少爷好不容易见到父亲一面，却挨了一顿家法，足足在床上躺了半年才好。"洪桂眼睛里面有怨毒，"这个洪易只见了父亲一面，却得到了嘉奖，还在账房里面支了一百两银子。一个贱籍的儿子，凭什么！不就是考中了一个秀才吗？也不见得有什么。"洪桂恨恨地道。

荣蟠嘿嘿一笑："桂少爷不用恼怒，我听说侯爷不让他练武，我大乾朝文只能当官，而武却封爵，将来桂少爷练好了武功，到军中讲武堂深造一下，以侯爷曾经在军中的威望和人脉，你出来之后最少都是一方统领，几仗打下来，还不是一个侯爵？就算洪易考中进士当了官又怎么样？说不定惹皇上一个不高兴，抄家杀头流放都是家常便饭。我大乾王朝虽然名义上尊重读书人，但是杀起头抄起家来是丝毫不手软的。"

"话虽然是这样说，但我就是心里有气憋闷着。"洪桂把棍子往地面一戳。

"桂少爷，你怕什么，一个死去的小妾的儿子罢了，我在宗学里见过他，总是装出一副有学问的样子。桂少爷要是看不惯，等宗学开学的时候，我找个碴子打他一顿就是了。"

"果然是举头三尺有神明，阴谋必被鬼神所知。哼！"洪易听到这里，心中冷笑一声，他没料到和武温侯见了一面就会遭到这般妒忌。洪易心中暗暗防备，魂儿飘了出去。

魂儿飘向了东院。

刚到云亭斋，洪易就听到了嘭的一声脆响，好像是炸了什么东西，砸碎了瓷瓶。随后，碎裂的声音接二连三地传出来，不知道里面发生了什么事情。

洪易的魂儿飘飘进去，看见洪雪娇正在院子中央练武。

四周静寂一片，只有柔和的星光。

地面上摆放着一本书，上面有许许多多的人形动作图和文字注解。

洪易好奇，想翻开封皮看看是什么书，却无法翻书。就在这时，洪雪娇的身体掠过，带起了一阵强烈的劲风，把书翻了过来，洪易便看见了五个大字——虎魔练骨拳。

"虎魔练骨拳？不是大禅寺练骨的绝学吗？就连子岳也没能得到，怎么会出现在这里？"洪易微微惊讶了一下。这本书他听白子岳说过，知道它的来历和具体的功效。不过他自从得到弥陀经之后，对经书秘籍的兴趣减少了很多。

经书再绝密，修炼也得一步步来，绝不能一蹴而就。

"子岳教了我牛魔大力拳，是练肉，练筋，练皮膜的功夫，最高到武士的境界，要想更进一步，到达武师境界，就得要有练骨的秘诀，既然这本《虎魔练骨拳》就在这里，我应观看一番，可惜我的魂儿可翻不开书……"

呼！

就在洪易靠近这本拳谱的时候，洪雪娇猛扑了过来，一拳做势，虚空轰击，打得空气一阵爆响。

"不好！"洪易这一惊可是非同小可，感觉到一股炙热的气息扑面而来，整个人就好像贴近了火炉，又好像是万根针扎刺，浑身难受得差点魂儿都散了。

在剧烈的难受时，洪易神念一动，魂儿总算是飘开了。

"我总算知道了什么叫做阳刚之气逼人，血气方刚，阴鬼不能靠近。"洪易暗想。

阴魂鬼物要作祟，只奈何不了两种人，一是内心刚正，明白鬼神道理，不惊恐的人，二是身体强壮，血气方刚的人物。

而洪雪娇正是第二种。

洪易虽然不是鬼物，却是游魂。知道了这一层，洪易不再靠近洪雪娇，而是踱步到院子旁边，把洪雪娇的姿势都记下来。

洪易观看洪雪娇练功，比看书的效果还要好，这等于是一个活生生的武师教授自己拳法。

洪雪娇练了一会儿就收起了书本，回房间去了，洪易听见她吩咐丫鬟烧水洗澡。

洪易一听见这个话，魂儿立刻飘荡出了云亭斋。

"对了，父亲回来了，他是武圣，不知道练功夫了没有。"洪易神念转动着，魂儿又飘向侯府中央的府邸。

"好重的阳刚血气！"刚刚穿过墙，到了侯府正府中央的大门口，洪易就看到了房屋顶上红光火焰隐隐，好像是侯府里面失火了。

"武圣的血气居然强大到了这样的境界！"洪易看着屋顶上隐隐约约的红光火焰，知道那是自己魂儿感应到的强大血魄阳刚之气，他连门都进不了。

他再次感觉到父亲武温侯多么恐怖。

"才刚刚练到夜游的境界，根本不能靠近这么强大的血气，还是回去吧。"洪易魂儿刚刚要转身飘回去，突然他全身一冷，有一种凉嗖嗖的感觉，就好像是被盯住了一样。

"什么游魂来窥视我？"就在这时，一个声音从里面传了出来。

正是父亲洪玄机的声音。

"被发现了！武温侯果然是天下绝顶高手，居然能感受得到我的窥视。"就在洪易飘闪到阴暗角落里面的时候，房屋的另外一头突然出现了两个黑衣人。

这两个黑衣人身材中等，高高的发髻，中间用碧玉簪子插住，是道士。

"嗯？你们是哪一道派的？深夜潜伏进我府中，还用神魂出壳的法子想进入我的房间，想干什么？让你们这么轻易进我的屋子，那我也枉为武圣了。"洪玄机不紧不慢的声音传了出来。

"无生道，玄叶。"

"真空道，玄真。"

两个黑衣道士各自报了名字和派别，随后道："我们是来杀你的！"

"无生道？真空道？哪里出现的邪教！我大乾王朝，受朝廷册封的正规道门只有太上道、正一道、方仙道，哪来什么无生道、真空道。邪教小丑，也想搅乱民心，刺杀朝廷大臣，乱我朝纲？"洪玄机的声音传来，正府的大门一下打开，出现了一个锦衣华服，戴紫金冠，身体笔直，如魔神一般身形伟岸的人，正是武温侯洪玄机。

洪玄机一出现在门口，唰唰两声，两道剑光从百步之外一闪而来，正是两个道士背上的两柄宝剑，突然出鞘飞斩过来，快得成了一道光线。

剑光飞来的刹那，可见剑身上菊花一样的云纹，锋口割破喉咙的窒息扑面而来。

洪玄机面对这两道剑光，突然伸出右手，晶莹如玉的手迎着两道剑光一拿捏，竟然以拇指、食指、中指、无名指这四指硬生生地捏住了两柄飞来的剑。

这纯粹是武技、力量。他手腕一转，两柄剑在指间一转，手臂一震，两柄剑脱手甩出去，发出破空的呼啸，去势竟然比刚才飞来的势头要快上一倍，凶猛一倍。

嘭！嘭！

两片血雨带起，两柄剑深深地插进了两个黑衣道士的胸口，并从背后投射了出来，直挺挺地把两个道士钉在了地上。

"哼！神魂驱物的飞剑刺杀，不过鬼神小道而已，百步斩人，强不过弓，疾不如弩，也敢来刺杀我？不知天高地厚。"洪玄机踏出几步，到了这两个道士面前，看见被穿胸而过的道士还有气息，冷笑问道："什么是无生道、真空道，你们为什么来刺杀我？"

"呵呵……洪玄机，你不要得意。听说元突白家的白子岳已经来到了玉京，要和你交手，等你和他比武筋疲力尽之后，你就等着我们无生道、真空道无休止的刺杀吧。"两个道士艰难地说着话。

"白子岳？元突白家那个十五岁的武道天才？就凭他也想和我决斗？还嫩了一点。"洪玄机傲然道。

"呵呵……洪玄机你是真糊涂还是装糊涂，白子岳的前身是天下八大妖仙之一………无生父母，真空家乡……"两个道士已经支持不下去了，在最后关头嘴里念出了八个古怪的字，随后气绝身亡。

肉身一死，两尊无形无质的阴神就从身上冒了出来。

洪玄机目光一闪，似乎能看到这两具无形阴神似的，突然出两拳，轰击在这两个阴神之上。

这两个阴神承受不了强大的阳刚血气，一下就魂飞魄散，消失在天地之间。

"妖仙吗？"洪玄机闭上眼，神态非常凝重。

"嗯？"他想了一会儿之后，眼睛随即看向了旁边一个阴暗的角落，没有发现什么。

"刚刚走了神，似乎让一个游魂溜走了。无生父母………真空家乡……"洪玄机嘴里咀嚼着这两句话，再次陷入了沉思。

"无生道，真空道………元突白家，白子岳，天下八大妖仙，皇宫闹白狐……似乎有些不对………"

此时，人声鼎沸，整个侯府火把通明，众护院一拥而来，其中竟然有身穿铁鳞甲，带铁盔，全副披挂，手拿精钢长刀的精锐武师。

# 第七章 洛云公子

"刺客已被本侯击杀，都退下吧，不要过度喧哗，以免惊动家眷，收拾尸体深埋。劲弩卫、陌刀卫都退下。"

火把的光照映着武温侯洪玄机冠玉一般颜色的脸，闪烁不定。

地上两具被长剑穿胸而过的道士尸体。

洪玄机的身后是一排弓步站立，长刀出鞘，身穿沉重铁甲却如着羽衣一般轻松呼吸，凛冽之气彪悍得透体而出的刀手，他们是侯府里精锐的护卫陌刀卫。他们手中的百炼精钢长刀，一律四指宽，差不多有一人来长，似乎可以将连人带马一起劈成两半。那是特质的陌刀，洪玄机年轻的时候曾带陌刀兵以八百步兵，击破云蒙帝国的一千黑甲精骑，创造了以步破骑的神话。出现在这里的陌刀卫虽然只有三十人，却个个都是陌刀兵中的精锐，洪玄机的随身亲兵。陌刀卫里面随便哪一个都是能赤手空拳敌数十军人的武师。这样尸山血海里趟出来的武师战士，千军易辟，鬼神不能靠近。更为可怕的是，四周还散落了三四十个手持劲弩，箭已上弦，警惕瞄准四周，随时都准备瞄准发射的护卫，他们是侯府的劲弩卫。手中的弩机，一色暗红，机身上还有瞄准的刻度。紧崩的弦充满着力量感，只要看上一眼，就会觉得箭已经透体而过。这是大乾王朝特制的神臂弩，足足有三石的力量，就算是武士也要用脚才能蹬开给箭上弦，这些弩手用手就能轻易拉开。

神臂弩在五十步里能射穿铁甲，三四十弩精确齐射，就算是再厉害的武术高手，都要饮恨当场。

陌刀卫弓步亮刀护卫四周，劲弩卫铁箭上弦散布四周，洪玄机站立当场，火光映照里，锦衣华服，紫金冠闪亮，好像是一尊永远不被击倒的巨人。

"熄灭火把，不要惊动家人。死尸抬走，深坑掩埋。"听见洪玄机发话之后，一个陌刀卫的头领把手一扬。

锵！

三十口刀入鞘只有一个声音，整齐得可怕。

火把同时熄灭，只剩下星光。

"侯爷，末将来迟，请侯爷责罚！"

陌刀卫的头领一步上前，站到洪玄机面前，做了一个单膝下跪的虚礼。

他没有跪下，因为身上铁甲沉重，不能施全礼。大乾王朝的冷钢重甲都是用冷铁锻打而成的，全副披挂，重一百二十斤，只有武艺高强的大将穿上之后还能行动自如。

"我才和刺客说了两句话的工夫，你们就衣甲在身，兵器在手出来，这种动作，比当初在军队还要快了三息时间，我怎么会责罚你们。"武温侯洪玄机说着，手一扬，"解衣甲，回去睡吧。"

"但是，侯爷，您的安全……"

"这天下能杀得了我的，除了修炼成阳神之外的神仙，就是武道极致的人仙。可惜这两种人，还没有生出来。"洪玄机抬头望着天空，"白子岳，你既然要找我交手，不要让我失望才好。"

看着部下退下，洪玄机想起了刚才感觉到的游魂："那个游魂已经被我伤了神，神魂惊伤过度是恢复不了的，就算溜了，十多天就会油尽灯枯。"

……

洪易的游魂惊慌地飘了出去，狼奔豕突般的震惊。幸亏是游魂状态，无形无质，可以穿墙入物不受阻挡，否则早就被撞得头破血流了。等奔突到侯府西北角落自己居住的小院子里面神魂归壳后，洪易仍旧是惊魂未定，感觉到心脏嘭嘭嘭跳动，头脑充血似的昏昏沉沉。

是一种劫后余生的感觉。

"读书人讲究从容淡定，遇事不紧不慢，哪怕是刀斧加身，心不跳眉不皱，这样的修心定神的境界，看来我还远远没有达到。"

过了老半天，洪易还是定不下神来，感觉很疲劳，但就是睡不着，也无法休息。

头有一种胀痛的感觉。

"这是伤了神魂。"大喜伤神，大悲伤神，大恐、大惧、大惊、大震，都是非常伤神的。有的书生，偶尔见到一个美妙女子，回去之后茶饭不思，整日痴想，十天半月就消瘦下去，最后大病身死，也是伤了神魂。伤神之后，人非常疲劳，但就是安定不下来，也无法休息好，整日整夜失眠健忘，心烦意乱。

燃上了一炷定神的檀香，洪易洗手，然后磨墨定神，写"静"字。但是这会儿，这方法居然不灵了。

心静不下来，写的字歪歪斜斜，毛边丛生，大失水准。

"心不能静，字自然就写不好。字体，显示了我心里的毛躁……也不知道父亲发现了我没有，瞧出了蛛丝马迹没有？"洪易看着桌子上毛躁的字，把纸揉皱。

"睡也睡不着，神也静不下来，这般伤了神，失魂落魄，恐怕不出十天，我就油尽灯枯了。"洪易苦笑着，"唉，还是看一看弥陀经吧。"

洪易又把弥陀经铺在床上，借着透窗而来的星月光辉看了起来。这次他没有阅读经文内容，而是纯粹欣赏字画。

"这字就算是当今大书法家王恺之恐怕也写不出来，我若是有这般书法，科举考试的时候不用做经义，写上去就高中了。这尊弥陀大佛的神韵，也是天下无双。就算是擅长画宗教人物的画圣乾道子，也绝对画不出来……"

画圣乾道子，是大乾王朝成就最高的画家，最擅长画宗教人物，无数道观、佛寺都请他画神仙图，每一张画的价格都值万金。

"弥陀经之所以是无上经书，不在于它的法诀如何高深，修行也没有什么捷径可以走。再高明的法诀，也不可能一修就成阳神。但是此经尊贵之处，就是书法和画艺的神韵——文字、图画，包含了佛教最为纯正的精髓。我虽然不崇佛，却对这样的画艺、神韵心生敬仰……"突然间，洪易心中产生了一丝明悟，那尊弥陀大佛便深深地刻印在自己的脑里。

轰隆！

洪易的灵魂深处，好像突然多了这一尊佛一样，悬于虚空。

观想这尊像自己前世面目的过去佛，洪易的心突然无比安宁，感觉到了无穷无尽的虚空，天大地大，任我遨游，神魂暖洋洋，如沐浴温泉般舒服。倒头就睡，一夜无梦。

一觉醒来，已经是天色大亮。

"睡得真好。"洪易起来伸了一个懒腰，呼吸之间，神清气爽，张口吐气，居然没有一点口臭，心中无穷的信心和满足。洪易知道，自己的神魂全部痊愈。

弥陀经的修行，不在于法诀如何精深，而在于经上的画像的神韵，领悟这神韵之后，观想这佛于神念里，就能镇压一切恐怖，消除欢喜，快速修复受损的神魂。

修炼之人神魂出壳免不了有各种各样的损伤，就好像是练武的人，免不了伤筋动骨的。"伤筋动骨一百天"，要修养一百天才好，但是如果有灵丹妙药，第一天伤了筋，敷上去，第二天就好了，那这个练武的人，速度进展会有多快？会有多么的强大？弥陀经上的那尊佛是画道的巅峰，修炼之人将其观想存于神魂神念里，就像是服了灵丹妙药一样，有无上的安神效用。

"原来如此，如果神魂出壳游荡，一旦受到伤害，很难痊愈，不但不能进一步修炼，还要落下终生的残疾。"神魂伤势好了之后，洪易终于知道神魂出壳的诸多禁忌，回忆当日在山谷里整理书籍时读到的很多修道典籍，心中终于对神魂修炼之术有了更深的领悟。

大多数的道经典籍，讲了很多修炼神魂之术的观想法，全部都是锻炼神魂之术，并没有讲神魂受伤之后如何恢复和调养。正因为这样，修炼者小心翼翼，不敢随便脱壳游荡。

"不敢下水熟悉水性，如何能练出一身游水的本领来？在岸上揣摩水性，永远比不上亲自下水去尝试。幸亏我有弥陀经这样能镇压邪魔，恢复神魂损伤的无上观想之法。有了此法，我只要稍微小心一点，不魂飞魄散，无论什么样的损伤，都恢复得过来。

这样就可以放心大胆地出壳锻炼神魂了。"摸通这一关节之后，洪易又明白了一些修炼的关节要点。

夜深人静。

洪易又神魂出壳，飘飘荡荡来到了东院的云亭斋。

洪雪娇依旧在场地里苦练，拳来脚往。

嗨！

"'虎魔伸腰'！'虎魔爬山'！'虎魔下山'！'虎魔运脊'！'虎魔狂啸'！'虎魔碰头'！'虎魔撕羊'！'虎魔跳涧'！"洪雪娇踩着步法，拳脚来往，腹部运气，连喝出了八个招式字，以增拳法的威势。

虎魔练骨拳一共有八式。每一式都有几十种变化。只见她抖擞精神，每一拳打出之时，全身骨骼都似乎在内部运动，爪甲齐出，冲撞踢击，让在旁边看着的洪易觉得她的骨骼就好像钝刀在磨刀石上磨着一般，渐渐生出锋芒来。

练骨如钢，拳以洞穿力著称，是境界由武士到武师的显著特征。筋肉皮膜练到了火候的武士，能抗住拳头打击，但是却抗不住练骨如钢的武师的拳头。

洪雪娇已经逐渐向武师的境界一步步练着。洪易能够明显地感觉到，洪雪娇体内的血气一天比一天强大。有时靠得近了，游魂都会被血气冲得很难受。好在洪易有了观想修复神魂的法门，倒也不怕。

洪易一连观看了几个晚上，又凑上前去仔细看书。洪雪娇有时候要停下来翻书揣摩意思，看书的时间也比较长，洪易窥见了书本上的全部内容。

洪雪娇除了练习虎魔拳以外，还练了一套叫做小天罡擒拿手的拳法。

这招拳法，不是锻炼筋肉膜，也不是锻炼骨，而是用来杀敌，摧残敌人身体的。一共十二式，洪易都默默地记在了心里。

洪易跟着洪雪娇练拳。有了拳谱对照，加上学习洪雪娇的架势，洪易凭借牛魔大力拳打下的基础，对虎魔练骨拳的拳势居然比洪雪娇领悟得还要精深。洪雪娇练功时，有时出现了和拳谱里有差别的地方，洪易都能看得出来。

吽！吽！吽！

门窗紧闭的房子里面，幽暗漆黑，洪易在床后角的一块四五步见方的地方练功。地方小，四面封闭，神气反而不发散。活动着身上的大块肌肉，洪易感觉到自己的身体逐渐强壮有力起来了。屏住呼吸，双拳齐出，腰前伸顶，头颈竖立，一招"牛魔顶角"打出。气随拳吐，发出了哞哞哞似大水牛一般的声音。

拳头正好打在了一块两指厚的木板上，咔嚓一声，木板成了两截。这是颇为坚硬的栗木板，他找来试力的。

"终于不是手无缚鸡之力了！"洪易看着自己的双手，闭上眼睛，满心欢喜。

四肢、腰腹、胸口、背后、双臀的大块肌肉，随意比划了两下牛魔大力拳中的练肉拳术，一拳打出，就有贯通全身大块肌肉的力量。

"再练一段时间，全身的肌肉就会饱满结实。神魂壮大起来，心念对肉身的控制也好像灵活了许多。"洪易感受着自己的变化，感觉到修炼神魂对练武也有益处。

"难怪要性命双修，肉身为船，魂为操舟之人，船身坚固，人就安全。同样，人稳定，也能更好地控制船。两者相辅相成呢。"

呜呜，呜呜——

床脚下面的火盆上煨着的小炉子叫着，酒香四溢。

"苏合香酒煮好了。虽然比不上子岳琼浆酒十分之一的功效，不过用来调理身体，还是很不错的。"洪易拿出一个小碗，把煮好的酒倒进了碗里，先喝上几口，随后用布小心地沾一些，脱掉衣服，擦拭着全身。

白子岳号称酒神，擅长用酒调养身体。这苏合香酒，是白子岳临行之前教洪易熬制的。用此酒可以强身健体，调理内脏，正是练武打基础的好药物。熬制苏合香酒比较简单，在普通的高粱酒里加上几味药材煮好就成了。

擦拭完身体，洪易感觉全身暖洋洋的，很舒服。洪易穿好衣服，带上钱袋，出了门向玉京城东面大街的贯虱号走去。

贯虱号是玉京城最大的弓箭制造铺子。大乾王朝的兵器法，禁弩不禁弓，弓倒是能够买到。以洪易秀才的身份，还可以配剑游历全国。洪易买弓，正是要试力，军队里面讲武堂的考试，第一就是考试射艺。弓马射艺是武艺的根本。

"如果我拉得开六十斤的蚕丝弓，连珠发射，就到了武生的境界，如果不行，就继续练习。买一张轻弓回来练力，至于八十斤、一百二十斤的牛筋硬弓，暂时不想它。"

走过四条车水马龙的大街，洪易来到了贯虱号。三层楼阁临街而立，上面有大字金漆招牌。"这就是贯虱号的铺面了。"洪易抬头看了看金字招牌，三个字深沉有力，笔锋如箭，让人一看就产生了"这家店铺非同小可，不如进去看一看"的神念。

"贯虱号"这个名字也取得非常之巧妙，显示出了弓箭制造技术的巅峰。

原来上古之时，有位神射手，把一粒虱子悬挂在百步之外，一箭发出，能贯穿虱子。这样的境界，记载在典籍里，脍炙人口。久而久之，人们都把"贯虱"作为箭术射艺的巅峰。

"贯虱"比之"百步穿杨"要高几个境界。

出入店铺的人熙熙攘攘，但大多数都是身穿青衫的读书人，还有穿着大学国子监服装，四方冠，帽檐耳朵边两条带子垂下来的监生。还有一些身着国外服饰，孔武有力的武士。

大乾王朝威震四海，兵器制造也是上流，更何况玉京城是最大的贸易交流中心，一些店铺什么稀奇古怪的玩意儿都有。无论是西方火罗，还是东方云蒙，北方元突，南方神风、琉珠等国家的人，都喜欢千里迢迢到玉京来采购东西。

还过八九天就是新年了，玉京城更加热闹。

"这些读书人、监生来买弓，无非就是挂在书房里显示自己六艺俱全，但真正做到六艺俱全的读书人，我还没有看到几个。"洪易走进了店铺心中想着。

读书人六艺：礼、乐、射、御、书、数。其中就有射、御两艺。

早期大乾王朝还重武艺，不过盛世一久，加上严格的控制，文风就盖过了武风。二十年前，朝廷取消了科举考试中的骑射，单以文定好坏，从此刀枪入库，马放南山，现在读书人里文武双全的已经很少。

洪易练了这么多天的上乘拳脚功夫，又天天游魂离体观看洪雪娇练拳，揣摩《武经》，已经有了一些观察眼力，发现买弓的读书人、监生一大半都没有武艺在身，身上的肉松松垮垮。这种察觉力，令洪易很欣喜。

墙壁上挂满了各式各样的弓供人挑选。洪易走近了，观看一张张的长弓短弓。

"客官，您要哪一种弓？我们这里有牛筋的、蚕丝的、蟒筋的，另外还有竹子、桑木、栗木，也有上等的柘木。看您身穿青衫，是秀才公子，那一定要买这种金漆画鹊的弓，买回去挂在书房里，既雅趣，又有英武的风骨……"看见洪易徘徊观看，一个干净利落的伙计立刻迎上来。

洪易看着伙计介绍的那张金漆画鹊的弓，弓身漆得金光闪闪，中间夹杂朱红的画鹊，中看不中用的，只能用来装饰书房。于是说："给我拿一张六十斤弓力的栗木牛角蚕丝弓。"

"好嘞。"伙计立刻拿来一张弓，弓身中等长度，弦张而有力。

洪易接过弓，伸手抚摸着，心中忍不住兴奋了一下。洪易握住弓，心中默念着六艺里"射艺"的内在功夫："正心，心无邪念，杂念不生。诚意，意在靶先，时思内外。存神，动止安闲，消除噪妄。大定，气定神闲，虽战场对射，仍面不改色。"默念完这些心法，洪易生出气定神闲的感觉。

他双脚大拇指外蹬，小指裹抓，双膝外分，双臀内吸，腰暗进，胸明出，心放下。

心法是读书射艺的道理。

他的动作是牛魔大力拳中的开弓手法。

嘣！整个弓被一下拉成满月，一松弦，发出了清脆有力、坚实的声音。

"好弓，听声音就听得出来，就是这张了。"洪易呼吸几下，调匀气息，才开口道，心中却是暗暗地惊讶。他刚才开弓，一拉开，全身的筋有被狠狠扭了一把的撕裂感，腰、腿、腹、手臂、后背、颈项都隐隐作痛，让他说不出话来，只觉得全身的筋都被扯了起来，也和弓弦一样，被崩得紧紧的，弓一放，全身的筋也跟着弓弦弹抖。

"难怪开弓是第一练力的手法，古代圣贤都把它定为六艺之一。武学里面练力的方法多种多样，有背铁砂、绑铅块、压腰腹、滚石球、玩石锁、抬枪棒，但是都比不上开弓。我才开一下弓，还谈不上瞄准，就已经浑身欲裂，更别说是连珠发射，箭箭中靶。"洪易暗想。

"公子真是好眼力，我们贯虱号的弓，天下第一，张张都是好的。这张弓七个银饼子。"伙计笑着道。

洪易排出七枚一两的银钱，正准备回去开弓练力，伙计又笑着，连连弓腰："看公子开弓的手法，定然是文武双全的人，公子不买一柄剑回去么？"

"买剑？剑在哪里？"

"公子请上二楼。"伙计热情地引路。

二楼上，人少了很多，因为一柄好剑的价值比弓要贵得多。

二楼的剑都摆放在架子上面，个个明光闪耀，一尘不染，锋芒凌厉，一看就是用上好的精钢打造。

"公子，这是我们贯虱号最好的剑了。如果您还不满意，那就等几天，就算您要天梯纹钢、冰裂纹钢、菊花纹钢打造的神兵利器，我们也可以帮您弄来。只要您预付定金。但是您要的血纹钢剑，我听都没有听说过。"

洪易一上楼，就听见有人这么说。只见一个身穿国子监大学服装的年轻人，摇一把素白扇子，身后跟随着两个彪悍的人，一看就是高手护卫。

"血纹钢是道士在炉子里面炼出来的，钢内有血丝密布，如同人肉一样，是神魂驱物飞剑刺杀的仙器。大乾王朝玉京城应有尽有，道观林立，怎么会没有这种东西呢？"年轻人摇扇自言自语，很是遗憾。

洪易听这声音，清脆不似男人，偷眼一瞧无喉结，居然是个女扮男装的假公子。

洪易这一惊可是非同小可。国子监是朝廷大学，里面根本不可能有女子。除非，她是周围诸国来玉京城留学读书的皇室公主之流。"她为什么要买血纹钢？"洪易心细，善于观察，一眼看去，心中就有了几分猜测。

血纹钢并不是上好的精钢，而是传说中打造仙兵飞剑的钢铁。这种钢铁光亮纯净，在钢质内部会有一条条像人体经络血管一样的血丝。传说这种钢铁有灵性，佛道两家的修行之士用它来炼制飞剑，比普通凡钢精铁的剑要灵活得多，威力也大得多。

洪易只在《道经》里读过有这种血纹钢的记载，没有看过，他甚至怀疑世界上到底有没有这种钢铁。他神魂修炼还没有到驱物的境界，无法比较血纹钢和普通钢铁谁优谁劣。

贯虱号的老板提到的天梯纹钢、冰裂纹钢、菊花纹钢，洪易却是知道的，有的也见过，这三种钢铁打造的兵器都是神兵利器，价值最少都数千两银子，甚至价值万两，而且是有价无市。用这三种钢铁打造的刀剑吹毛断发，削铁如泥。

天梯纹钢是西域火罗国的特产，因为锻打出来的刀剑身上有梯形状的纹理，称为天梯纹。大乾王朝的特产是冰裂纹。南方岛屿神风国的特产是菊花纹。这三种刀剑并称为三大神兵。

洪易亲眼见过正府赵夫人的大儿子洪熙手里有一把冰裂纹的宝刀，是皇帝赏赐的。

"玉京城是天下第一大城，这贯虱号是天下第一的兵器铺，竟然都没有血纹钢卖？"女扮男装的公子再次叹息着，眉宇间有掩饰不住深深的失望。

"这位仁兄，血纹钢是道士在丹炉里炼出来的，传说要过上千次火，还要许许多多的材料，最后用自身人血淬火，才能炼出血纹来，像人体的经络血脉。前朝的方仙道大家王九月道士用了十年时间，才练出巴掌大的血纹钢来，最后因自身精血枯竭而死。仁兄在普通店铺买传说中的仙钢，怎么能买得到呢？"洪易忍不住上前一步说道。

就在洪易上前一步的时候，女公子身边的两个护卫猛然把眼睛盯到了他的身上，冷光摄人，好像是洪荒巨兽，而且两人的手摸到了腰间，似乎随时都要掏出兵器来。

这样的反应，令洪易心里一震，差点被吓得后退，好在他修炼神魂已久有定力，及时停下脚步，微笑地看着这两个凶猛的护卫。

"你们干什么，还不退下？"女公子听见洪易的话非常惊喜，转而看见自己护卫的态度，顿时恼怒了，眉毛倒竖。

两个护卫听见女公子的训斥，一言不发，立刻退到了两边。

"这位公子，你知道哪里能买得到血纹钢吗？"女公子上前两步，靠近洪易，急忙问。

"请问这位仁兄贵姓？"洪易微笑问道。

女公子大约觉得自己有点急躁和失礼，连忙又退后一步，拱了拱手，打量了洪易一番："公子是读书人吧，身着秀才的青衫，已经有功名在身，不知道怎么会了解血纹钢的。我姓洛名云。"

洪易也在打量着眼前的这个假公子——脸很白净，五官秀气，吐息带香，似兰似麝，手指纤细，左大拇指上还带着一枚扳指，扳指不是玉的，而是铁的，铁上显现出了花纹，还有扣槽，不是装饰用的，而是用来射箭的。洪易突然想起来，自己要开弓练力也要买个扳指，不然很容易被弓弦割伤手指。

女扮男装只不过是一层纸而已，戳破就没有意思了，而且很容易引起人的反感，甚至成为仇家。洪易想着，说道："我姓洪名易，只不过是多读了几本《道经》。听见洛兄要买血纹钢，觉得好奇而已。看洛兄应该是国子监的学生，怎么会买血纹钢那种仙物？"

"呃……"洛云停顿了一下，"我只不过是随便问问而已。"

"玉京城外三十里，是玉京观，乃是方仙道派的根基，洛兄如果真的出得起价钱，可以去问问那里的道士，他们应该有收藏。"洪易出言道。

"玉京观，方仙道吗？"洛云沉思着，又抬起头来，"如果没有血纹钢，用什么代替最好？"

"要练飞剑？没有血纹钢，要用什么代替？这个女人是个愣头青吧？哪里一开口就问这个问题的。读书人不谈怪力乱神，至少不要在大庭广众之下谈。莫非这个女人也是一个修炼之士？不知道到了什么境界？我倒摸摸她的底子，到底是修炼之士，还是看了几本道经之后就起了兴趣的人？"洪易心中虽然这么想，但是看到那女公子一眼的天真，想起《道经》里面的一些内容，回答，"书上说血纹钢是用炼金术加钢，炼出人体一样的血脉来，如果炼不出来，可以用木剑代替，因为木剑也有脉络。如果用没有脉络的东西代替，神魂驱剑要困难十倍。具体的炼剑采剑之法，我只是在一些道书中看到，没有深刻印象。"

"原来是这样的道理！"洛云恍然大悟，眼睛里放出光彩来，"洪兄，你我同样是读书人，你却知道这么多，难怪父王……要我来玉京读书，要多看书籍，还要多问别人。"洛云说到父王的时候，似乎觉得自己说漏了嘴，声音立刻变得细不可闻。

洪易也装作没有听见，他早就猜测到了这个洛云是国外皇室的人。

"用木剑似乎威力要小很多，我还是去玉京观看看有没有血纹钢卖吧。"洛云自言自语道，随后拱手道，"多谢洪兄指点。对了，洪兄手里有弓，却没有指环，很容易割破手指，我就送你一个扳指，感谢你的指点。"说着，洛云从手上摘过了指环递给洪易，"我在国子监读书，你住在哪里？我有时间找你聊天。"

"我在武温侯府。"洪易道。

"嗯，我记住了，我先走一步。"洛云递过扳指之后，飞快地走了出去。洪易在楼上看见她乘一辆马车，朝城外飞驰而去。

"倒是个没有太多心思的人。"洪易看着手上的指环，叹了一口气。

马车里。

"公主，这个秀才不是一般人！"一个护卫对洛云说。

"哪里不一般了？"洛云问道。

"您问询别的读书人，他们不是一脸麻木，就是不语怪力乱神。唯独这个读书人，怎么懂这么多的东西？"另一个护卫道。

"父王不是说，大乾朝的读书人学问囊括四海，这有什么好稀奇的？"洛云道。

"公主，你太天真了。王送您来，是要您学习大乾人的精明，可是您……"

两个护卫都叹了口气。

# 第八章 牛魔显威

大乾王朝的第六十一个新年终于要来到了。

整个玉京城从除夕开始，鞭炮轰鸣不断，一直到第二日凌晨都没有停过。

大街上张灯结彩，舞龙灯的、唱歌舞的、卖吃食的，各家各户的平民、商人、士子，也都走上了街头凑个热闹。

皇宫的五凤楼上，皇帝携带皇后诸多妃子和皇子观赏满城灯火。

无数冲天的烟花，似乎标志着大乾皇朝的盛世已经到了巅峰。

玉京城是天下第一大城，过年的习俗和别处不同，讲究的是一个热闹。从除夕到十五，都会夜夜龙灯、烟火，让国外的使节们感觉到天朝上邦的强大和繁荣鼎盛。在这个除夕之夜，人人沉醉在兴奋里。平民有平民的过年法，走上街头凑热闹。而大户人家却聚集在一起守岁，桌上摆放着各种小吃、奶、茶等。

武温侯府中也十分的热闹。不过武温侯洪玄机今天不在府邸，而是被皇帝叫去，一起在五凤楼观盛世夜景。这是莫大的荣耀。

主心骨不在，各房也没有聚集在一起过年守岁，而是各自分开，大房正府是一团儿，二房云亭斋是一团儿，三房兰亭斋又是另一团儿。铺天盖地的热闹反衬出洪易居住的院子格外冷清。外面越热闹，他的心里反而越宁静，悠远。

他盘膝坐在床上，双眼轻轻闭住，全身正直不动，似乎已经进入了安定的状态。其实他在默运神念，把精神运到自己的双眼之上，随后豁然睁开双目，看向窗户上用细细一根线吊着的一粒虱子。

　　这一粒虱子还是活的，在空中荡来荡去，加上本身比芝麻粒还小，灯光又昏暗，就算是眼力高明的人也难以看清楚。但是洪易看它却好像有拳头那么大，甲壳分明，甚至能看到它正六条腿发力身体猛烈地弹起来。洪易猛地从床上站起来，抓起旁边的弓，搭上一支木箭，把栗木牛角蚕丝弓拉成了满月，嘣一声，箭直接射了出去。

　　咔嚓！箭正中吊起来的虱子，直接钉在了窗户的木格子上。

　　洪易起身上前，走到窗户前，拔出箭矢，发现箭尖上的虱子已经深深钉进了木格子里。

　　"虽然只是十步之内，但已经显示出了我的功力。这些天，功夫不是白练的。"洪易把弓放在双膝之上，默运精神，等待精神气力饱满，提起弓走出门，仰望天上的星空，开弓虚射。

　　洪易左手握弓，右手连开三次，弦声响动，然后一个鹞子翻身，弓转右手，左手拉弦，虚射右面。这一连番的连射，弓弦爆响，弹抖之声似乎把空气都给切割开了。洪易全身湿透，大汗淋漓，条条青筋暴起，大块肌肉隆起来相互挤压连接。洪易猛拧腰，舌绽春雷，大吼一声，上下左右都各开了一次弓，双臂巨大的拉力把栗木的弓身扯得咔嚓咔嚓响，像是风干了的木质正在炸裂。

　　嘭！咔嚓！

　　连番开弓虚射让这张上好的良弓终于受不了洪易的拉扯，突然弦断，弓身也折毁——栗木牛角蚕丝弓居然被生生地拉裂。

　　呼呼，呼呼——

　　洪易急速喘息着，看着手上破损的弓身弓弦，无丝毫可惜，只是欣喜。拉开六十斤的蚕丝弓四面八方连射，这是军队讲武堂考核武生境界的标准。洪易已经稳稳到达了武生的境界，稳稳当当进入练筋的武徒境界。

　　"这些天闭门苦练射艺没有白练！"从贯虱号买回弓之后，洪易每天除了静坐定神，观想参悟弥陀经，就是以牛魔大力拳的方法开弓练力。

　　牛魔大力拳是天下最为精妙的练肉、练筋、练膜的武学，自然有一套特殊的开弓姿势，能在开弓时把全身的筋肉绞结起来，力量全部聚集到手上，然后随着弓弦的弹射而震抖。

每一次开弓，就等于是把全身筋肉狠狠地扭、绞、拧、震了一次。牛魔大力拳中的开弓竟然也有掺杂神魂的观想法。

洪易每次在开弓之前，都要静坐，定住神魂运到双目之上，然后睁开双眼，数百步之外，观察一物，使神达物上，白天注视树上鸟雀，夜间注视星辰，最后静坐观想神贯箭上，攻克坚城，对杀强敌，最后起身开弓。

这是一套功夫，是在练准确度和神魂定力。

把手中的两截弓丢在地上，洪易拉开架势，以"牛魔踏蹄"的招式，向四面八方出拳。

他完全用刚才开弓的手法，每一拳，都是全身拧住筋肉，好像是拉了一张无形的弓，然后拳头出击，如箭射出。

此时，丢了手中的弓，拳失去束缚，有一种凌厉得飞起来的感觉。

洪易总算觉得自己体力用尽，立刻起身回房，以免吹到冷风。等待气息均匀之后，再烧水洗澡。

火盆炉子里的鸡，发出了香味儿，已经炖好了。

洗澡之后，洪易喝了一碗汤，觉得浑身说不出的舒服。

"这些天都忙着练武，没有尝试着神魂出壳。这些天的开弓练力也兼之养好了神，再练练弥陀经上的观想法吧。"洪易自觉神气完足，身体变得强壮起来，神魂也养得壮大，于是坐定不动，修炼起弥陀经上的观想法门来。

闭目，定神，存星空于念想里，无穷的光线又射了过来，寸寸入脑，种种幻象接踵而来。

最先来的感觉依旧是全身清风吹拂，毛孔清气冒出，飘飘欲仙。洪易准备坚守过去，但是谁知道，这感觉并没有因为他的坚守而过去，反而是越来越强烈。以洪易现在的定力，竟然招架不住，眼看就要迷失在这种感觉里。

"今天清风拂体的感觉，比第一次强烈了十倍！"

轰隆！

洪易终于忍受不住，人倒在了床上，过了很久才醒来，全身都是冷汗，神志昏昏沉沉。

"怎么第一关都受不了，伤了神魂？"洪易有了经验，知道修炼观想法可以锻炼神魂，但是守不住，就会狠狠地损伤神魂。这一次的修炼，没有守住，神魂受伤了。幸亏有弥陀像观想修复神魂。

观想了一遍弥陀像，洪易沉沉睡去，第二天，又是神清气爽。

他陷入了沉思："第一次那么顺利地就渡过去了，第二次为什么比第一次强烈十倍？我的神魂壮大了，反而渡不过去了？怎么回事？难道………神越强，魔越强？对，就是这样。神魂越强，观想的种种魔头也会越强。因为魔头就是本身神念所化。我的神魂才开始夜游，观想的东西就这样强烈，如果练到了驱物的程度，那些魔头会直接以阴神的方式出现！修炼到了最后，观想的魔头会凝聚成实体出现，吃我的肉，喝我的血！"洪易终于明白了，自己每前进一个境界，弥陀经就难练十倍。

神越强，魔就越强！

道高一尺，魔高一丈！

洪易这才知道就算有了《弥陀经》这卷修炼神魂的无上经卷图画，也只能保证自己神魂的安全，不能一蹴而成。降伏观想里产生的种种妄念，把神魂锻炼得坚忍不拔，只能靠自己的莫大定力。以大智慧、大定力降伏内心观想而出的种种魔头，最后大成，修炼才能够更进一步。没有捷径可以走。

弥陀经的观想法虽然是万法之宗，包含了白骨观、修罗观、玉女观、飞升观等种种考验，越到后面，神魂越壮大，观想的魔头越强，种种幻象层出不穷，甚至有可能真的化成实体出来。

"如果这卷《弥陀经》没有弥陀像的辅助，除非有真正大智慧、大定力的圣人，否则就算是高明的人来修炼，也非得走火入魔、神魂损伤不可。就算有了这尊弥陀像，修炼起来也要靠自己的定力。"洪易这是第一次修炼弥陀经失败。他当然不会放弃。从大年初一到十五，他每天白天养神练武，晚上观想神魂。

六十斤弓力的栗木牛角蚕丝弓被拉裂之后，他又去贯虱号买了一张八十斤弓力的柘木牛筋弓，继续开弓练力。

八十斤重的柘木牛筋弓可比蚕丝弓难拉开多了。尤其是大冬天，牛筋弓受气候的影响，坚硬难以拉开，说是八十斤的弓力，实有一百斤。但这对于洪易来说，反倒效用越好。

每一次运足力量开弓，洪易都觉得自己就好像是铁在炉火里锤炼、锻打一般。身上的大块肌肉、小块肌肉、大筋、小筋，在一次次开弓的过程中，拧成一股，绞成麻绳。洪易领悟到自己身上蕴含许许多多无形的弓，双臂是一张弓，背是一张弓，腰是一张弓，腿是一张弓……

身体上的筋肉越练越精纯，越练越有力量。铁中的杂质千锤百炼而去，逐渐向精钢转化着。

"我父亲年轻的时候能开九石的落星弓连射，实在是太……"拉了八十斤牛筋弓之后，洪易感觉到了父亲武温侯洪玄机的实力有多可怕。

九石重的弓，相当于十把牛筋弓，猛地一下全部拉开，然后连番射击——想象着自己手里的弓变成十把，要一下全部拉开，洪易就觉得不寒而栗，更别说是连珠发射了。

日子就在白天闭门练武读书，夜晚观想里一天天地过去。洪易的实力一天天壮大，心思也一天天清明。整整一个正月过去，他才不得不从这种日子里走出来，因为宗学学堂就要开学了。

正月过去，玉京城也恢复了往日的平安、祥和。

"这一个月太安静舒服了，居然没有一个人来打搅我，肯定是父亲见我一面让我安心准备科考的缘故。这一个月的修炼仍旧没有突破，神魂也没有练到日游的境界，武功的修炼筋和肉都感觉差不多了，但就是难以搬运鼓起皮膜，更别说是开始修炼虎魔炼骨拳。"洪易总结着这一个月以来的收获。

读书人一日三省明白得失过错，同样可以运用在习武练魂之上。一个正月的时间，洪易虽然没有突破，功力却更加巩固、精炼，渐渐到了突破的边缘。

"短短三个月时间，变化翻天覆地……"洪易想着，自己三个月前，还是手无缚鸡之力的书生，而现在却成了身怀弥陀经、牛魔大力拳、虎魔练骨拳，能开八十斤牛筋弓，能出壳夜游的异人，虽然仍旧没有改变处境的力量，但正一步一步变强。

三个月前，只有微薄希望的洪易都不曾心灰、放弃，现在有了很大进步的他信心更足了。

大清早洪易就收拾好了笔墨纸砚，用包袱包好，朝着家族宗学走了过去。

武温侯府的家族宗学设在玉京城的东面，靠近朝廷国子监，离洪府大约有五六里地之遥。

洪易收拾好东西出门的时候，整个侯府中的公子小姐们也都陆陆续续地出门。除了洪易的十多个兄弟姐妹之外，还有一些偏房亲戚，以及陪读侍候的丫鬟、小厮、书童等等。从侯府里去家族宗学的人竟然是车水马龙，好像赶集一样，也是一大景观。公子小姐们都是坐着马车，最起码都有两三个伴读的书童拎东西陪伴着。只有洪易是单身一人，既没有书童陪读，也没有小厮伺候。

侯府的家族宗学办得极好，靠近国子监，请的也是国子监里面赫赫有名的腹有诗书、有名望的学者或者经历过数场文战，对科考经验丰富的翰林进士。

武温侯洪玄机是老探花，在朝理政多年，人脉极广，也有一群文人党羽，家族的宗学几乎办成了一个大的书院，在玉京城中很有名气。洪家的宗学，甚至比一些王爷、国公家的宗学有名气得多，许多人都拉关系进来读书。

走了几炷香的工夫，洪易看着远处高大的国子监："嗯？那个洛云公子不就是在国子监读书吗？"洪易看着自己大拇指上的铁扳指，突然想起了在贯虱号偶遇的那个女扮男装的公子。

"让开，让开……"

一阵急促的马蹄声和吆喝声从身后传了过来，路上的行人纷纷闪避，就连慢悠悠驾驶马车上学的人听见这个声音，都纷纷赶到了路的一边去。

洪易听见了这个声音，连忙回过神来，皱了皱眉头，回头看去。就在这时，身后两匹马已经冲了过来，马上是一个戴帽，身穿绸缎袄子，腰间挂玉佩，打扮得华贵的公子哥儿和一个穿绸缎绫罗的跟班。

这两个人骑术很是精湛，一路纵马过来，横冲直撞，气势汹汹，却没有撞到人和物。

洪易一眼就认出这两个人正是商量着要给自己教训的三房荣夫人家的洪桂和他的表亲荣蟠。

看见了洪易，这两个人在马上阴阴一笑，对望了一眼，一纵缰绳，速度立刻加快，几下就奔腾到了洪易的身后。

"让开。"荣蟠看见似乎吓傻了的洪易，哈哈大笑，在掠过之时，虚举马鞭，狠狠地抽了一下。

他当然不会真抽，只不过是想吓洪易做滚地葫芦。

一人一骑猛烈冲击，气势上足可以把人吓得连滚带爬。

"嗯？"洪易眼睛目光一寒，斜了一下身体，侧身避过了马的冲撞。同时，他拼了全部力量，一式"牛魔顶角"，双拳打在了马肚子上。洪易这双拳打出，用了全身的力量，耳朵都听到了自己拳头破空的呼啸。

轰隆！

马从洪易身边冲了过去，足足冲出十多步远，轰然倒地，翻了几个跟头。

马身上的荣蟠被这巨大的惯性一下颠了出去，落在地上头破血流。

很多人都只看见荣蟠骑马冲撞过来，然后用鞭子虚抽洪易，洪易让过的时候，马突然失控，冲摔出去。

长街之上，人仰马翻，一片慌乱。

人们在震惊过后，都围了上来，议论纷纷，大多数人不知道发生了什么事情，但少数几个精明的人看着洪易，脸上显露了惊疑的神色。能进入洪家宗学读书的自然都是非富即贵的公子哥儿，不少纨绔子弟，但也有眼力高明之辈。

洪易不理会这些人的目光，站在原地，看着十几步开外，倒在地上的马匹以及摔得头破血流的荣蟠，暗中扬眉吐气。

"不好，刚刚闪避过去就是了，为什么要出手打马，暴露自己会武功？要是传到父亲的耳朵里面，怎么办？不过，面对欺辱，不奋起反击，倒显得自己怕了。以后这类事情会越来越多，到时越发难以收拾。"洪易开始责备自己一时大意。

武温侯洪玄机的性格，他也揣摩了五六分，手握大权多年，本身又是绝世高手，这样的人自然容不得有任何的叛逆，说出的话，板上钉钉。

大丈夫处世气盛，想到这个道理洪易心里很快安定了一些。拍拍身上的灰尘，他装做没有事一般，脸上冷漠，步子沉稳，向学堂走去。

"你给我站住！"

背后传来了凌厉的吼叫。

洪易没有回头，就好像不是叫自己一样，装聋作哑地向前走。

就在这时，身后突然响起了鞭梢的响声，一记鞭子朝自己脑袋上抽来。这一鞭子抽得很响，如果抽中了，最起码血痕一块。

洪易听见身后的吼叫，就已经有了防备，一闪躲了过去，反过身来，发现洪桂正面目狰狞地从马上卜来，扬起鞭子，气势汹汹，又要抽打过来。

"洪桂，你干什么！"洪易毫不惧怕，不再躲闪，大喝一声，用手指着洪桂，眼睛盯着他的眼睛，神魂贯注双目，开弓射箭瞄准的神念一闪。

噔！噔！

洪桂一连退了两步，被洪易这冷不防的一声大喝吓住了。在他的印象里洪易一向都是沉默寡言，遇到事情就远远走开的人，今天怎么变得这么有胆气了。看到洪易盯着他的眼神，就好像是持弓射箭瞄准的模样，一瞬间也有点害怕。

洪易练弓练眼，神魂贯注双目这么多天，视树间鸟雀，视天上星辰，再起身开弓，一双眼睛在瞪人的时候，也就养出了一点点箭势的凌厉。

"这是怎么回事！你给我说说看。"洪桂脸上闪过一丝鲜红，在最初的震惊过后，倒也反应过来，脸上越发狰狞，用手中的马鞭指着十步开外正在被小厮书童扶起来的荣蟠。

马也被牵了起来。马只是被击得疼痛，一下受惊颠簸倒地而已。

以洪易的拳力，还没到能够双拳毙马的境界，更何况刚才那马是狂奔过来，洪易能在这瞬间，闪身躲过，然后出手击痛马，已经是这三个月苦练的极致发挥了。若在从前，马匹冲撞过来的那股气势，就能把洪易惊得仓惶躲闪。

"他骑马受惊了吧，在大街上骑马横冲直撞，受惊也在所难免。洪桂，你以后劝你表弟小心点，撞到自己不要紧，万一撞伤了人，传出去，说我们武温侯府的亲戚纵马伤人，这是败坏门风的事情。"看着洪桂，洪易不紧不慢地说着。

"放你妈的狗屁！贱人生的东西，敢在本少爷面前要嘴皮子。"洪桂暴怒了，照头又是一鞭子抽来。他怎么说也说不过洪易，加上他自视身份高贵，怎么愿意和洪易辩解。

"哼！"母亲是洪易心里的一根刺，对方这一骂，他心里立刻火焰沸腾，等鞭子抽过来，霍然一手抓过去。

洪桂见洪易用手抓鞭子，嘴角又是阴笑，鞭子一收，虚晃迷惑，脚下却突然飞起一脚，直取裆部，又快又狠。

洪桂练过拳棒，这一下上虚下实，脚力凶狠。

洪易也被这一下变招吓得下身一凉，幸亏他仙武双修，神念转得快，身体也配合得上来，敏捷地一手挡住脚，反腕抓脚，向上抬起，用力一掀。掀石头一样，把洪桂掀了个底朝天，一屁股摔在地上，身上沾满了灰尘，豪门公子的形象全无。

这一招不是牛魔大力拳中的招式，而是洪雪娇独有的小天罡擒拿手。

"你……你们还看什么，还不上！"洪桂万万没有想到自己居然栽在洪易手上，不等爬起来就大声叫嚷。

洪桂身边书童好几个，看见主子吃亏，立刻围了上来，伶俐一点儿的去扶他起来，表忠心的则是摩拳擦掌。

"你们要以奴欺主？"看见五六个人围了上来，洪易声色俱厉，"我一个条子递到玉京府，你们就要流放三千里，信不信？"

这群气势汹汹的奴仆立刻停住，面面相视，退也不是，进也不是。

"哼！"洪易冷哼了一声，刷地一声把自己的袖子一甩，丢下两个字："小人！"随后大踏步走进学堂去了。

听见"小人"这两个字，洪桂气得是浑身发抖，却不敢去追打。

"少爷，您也别生气，以后咱们再收拾他。我刚才看清楚了，他用的是二小姐独门小天罡擒拿。很显然，二小姐偷偷教了他武功，他才敢这样对待您。听说侯爷不准他练武，他现在偷偷地练了，你就去禀告二夫人，让二夫人向大夫人说说。到时有他好受的！"就在洪桂气得吐血时，一个身体强壮，护卫一般的奴仆说话了。这个奴仆练过武艺，眼力也颇为高明。

"对对对，这回他死定了，可不是打断腿那么简单。"洪桂翻身起来，骑上马回府去了。

很多看见这一幕的人暗暗心惊，在学堂读书的时候，都时不时地看向洪易。谁也没有想到，侯府里地位最低下的庶子，风骨居然这样硬挺。

洪易毫不在乎这么多人的目光，依旧凝神静气地读书，揣摩文章，一副气定神闲的模样。

中午休息吃饭时学堂里面闯进来四五个面无表情的人，走到洪易面前，开口道："易少爷，大夫人叫你回府一趟。"

洪易抬起头来，一眼就认出是侯府正府里的护卫，个个都是当年跟着洪玄机的兵，身手比那些豪奴不知道好了多少。

**第九章 琅嬛书屋**

"这下洪易糟糕了。肯定惩罚不小。"

"是啊，等下回去看热闹。"

"大夫人本来就不怎么待见他，他今天居然还殴打兄弟，虽然洪桂骑马不检点，但三夫人可不是好惹的。"

"我倒奇怪，洪易以前一向遇到事情就躲躲闪闪，怎么今儿个强硬起来了？"

"不知道，也许是失去了常性吧。不过看他打洪桂的那一下子，干净利落，也不知道哪里练来的武功。"

"总之他这下惨了。"

"那是，那是。"

看见四五个侯府的护卫闯进学堂，四周散落的学生们都窃窃私语起来。

"大夫人叫我回去吗？"洪易没有表现出过多的惊讶、担心和惊恐，而是胸有成竹地掸了掸袖子，也不站起来，只是用手指摩梭了一下自己指头上的扳指，"可是，我今天约了一位朋友，要去府邸做客。等我见完朋友再回府向大夫人问安吧。"洪易不紧不慢地说。

"约了朋友？侯府不准闲人进入，这条规矩易少爷想必也知道。再说，今天大夫人找你，要是没有按时赶到，我们做下人的也不好做呢。"一个护卫面无表情的脸上流露出一丝不易察觉的冷笑，他言语上虽然客气，但气势上不容他人拒绝。

"闲人？可不是闲人呢。既然你们来了，那正好，去对面的国子监替我请一下神风国的镇南公主，她说今天要到侯府里做客。你把这个铁扳指也带去，做个凭证，以免和她护卫起口角。"洪易取了手中的铁扳指，放在桌子上。

洪易早就留心了一下，打听到那天见面的洛公子就是镇南公主，今天刚好用来挡上一劫。

"镇南公主要去侯府？"四五个护卫一听到镇南公主的名字，顿时惊讶，随后疑惑地盯着铁扳指。

这枚铁扳指造型奇特，上面有菊花一般的纹理，雕刻着极细腻的扭曲文字，正是神风国的文字，而那枚铁扳指，正是神风国的菊花纹钢打造，比同等的黄金还要贵。

其中一个护卫拿过了扳指，掂量掂量，随后看见上面的文字，面色一变。

"这真是镇南公主的扳指，上次镇南公主到荣亲王府看书，王府的大夫人足足准备了几天，礼数周全得不得了，皇上听了高兴……要是到我们侯府去………"

几个护卫对望了一眼，一个护卫忍不住小声嘀咕了一下。

"今天我约好镇南公主，你带着这扳指到国子监去，就说洪易请她。要是她等会儿来，没有见到我，惹出了什么言语……"洪易又道。

"好。"护卫头领倒真是怕惹出什么事情来。

"你回去通知大夫人准备，我去国子监一趟。"护卫头领急忙道，随后拿着扳指，急急忙忙向国子监走去。

听见洪易和护卫对话，许多人都睁大了眼睛，谁也没有想到事情会发展成这样。

神风国的镇南公主这个封号，并不是神风国国主封的，而是大乾王朝皇上亲自册封的。当年云蒙国进攻玉京，还从南方海上派出了一支军队，神风国当时是大乾王朝的属国，出兵和大乾水师拦截，惨烈厮杀，一举击溃了云蒙国的大军。

后来皇上封赏，神风国国主就为还没有出世的孩子求了一个镇南封号。如果是男孩，就是镇南王，是女孩就是镇南公主。

现在镇南公主成年，到大乾玉京学习，进宫拜见皇上，太后、皇上、皇后都非常喜欢，正式认作义女，身份非同小可。就算她到王公大臣家去，家里的夫人、封君都要礼数周全，否则，给大乾失了礼仪，传到皇上的耳朵里那问题就大了。

大户人家，讲究的就是一个礼仪，更何况是在外国公主面前。

这些护卫虽然不知道洪易怎么认识的镇南公主，但是洪易有货真价实的扳指，这件事情重大，他们也不敢怠慢一点半点。

洪易心中松了一口气。

"洛云公主，别怪我拿你做挡箭牌，算是借一下你的威势，必有补偿。"洪易心中想道。

当日洪易在贯虱号看穿了洛云的身份，才上去搭讪，还不顾读书人的分寸，和她大谈仙道修行，心中早已存了结识的神念。

洪易看到镇南公主天真无邪，想起了山谷里的小狐狸。

洪易今天之所以敢出手打洪桂，也是存了一个小小的心思，要不然，他会选择暂时避让。当日洛云要洪易去找她玩，现在派上了用场。

"虽然这件事情做出来之后，很扫赵大夫人的面子，我以后的日子会更难过，但是……我本来就不打算在侯府久住，等科举考完了，成了举人老爷，搬出去名正言顺。"洪易心中想着。

"洪易……你怎么现在才来找我……我正有话儿要对你说呢。这一月实在是太忙了，都在皇宫里面呢。"就在洪易思考时，书院的门口一个清脆的声音传了过来。

来人正是洛云。

洪易连忙站了起来，只见洛云换了一身轻便的女装，亭亭玉立。

洛云一见到洪易，依旧一派天真，将手里的扳指交到洪易的手里："武温侯府我早想去了，武温侯爷可是了不起的人呢，我父王经常提起他。走吧，我们去你家里聊聊。"说着，转身就拉洪易走出学院。

一众学院的人这才从呆滞里反应过来。


武温侯正府。

大厅里坐了两个妇人，旁边是一堆的丫鬟。

正上方坐着一个穿着一身浅绿色金线羽衣，云鬓高耸，头插赤金镂空孔雀簪的女人。她身边规规矩矩地站立着四五个身穿银鼠皮小袄的丫鬟，个个貌美俊俏。

那女人脸上没有皱纹，白白净净，看样子只有三十多岁接近四十，眉宇间有着雍容的书卷气，不过她眉毛稍直，有几分凌厉。女人怀里抱着一只全身洁白的小猫咪。

这个女人，正是掌管整个侯府上上下下七八百口人内务的大房赵夫人。

"姐姐，咱侯府里面谁不说你治家好？像洪易那种人，妹妹我说句不待见的话，换到了别的公侯人家，早就被暗中使绊子弄死了。哪里像姐姐这么宽容的，年供财，月供米，月例也不曾少，也不曾虐待他，还让他安安静静地读书。哪里知道，他竟然是这样一个白眼狼。侯爷交代他不要练武，他还偷偷练，显然是想给他那个死去的贱人争名分呢。想要那个贱人的名分凌驾在姐姐之上，坏我们侯府的规矩。看看，多么歹毒的心肠！这次他打伤了我家的荣蟠，还有桂儿，您再也不能宽容了，一定要做主。"说这话的妇人穿着也很华贵，说话时嘴唇连动，牙尖嘴利。

"我已经知道了事情的起因，你家洪桂骑马冲撞，也有不是。不过这个洪易居然敢坏侯爷的禁令，偷偷练武，我就不得不执行家法了。要不然，咱们侯府上上下下七八百口人怎么治理？"赵夫人眼睛里寒光闪过，语气却很淡，"我已经派人去叫洪易了，谅他也不敢不来。"

就在这时，一名护卫匆匆走了进来。

"怎么？洪易带过来了？那就叫他过来先跪在院子里吧。"赵夫人看见护卫，语气很平静，手上摸着猫。

"镇南公主要到我们侯府来，现在已经在路上了。我是先行一步来通知夫人您的。"护卫连忙道。

"什么？"赵夫人猛地站了起来。

"快，点香，把大小丫鬟都整饬好，去门口迎着，千万不能坏了礼仪！"赵夫人立刻下令，神情紧张。

"你说镇南公主无缘无故到我们侯府里来干什么？来之前也得事先通知一声啊，让我们有个准备，这万一有礼数上不周全的地方，传了出去，那可不是小事情。"侯府不禁有人抱怨。

侯府的正门大开，两排丫鬟分别站在两边，正门后面的院子中间摆设了香案，上面檀香袅袅，侯府的三位夫人都坐在香案旁边，任凭那些老妈子老婆子不停地走出门朝远处张望。

大房赵夫人还能正襟端坐得住，二房方夫人和三房荣夫人额头已经微微见汗。

她们一听说镇南公主要来，立刻上下安排，清理整顿，忙乎了半天，换上朝廷赐的夫人凤冠霞帔，坐在院子里面，巴巴地等着，连茶汤都顾不上喝一口。

镇南公主是皇上亲自册封的公主，爵位封号已经远在侯之上。

当然，以武温侯在朝廷里的地位，一般无势的公主倒也真不用这么大张旗鼓地张罗，但偏偏这个镇南公主是实权公主，大乾朝还得倚仗着神风国镇守南面的海域。这个身份就非同小可了。更何况，这个镇南公主是颇得太后、皇上、皇后宠爱的人，隔三差五都要叫进宫去说说话，赏赐东西。

此时，荣夫人不再提让赵夫人对洪易执行家法的事情，事有轻重缓急，只是这个牙尖嘴利的妇人眼神不住地对二房方夫人望着，眼神里颇有敌意，倒是让方夫人觉得有点莫名其妙。

荣夫人已经听下人悄悄禀报，得知洪易施展的武功是洪雪娇的小天罡擒拿手。洪雪娇是二房的女儿。

"哼，我虽然知道你家洪雪娇偷偷教洪易练武，但是我不蠢，在赵夫人面前说出这件事情来，反倒有挑拨的嫌疑。反正老爷明察秋毫，稍微一看，就会发现端倪，到时候发作起来，嘿嘿，呵责落不到我的头上。"荣夫人心中盘算着。

忽然，一个护卫到了门口，把话传给了门口的一个老妈子，老妈子连忙走进来，低头向赵夫人耳语。

饶是赵夫人神色镇定如常，有着雍容的贵妇气度，脸色仍旧微微一变："知道了。"

"姐姐，怎么回事？"方夫人、荣夫人都问道。

"没有什么，公主就要步行到门口了，咱们去门口迎接吧。"赵夫人语气很淡，似乎把什么东西强行压住了不发作出来。

"公主为什么步行，不坐轿？这不合礼法啊。"

按照规矩，公主出门，要乘坐八人抬的大轿，轿上还要缠金丝绕金凤，周围还要二十骑护卫，二十刀卫，二十弩卫，以显示皇家身份和格调，也是保证公主安全。

不乘轿，没有这些规矩来拜访侯门，那就有点失礼，所以方夫人、赵夫人心中不愉快。

等镇南公主到了门口，她们一脸震惊，完全丧失了"命妇"应该有的雍容气度。

镇南公主带了轿，身边刀卫、弩卫、骑士，一应俱全，礼仪上并没有少一点半点，但是她人走在外面，和一个身穿青衫的少年并肩而行，谈笑风生，一副欢呼雀跃的模样。

那个少年正是洪易。

看见洪易和镇南公主谈笑风生，无论是方夫人，还是荣夫人，以及府邸中的护卫、管家、老妈子、奴婢、丫鬟都惊住了。

侯府的三位夫人先见了礼，赵夫人随后向洪易训斥，眼神里含了一抹凌厉得令人发冷的寒光。

"洪易是我朋友呢！赵夫人，您说他干什么？今天还是他邀请我来的。刚才我邀他一起坐我的轿，他说他的身份不能坐轿。我想和他说说话，就自己下轿来了。夫人要说就说我吧，不要说洪易，他是我的好朋友。"镇南公主洛云对着赵夫人眨了眨眼。

"命妇怎么敢说公主不是。"赵夫人连忙蹲身赔了一个礼，方夫人、荣夫人、老妈子、丫鬟们也都跟着插秧似的行礼。

"不要这么多礼仪，我都有点头晕了。对了，我听洪易说，武温侯大人府邸里的琅嬛书屋藏书非常多，我在国内都听说过武温侯大人是天下少有的英雄，仰慕得紧，今天想观赏一下他的书屋，不知道赵夫人能否准我阅读？"洛云提起藏书，一脸兴奋，天真无邪。

"公主能赏光，那是命妇天大的荣幸。"赵夫人连忙道，随后吩咐，"霜儿、桐儿，你们各带二十个丫鬟进书屋整理，等我陪公主吃完茶之后，再来陪公主进去。"

"不用了呢，洪易帮我介绍就是了。读书要安静，不需要多人伺候着，我和洪易还想说说话。"洛云道。

"不敢违逆公主的意思。"赵夫人又蹲下了身。

一行人便众星捧月似的跟着洛云到侯府正厅去吃茶。

洪易因是邀请洛云的人，头一次在侯府正厅里有了座位。看见一大群老妈子、丫鬟、奴婢惊讶的眼神，以及方夫人的疑惑，荣夫人的惊怒，他心里冷笑，不动声色。

赵夫人的眼睛已经转为平静，神态依旧雍容，谁也看不清楚她的心里在想些什么。洪易心中警惕着她。

今天赵夫人摆开架势，要对洪易施家法，却没有想到洪易居然叫了镇南公主来做客，让她没有地方发作，还得老老实实地点香，换衣迎接。这严重损害了赵夫人在侯府里的威信。

"娘，今天虽然是借了镇南公主的势，但好歹也扫了一把赵夫人的脸面，希望您在天之灵，能得到安慰。虽然我知道这祸不浅，但孩儿自有办法。"洪易心中默默道。

"茶吃完了，今天真是打搅赵夫人了。洪易，陪我去看书吧。"洛云站起身来，迫不及待。

"公主可以随时来的，打搅的话真是让命妇不慎惶恐。"赵夫人连忙站起身来，随后对洪易道，"洪易，好生伺候公主，不要怠慢了。"

"是。"洪易恭恭敬敬，礼数上挑不出半点的毛病，随后带着洛云去了。

"姐姐，这……这简直是胆大包天了！"等洪易和公主走后，荣夫人叫道。

"这件事情我会禀报侯爷的。等公主走后，我照样要执行家法。"赵夫人把手一扬，止住了荣夫人的话。

就在这时，门外又传来脚步声，原来是洛云去而复回。

"公主，您怎么又回来了？不看书了吗？"赵夫人又站起身。

"我突然想起一个事情要和赵夫人说呢。"洛云突然道，"前几天，我在宫里和太后、元妃娘娘她们说话，元妃娘娘说有些想家了，看见过年过节的别贵妃能回家省亲，她怪寂寞的，所以想认门亲戚。太后知道元妃娘娘是元突国嫁过来的，在玉京无亲无故，孤零零，就让元妃娘娘自己认个亲。元妃娘娘说武温侯爷大名威震元突，想认这门亲戚，太后同意了，可能过两天就会下懿旨。元妃娘娘和永春郡主聊天听说过洪易的诗才，到时候也想见一见。"

听见这句话，大厅里的人全部都愣住了。

"元妃要和我们武温侯府结成恩亲？怎么宫里没有传出消息来？镇南公主来往宫里，消息肯定不假，说不定等会儿懿旨就会下来，这可是一件天大的事情。"

镇南公主洛云一句话不亚于晴天霹雳，整个侯府大厅中的人都震惊了。最先回过神儿来的还是赵夫人这个大妇，此时她已经没有心思对洪易执行家法。

大乾王朝的贵妃、皇贵妃、后宫佳丽都不能出宫，但是朝廷以仁孝治国，特地下旨每年过年过节，深居幽宫的贵妃、皇贵妃都可以回家省亲看望父母，以显示天恩浩荡。

国外嫁过来的公主，回家省亲办不到，一辈子只能幽居，所以后宫里有这么一个规矩，由太后或者皇后下懿旨，指定一家文武大臣认为恩亲，过年过节和其他妃子一样回娘家。这么做为的是平衡后宫的势力，国外公主嫁过来之后，没有娘家的支持，很容易出现争宠被迫害的事情，就很容易给别国找到借口引出事端。

当年云蒙国攻打大乾就是因为嫁过来的一位公主被打入冷宫后服毒自杀。

认了恩亲之后，文武大臣家也算是攀上了皇亲国戚，也算是一门特殊的赏赐，所谓皆大欢喜。

不过这不是国政，而是内政，所以发的旨意不是圣旨，而是后宫的懿旨。

元妃本来是北边元突国的公主，嫁到宫里来虽没有多长时间，但深得宠爱，年前更是被加封为皇贵妃，地位只在皇后之下，在宫里也是一个说得上话的人物。这一结成恩亲，倒可以提高侯府的地位。

"姐姐，这是好事情啊。元妃娘娘认我们为恩亲，咱们就成了皇亲国戚了。万一元妃娘娘再生了一个两个儿子的，虽然皇位没有份，但最少也是一个亲王，攀上了，后福无穷。"震惊过后，牙尖嘴利的荣夫人立刻凑上来说话。

方夫人只是沉默。

四面的丫鬟、老妈子也在低声议论。

"这件事情非同小可，在懿旨下来之前，谁都不要议论，各做各事，等侯爷办理朝政回来后，我和侯爷亲自商量。"赵夫人坐下，脸上的表情平静，谁也不知道她在想些什么。

"那洪易的事？"荣夫人还是不死心。

"让侯爷回来定夺。你让丫鬟去咱家的药堂领点伤药和补药给洪桂和荣蟠调养调养。"赵夫人招了招手，一个丫鬟知道她的习惯，连忙把雪白小猫送到了她的手里，让她抚摸。

摸着手里的小白猫，赵夫人神色镇定得有点可怕。

"你们都忙活了这么大一会儿，现在也可以歇息歇息。等会儿留公主吃饭时出来，歇息一下也好有精神陪着。"赵夫人扬了扬手，方夫人、荣夫人看见了她的脸色，都知趣地带着丫鬟、老妈子退了出去。

在规矩森严的侯府里，赵夫人有绝对的权威。

众人一退出去，侯府大厅里面顿时安静了下来，偌大的厅堂中只剩下猫咪打哈欠的声音。

"霜儿、桐儿，你们把东院的桂花厢房打扫出来，等会儿让洪易搬进去。另外再选四个伶俐点儿的丫鬟去伺候他，再去账房支三百两银子交他购置东西，就说我给他准备科考的。"赵夫人吩咐身边的两个丫鬟头。

"夫人……"两个丫鬟眼睛都瞪圆了，很是疑惑不解。

"去办吧，我自有主张。"

等两个丫鬟走后，赵夫人又招了招手，身后一个老妈子走上前来。这个老妈子一头银发，高鼻梁，眼窝深陷，看样子很是苍老，但是如果仔细看，就会发现她手指纤细，竟然没有一点褶皱，如二八少女。

"熙儿最近很忙吗？你到神机营去一趟，叫他抽出时间回来一趟。另外，给康儿写一封信。"

"小姐，何必这么做？只要您点点头，我保证洪易大病一场之后魂归地府，不明不白。我早看出来了，这崽子要有点折腾的，以前不把他放在心上，现在居然折腾大了，以后让他成了气候，还得了？"老妈子阴冷地道。

"侯爷是个讲规矩的人，什么事情都瞒不过他。这么多年了，我从来没在他面前做过出格的事情，因为我明白他的脾气。你去吧，我自有主张。"赵夫人挥挥手。

"啊，洪易，你家里这个琅嬛书屋真大啊，比荣亲王家的还要大，藏书最少有六七万册吧。可惜我今天只能参观参观，晚上还要到宫里面去。"洛云看着散发着满屋书香的大书屋感慨。

琅嬛书屋足足有五百步见方，四面都是两人高的书架，书架上摆满了书，中间是大檀木桌子。玉镇纸、紫金笔筒、一尺见方的大型山水紫石墨砚，这些摆设都是富豪大家才有的。

书屋正面的墙壁上挂着一张大弓，通体光亮，一看就是精钢所制，更为厉害的是，那精钢弓光亮的弓身上有许许多多的冰裂纹，显然是和黄金等价的冰裂纹钢。

钢用来做弓身，弓体的稳定性无法想象，更为重要的是，没有木质弓干燥之后开裂、虫蛀等毛病，只是太沉重，军中的大将都不能拿来作战，只用来考核，更何况是这种冰裂纹钢。

弓身的弦有指头粗，黑漆漆的，看不出是什么材料。

洪易听说，这是将一条巨蟒筋泡了十年才鞣制成的，弹力极强，并且经久不衰。是当年大周朝十大名弓之一，弓名落星，开弓千步之外射杀敌人如等闲。

洪易看着挂在墙壁上的落星弓，深知自己休想拉开这弓半点。

"笔记里记载了百年前，前朝大周在鼎盛的时候，有十大名弓，第一为射日，第二为抱月，第三才是这张落星，不知道前两张弓强悍到了什么程度。"洪易心想。

书桌上是洪玄机经常阅读的书，叠成了一尺高。

最上面的一本书是《灵龟吐息诀》，讲道家用来练脏腑的吐纳方法。

佛门武功，重筋骨，修炼筋骨皮肉的功夫天下第一，但是道家的功夫重吐纳，修炼五脏六腑的功夫胜过佛门。

"《灵龟吐息诀》这是道家高深的一种吐纳功夫，却是体力悠长的内练。道门的吐纳功夫要比大禅寺的佛门吐纳高深，对此《武经》里做出了详细的比较，应该可以信。不过，大禅寺的牛魔大力拳、虎魔练骨拳这两套筋骨皮肉的功夫，却比道家的大多数拳法高明。佛武重筋骨，道武重吐纳，双方各有所长。"洪易眼睛落到书桌上的《灵龟吐息决》上，心中自然而然地想起了练武的道理。

"可惜不知道大禅寺最高武学秘典《现世如来经》是个什么模样。"洪易想起弥陀经，这些月他把《武经》搜索了一遍，再没有发现别的经卷。

很显然，整部《武经》里只藏有一卷弥陀经，至于其他两卷《现世如来经》、《未来无生经》不知道藏在哪里。

一面感叹着，一边走到了书桌边拿起这本《灵龟吐息决》翻开来。

这本书只有薄薄的十八页，前九页都有一个人形图案，画着呼吸的短长和相应五脏六腑内部随呼吸做的活动。画旁边是小字注释，文辞优美，用词准确，一目了然。后九页是药方，都是清理肠胃、杀九虫、排污秽的方子。

"这是一本难得的秘籍……"洪易马上确定了这本《灵龟吐息决》的价值。

书上图画也清晰，寥寥几笔就把人体勾画得栩栩如生，给人如视自己脏腑般的感觉。

再高明的绝世武功，记载著书的人用词不准确，插图模糊，就会让人不明所以，练功铁定走火入魔。如《武经》里面记载的很多拳术，都是文字晦涩，图画简陋，让人无法练习。而著书人文辞优美，图画栩栩如生，练的人也会事半功倍，不会出岔子。拳法秘籍的价值，很大一部分决定于此。

"不过这画像人形虽然栩栩如生，让人身临其境，但是比起弥陀经还是相差了千里万里，没有弥陀经那种韵味。"洪易在心里对照了一下这本秘籍和弥陀经的插图文字，比较出了差距。

"咦，这幅画！"洪易看到了墙壁上的一幅画。

画的是梅。冰天雪地，几枝梅花在冰雪中怒放，玉骨冰肌，生动可爱。

洪易越看梅花越觉得生动，感觉到刺骨寒意，口鼻似乎闻到傲雪的清香。

"这是谁的画，这般神韵，简直仙品！"洪易走上前去，发现下面的落款是"大乾四十年正月，乾道子赠玄机兄、梦冰云。"

"原来是画圣乾道子的画。玄机是父亲，梦冰云是谁？似乎是个女人。这画……梅花傲立雪中，玉骨冰肌……不愧是画圣的画。但是，细细品味，仍旧比不上弥陀经。"

不怕不识货，就怕货比货。

弥陀经上的佛像给人的意境：虚空浩大，无边无际，我坐中央，永恒不动，坐看那千百世弹指刹那，过去一切种种皆为虚妄。

和画圣的画一比较，洪易就揣摩出了些真意，对于经卷上画像蕴含的佛理领悟得更深刻了。

一种只可意会、不可用言语来形容的感觉荡漾在洪易的心头——

禅是心印，道是心传，神魂是心念。

洪易脑袋里自然观想出了佛像的图，自己似乎渐渐和那尊佛融为一体，感觉到虚空浩大，无边无际，自己独坐在中央，真如不动，心念不转，把千百世时间流逝当作一刹那，一切经历都是种种虚妄，如梦幻泡影闪灭，不留痕迹。

神魂蠢蠢欲动，急速壮大，有一种出壳的感觉。

不知道过了多久。轰然，洪易神魂竟然从顶门中钻了出来，环视四周，周身没有一丝的不适。

这是大白天，神魂脱壳居然没有一点不适应。

日游的境界。

洪易自从夜游之后，依照弥陀经上的修炼，足足修炼了一个多月，都没有突破，只有些细微的进展，现在却领悟突破了。

洪易神魂出壳之后，没有出去游荡，而是归了壳，看着手中的书本。

上次脱壳夜游，伤了神魂，他不敢胡乱出去，得要揣摩揣摩再行动。

翻书时，将幅幅图像文字一一扫过，一切好像刻印一般，深深留在脑袋里，过目不忘。

"达到日游的境界之后居然可以过目不忘？"洪易发现了自己的变化，快速地翻着书。

"我虽然到了武徒的境界，也掌握了虎魔练骨拳，可以一直练到武师的境界，不用费心功法，但是要踏入先天境界就必须学呼吸吐纳的功夫，而且吐纳内练可以和筋骨皮肉一起兼修。"洪易一边翻看，一边记忆，同时心里庆幸，"今天幸亏借了镇南公主的势，才得以进父亲的书房，一睹为快，强记这些秘籍。"

洪玄机是武圣，要是书房里没有拳法秘籍那才怪。

洪易读完这本《灵龟吐息诀》，要翻找第二本拳法秘籍的时候，突然觉得不妥："糟糕，父亲不让我练武，我偷偷练倒还罢了，还借镇南公主的势到书房来翻他的书，这不是触了他的逆鳞了吗？"洪易想到这里，背脊上都出了冷汗。

"公主，天黑了，大夫人请您出去吃宴。"此时进来一个大丫头。

"天就黑了吗？"洪易抬头看了看窗户外面，果然已经阴暗了下来。

"没有想到看书时间过得这么快。公主呢？公主……"洪易这才发现，洛云在书架另一边的角落里抱着一本书看得入了迷，竟然双腿张开，坐在地上，毫无顾忌，没有一点公主的样子。

听见洪易再三的叫喊，洛云才茫然抬起头来，站起身来。

"哎呀，天黑了。"洛云叫了起来，把书放回书架上，拍拍腿，对洪易一笑，"洪易，你刚才都没有和我说话呢！"

"咱们看书都入迷了，有时间再说话吧。"洪易勉强笑了笑，心里还担心触怒洪玄机的后果。

"是啊，咱们都入迷了。"洛云突然盯着洪易又一笑，"你是一个正经的好人。"

洛云这么一笑，洪易的担忧轻了不少，反正事情做出来了，兵来将挡，水来土屯，面对洪玄机的时候再想办法。

听见洛云说自己是一个正经的好人，洪易突然感觉两人拉近了距离。两人在书屋没有聊天，却好像比千言万语都来得亲密。

"我要进宫了，可惜今天没有说上什么话，要是你不住在府邸里就好了，我可以经常去找你。到府里来，礼仪太多了，没有意思。"洛云道。

"对了，你去道观里买到血纹钢了没有？"洪易问。

"没有，玉京观好大，我转得头都晕了。问了好多道士都不知道血纹钢。"

"你刚才说的元妃娘娘是怎么回事？"

"是这样的呢……"

两人笑谈着走了出去。

# 第十章 神魂斗法

天色渐渐黑了下来，整座武温侯府上了朱红的灯笼，上上下下一派忙碌。

镇南公主洛云象征性地吃了晚饭就回去了。整个侯府也应该歇歇气，但是看那下人奴婢匆忙来、匆忙去的神态，显然还没有忙完。

从侯府西北角的侧门，不停地运来上等的金泥砖、琉璃瓦、雪松等材料，竟然有大兴土木的迹象。

造成这样繁忙的原因只有一个，傍晚时分，后宫的懿旨就下来了，太后让武温侯家和元妃娘娘结成恩亲，而十天之后，元妃娘娘銮驾回来省亲，以解思念家乡的苦楚。

这是一件天大的事情，比公主驾临府邸要隆重得多，礼仪更要繁琐得多，大兴土木是必要的。武温侯洪家摇身一变，就成了皇亲国戚，地位更加巩固了。

侯府热闹忙碌非凡，洪易却陷入了沉思。

"这是怎么回事？难得赵夫人向我示好，给我换房子，还主动到账房给我支三百两纹银，她什么时候变得这么大方了？就算我结识了公主，但公主根本管不到侯府里的家事，我借她的威势，只借得了一时，借不了一世。看来她很有可能想现在稳住我，再找机会慢慢收拾我。"

窗户外面是一片错落有致的桂树林，明月从树影之间照射下来，桂树林下面被打扫得干干净净，石桌石凳，旁边还有假山，水潺潺流动。

厢房内，屏风床榻，内房外房，处处都是上好木料，宽敞舒适。内房是洪易居住的房间，外房是给伺候他的四个丫鬟歇息的。晚上只要有什么事情，轻轻一叫，外房的丫鬟就要立刻起来，听候主人的吩咐。这是标准侯府少爷的待遇。这个环境，比洪易原来居住的小院落强了一百倍。

床上绣花蚕丝被，熏香袭人，让人一躺上就能感受到富贵的滋味儿。洪易并没有躺下，盘坐在床上，没有点灯，闭目在黑暗里静坐，心中盘算着：看似是对自己示好，想改善一下关系，事情可没有这样简单。

要知道赵夫人的两个儿子，洪熙正是嫡长子，以后铁定继承府爵位。现在是御林军神机营的统领，身份神秘，武功赫赫。二儿子到南方富裕的省份做了官。赵夫人的娘家也很不简单，几代大学士。

洪易早就想搬出侯府，但一没有收入来源，二是身为侯府的人，不是说搬出去就能搬出去的。而一旦中了举人之后，却就不同了。秀才只是公子，而举人却是"老爷"，中了举人之后，身份大变，一家可以免除朝廷官税、田税、劳役。所谓是士绅不纳粮。有了这条规矩，就会有很多平民来投靠你，卖身为奴仆，甚至可以把田产划到你的名下，可以避税。

大乾虽然是盛世，税收却依旧很重，劳役也不少。洪易只要中了举人，就算是两手空空出去，也有一大堆的人送钱送银子送田投靠他，不出半年，就可以建成一个不小的家。

更重要的是，举人的身份和地方官员相等，见到县官可以称兄道弟，可以随时进衙门见地方官。洪易有了说话权，在侯府里说要搬出去，讲规矩的洪玄机也没有什么理由训斥和阻拦。

"元妃、子岳，他们要干什么？元妃深夜出宫，武艺高强，又去看亲戚……她和子岳似乎有交情，莫非，她也是天下八大妖仙之一？她是元突国的公主，子岳貌似是元突白家的人？他们投胎进元突，再进入大乾皇宫，只怕不是为了找经卷那么简单，莫非有什么阴谋？"洪易从洛云嘴里旁敲侧击得知一些事情，更加坚定了心中的猜测。

天下八大妖仙、白子岳、元妃，将这些连在一起，洪易隐隐约约觉得其中有不小的阴谋，在将来，肯定会有大事发生。

"这些又关我什么事情呢？我现在又穷又困，那些大人物的事情，与我何干？就算要颠覆大乾，我也没有能力去管，有多大的碗，吃多大的饭，去管自己没有能力管的事情，那是莽夫，并非圣贤所为。还是想想自己的事情。"洪易心中转着许许多多的神念。

洪易把神念镇定之后，决定试一试自己的神魂壮大到了什么程度。

稍微一观想，魂就已经飘荡了出来。

洪易魂离躯壳，在房间里面飘来荡去，闪烁不定，一下到这里，一下到那里，十步之内，晃眼就到，自己都感觉有了点鬼魅的味道。毫无疑问，这是神魂壮大的结果。

洪易的魂儿飘了出去，穿过短廊，就到了外房。外房床榻上，睡着四个丫鬟，呼吸匀称，耳朵轻微地动着，显然是有身手的丫鬟。

"监视我的一举一动？"洪易冷笑了一下。

就在这时，一个人影无声无息地走了进来，没有一点声音，走进来之后，拍了拍一个丫鬟。那个丫鬟立刻醒来，看见眼前的人，轻声道："曾嬷嬷？"

走进来的这个人，满头银发，手却如二八少女，正是跟在大夫人身边的那个老婆子，叫曾嬷嬷。

曾嬷嬷把手一扬，示意丫鬟跟着她出来。

那个丫鬟很是机警，立刻跟了出去，两人站在墙根说话。

"盯紧那小子，有一举一动，立刻回报，看看他到哪里练的武功，练的什么武功。还有……"

"这个曾嬷嬷是跟着赵夫人陪嫁过来的，多年使唤的老人了，身份很不一般，怎么在晚上蹑手蹑脚地摸进我的厢房外面，还和丫鬟谈论监视我的事情？赵夫人果然不安好心！不过，我有什么可以值得她监视的地方？且听一听她们在说些什么。举头三尺有神明，机心诡诈必然为鬼神所知。这句话不是没有道理的。"洪易暗想。

"他现在正在床上坐着，也不知道是睡了还是干什么别的，没有看见他练武。"丫鬟说。

这些都一字不漏地传到了洪易的耳朵里面。

"嗯，你们要密切注意他的动静，任何不寻常的举动都要向我汇报，然后由我说给夫人听。找机会翻一下他的衣物、藏书，看看有什么不寻常的东西。你们都是精明的丫鬟，这方面的事情就不要我细细交代了吧。"

"曾嬷嬷你就放心好了，保证他就算是掉了一根头发，我都会禀报给你的。"丫鬟朝内房的方向看了一眼，精明地说道。

"搜我的东西？幸亏我看完《武经》就烧掉了。弥陀经倒是要注意，要是让这群小人知道就后患无穷。"洪易庆幸。

"从今天开始，你们的月例增加到十两。"曾嬷嬷又道。

"多谢夫人的赏赐。"丫鬟连忙谢了赵夫人，表现得很恭敬，"我看那小子的神态，似乎并不打算在侯府里常住。下个月就是科考了，考中举人成了老爷，他肯定就会搬出去，到时候怎么办？听说他有几分文采，考试想必也有把握。"

"你很精明，他这样的心思你都能看得出来，回头我禀告夫人，好好赏你。"曾嬷嬷赞叹了一句，语气转为阴冷，"我自然不会让他考中，他有文采么……"

"要不要我在吃食上下手脚，让他参加不了科考？"丫鬟道。

"不用，这样容易暴露马脚。相反，你要每顿好吃好喝地伺候着，让谁都挑不出毛病来。"曾嬷嬷诡异地张开嘴巴，"嘿嘿……我自有办法。科举考试还有一个月，这个月要是他日夜做噩梦，冤魂缠身，神魂大伤，看他还怎么科考。"

昏暗的月夜，墙角，老妇阴沉诡异的笑脸，这一切都把曾嬷嬷衬托得如妖鬼。

丫鬟看见曾嬷嬷阴沉的脸，脸色都吓白了。

"你去吧，不要让他发现了什么端倪。这小子精明得很，不是简单的人物。从他偷偷结识镇南公主就看得出他心机深沉。"曾嬷嬷挥挥手。

"我会注意的。"丫鬟点点头，轻盈地走进了屋子。

"他练武，我看也只练到了筋肉，还粗浅得很，不过这点子气血，面对神魂迷惑，也起不了什么作用。如果让他再练下去，年深日久，气血刚强，只怕都镇压他不住了。也罢，先让他做一个月的噩梦，惊伤他的神魂再说。神不知鬼不觉，让他伤神，能奈我何？"曾嬷嬷阴笑着，自言自语，走到了假山后面一个隐秘的角落坐了下来，闭上双眼。

"嗯？"洪易一眼看出曾嬷嬷在调神观想，要神魂出壳。

"妖人！居然敢来祸害我！我在修炼之前就一身正气，不做亏心事，不惧机变诡诈，存圣贤于心中，你焉能迷惑我？"

洪易心中涌起一股不可压抑的怒意。

同样修炼神魂，如果借用出壳装神弄鬼，蝇营狗苟，那就是邪道妖人。而紧守自身，一心壮大神魂，畅游天地，那就是仙道正道。

这一点区别，洪易从小读书，心中非常明白。

看见这类小人、鬼魅，洪易心中尤其痛恨鄙视。

"嗯？"坐在地上调神观想的曾嬷嬷似乎感觉到了什么，眼睛一下睁开，朝这边望了过来。

洪易立刻闪身进了房间，魂归体内，躺下假寐。他倒要看看，这个曾嬷嬷到底怎么样对付他。

她武功了得，远在洪易之上，洪易不得不小心。

"刚才是幻觉？似乎有人以游魂偷窥我？可惜我还没有练到先天武师的境界，不然血气强大，可以看清楚任何游魂阴神。"曾嬷嬷没有发现什么，闭上眼睛，进入观想。

大约过了两个时辰，侯府里全部安静下来，夜深人静。曾嬷嬷头顶一动，随后人的呼吸、心跳都静了下来，显然是神魂出壳离体了。

洪易躺着假寐，突然听见了呼呼的风声，吹得门哗哗作响，似乎鬼哭一般。同时，月光从窗户照射进来，一条条的影子扭曲着，好像在地上爬，要挣扎起来。这一切都诡异得要吓破人的胆子。

"这就是迷神之术？"洪易心想，自己眼睛都没有睁开，怎么会看到房间里面月影扭曲，这肯定是幻觉。但是这种幻觉太真实了，身临其境，如果不知底细，没有防备的人，根本无法分辨出真假。意外的是，他居然控制不了自己的手脚，根本无法睁开眼睛。就好像是被噩梦镇住，明明知道梦是假的，就是醒不过来。

这种感觉，无助，恐慌。

"虚空浩大，我坐中央，千百世弹指一刹那，一切种种，皆为虚妄。"洪易不慌张，他修炼弥陀经，经历的幻象比这厉害得多，心中冷冷一笑，突然沉浸到和那尊弥陀佛合一的境界里。

虚空里大放光明。

洪易感觉到自己的神魂一下跳了出来，浑身金光强烈，宛如烈日爆炸，一下就把满室的鬼影全部蒸发。

睁开双眼，月光射进来，宁静非常，没有鬼影和风声，也没有金光。刚才的一切，全部都是幻象神念的神魂斗法。

与此同时，洪易听到厢房外面的假山上，传来了一声凄厉的尖叫，如受伤的野兽。

"她神魂受伤不小。"洪易知道曾嬷嬷以神魂迷惑之术幻化景象，梦魇伤害他的神魂的时候，被弥陀佛像镇压，肯定受伤不浅，不然不会这样失控，发出如此凄厉的尖叫声。

神魂受损伤，那是非常危险，比身体受损凶险十倍，稍微不注意就整日昏昏沉沉，不知道东南西北，重一点甚至精神错乱，疯疯癫癫，再重一点，那就是魂飞魄散，彻底消亡，无药可医，也无方法可以治疗。

"正气阳刚，如纯阳烈日，妖魔鬼怪如何能近身迷惑？这个妖婆的神魂之术倒是很深厚，以我的心智，在以前碰到她的话，恐怕被伤到神魂。"洪易想起刚才的幻象宛如魔鬼从地面钻起来，不禁有些毛骨悚然。

这都是无形的神念交锋，虽然不同于武功拳脚交锋，凶险却是有过之而无不及。

洪易如果要迷惑人，也可以神魂出壳，施展弥陀经中观想法中的种种幻象，施法到别人身上，让那人不能忍受。甚至可以飘荡出去，偷偷潜入小姐的香闺里，乘她睡觉之时，神魂入她的梦中，与她春风一度，虽然不是肉体上的，但神魂相交，也是身临其境，别有一番滋味。不过这些神鬼迷惑、蝇营狗苟的事情，不是正人君子之道，也不是修仙求道人所为，洪易自然不会去做。

人在睡觉的时候，是神魂最迷茫虚弱的时候，容易被妖魂入梦，被梦魇镇压。

刚才曾嬷嬷就是乘夜深人静，以为洪易睡着，才来施展幻术，却没有想到洪易早就洞悉奸谋。

"这是我第一次经历神魂斗法，也算得到了经验，下次遇到这样的事情，就不会像今天这样只会防守，不会反击了。今天应该在曾嬷嬷调神出壳的时候，立刻反击，除恶务尽。"洪易心中想到"除恶务尽"这四个字，神魂立刻出壳飞起，飘到了窗户外面，几步就到了假山曾嬷嬷打坐的地方。

神魂已经到了日游的境界，就好像是肉身修炼到了武师的高手一样，一蹬脚就出去了，速度极快，十步并作一步。

假山后面空空，没有半点人影，曾嬷嬷已经消失不见。

与此同时，几个丫鬟也惊醒了起来，提灯笼朝这边走来查看。

洪易飘过了房屋，却没有发现曾嬷嬷的痕迹。

"走得真快，这个曾嬷嬷如果不用神魂妖术，直接以武技来杀我，我根本没有还手的能力。"洪易知道曾嬷嬷武功精深，比自己要强出很多。他在侯府的墙头飘来荡去地巡游着，四处仔仔细细地寻找着。

"有仇报仇，有怨报怨。我读书人的大义，明道理，正名分，重复仇，三者缺一不可。今天你来杀我，我就不能放过你。"洪易的魂儿飘荡起几人来高，俯瞰四周。因为是阴魂，夜晚对他来说是如鱼得水，反而要比白天看得清楚。

白天的日光是阴魂的克星，在大白天出壳，修为不深厚的阴魂根本看不见东西，只觉得天地之间白茫茫刺眼的一片，浑身刺痛。这是《道经》里的记载。

全力观看查找，洪易发现，在前往侯府正府的一条墙壁夹道里，有黑影缩在角落里面喘息。

正是曾嬷嬷。

曾嬷嬷好像受伤很重，双手抱头，一头银发散乱，似魔鬼全身颤抖。

"夜叉王！"洪易看见这样的情景，突然进入了观想。

顿时，幻象重生，洪易的眼前，出现了一尊青面獠牙，身高三丈，满头红发，手持一柄漆黑锋利钢叉，手脚全部都是鳞片，恐怖得叫人吓破胆子的巨魔。

这尊巨魔一出现，立刻朝洪易扑了过来，举起钢叉，一叉而下。

洪易连忙观想神魂跳入虚空，化身弥陀，金光大放，这尊巨魔顿时畏畏缩缩，不敢前进。

这是洪易以前在修炼弥陀经观想法时出现过的幻象，经文上称这尊心魔叫做夜叉王。

在以往观想的时候，这尊夜叉王一出现，洪易就会全力观想弥陀，金光大放时，立刻消失无踪，但是今天，洪易却留了几分力量，把这尊夜叉王慑服在金光之下，并不消灭。

因为弥陀经上讲："夜叉为十八心魔之一，神通广大，恐怖非常，降伏其心，可为护法。"

洪易现在正是观想出魔头来，再降伏，为自己所用。

观想魔头害人，魔头想象出来之后，首先要害的人就是自己，需要用定力降伏，才能指挥它出去害人神魂。

在金光的压制之下，这尊夜叉王完全被慑服，洪易甚至感觉到它的恐惧，于是心念一动，这尊夜叉王立刻咆哮，猛地冲刺过去，举叉叉下，一下子就把曾嬷嬷整个人穿透。夜叉魔王突然消失，似乎钻进了曾嬷嬷的身体。

接着，洪易便看见曾嬷嬷全身筛糠似的乱动，身体剧烈地弓起，好像被什么东西叉住一样。

"她中了幻象，不能自拔。"

嘭嘭嘭！曾嬷嬷剧烈地抖动之后，身体停了下来，只有微微的呼吸，眼神散乱。

洪易知道，她已经魂飞魄散了。

"天地之间本来没有魔头，都是人心产生的幻象，可惜很少有人看得穿。"洪易道。

"刚才是什么东西鬼叫？吵得我睡不着。"洪易神魂归位之后，故意在床上翻了个身，装做才醒来的模样，朝外面慵懒地喊了一声。

"易少爷，你是不是做噩梦了？外面没有什么叫啊。"

"我们都没有听到什么叫的声音。"

外面两个丫鬟回答，洪易心里只是冷笑，随后平躺在床上，觉得心潮起伏，不能入眠。

"今天居然杀了人？虽然没有见血，但那曾嬷嬷已经魂飞魄散，显然活不成。就算活下来，也是一个没有脑子的白痴。现在该何去何从？曾嬷嬷这个老妖婆是赵夫人的人，就这样出了问题，赵夫人不会善罢甘休的，这个侯府我是越来越待不下去了。"

一躺下，洪易就觉得今天的事情非同小可。

白天狠狠打了骑马的洪桂、荣蟠，拿镇南公主挡灾，是洪易有计较的事情，算是混过去了，也在府邸里树立了威信，更是暗中气了赵夫人一通。这些都是小打小闹，看似没有事情，积怨肯定会越来越深，不过就算发生积怨，也是将来的事情，暂时还管不到。

"若不结果了曾嬷嬷，她回去之后肯定会告诉赵夫人，势必暴露我修炼道术的事情，这可非同小可，两害相权取其轻，杀她也是为了自保。不过，我得想个对策才好。"洪易现在担心的事情，只有三件。

第一件事情，就是洪玄机禁止他练武，但是他偷偷练了。

第二件事情，就是他借镇南公主的势，偷窥洪玄机的书房。

第三件事情，就是他把曾嬷嬷弄得魂飞魄散，虽然死无对证，但指不定会发生什么事情。

这三件事情，洪易在心中翻来覆去地掂量着，拿不出万全之策。

"过几天元妃就要到府邸来省亲了，她既然提到了我，恐怕一时半会儿，父亲也不敢对我怎么样，希望事情会出现转机。"洪易想到了元妃，"这些事情太复杂，空想起来耗费神魂，反正我已经尽力，不如让它船到桥头自然直。"洪易索性不再想这三件事，而是专心闭目冥想刚才和曾嬷嬷斗法的一幕。

"我还以为修炼神魂，在没有练成阴神驱物之前，神魂迷惑之术都是小道，却没有想到居然这样惊险！杀人于无形，以后得小心了。"洪易这是第一次施展神魂迷惑之术，虽然一下就分出了胜负，但细细想来，还真是凶险，体会一番，又有心得。

"神魂迷惑之术，是先唤起自己内心的心魔，种种幻象，然后镇压却不消灭，降伏其心之后，再施加到别人身上。如果别人抵挡不住，就会立刻沉迷其中，神魂大伤。当然，如果别人定力够强，一举消灭魔头幻象，自己也会被反击受伤。"洪易品味清楚了神魂迷惑的道理——这简直是一把双刃剑，先伤己，再伤人。幻象出来，镇压不住，自己就先被幻象迷惑住了。就算成功镇压降伏，然后施加到别人身上，被别人一下消灭，自己的神魂也会受伤。因为心魔本身就是自己的幻象，和神魂息息相关。曾嬷嬷正是这样先迷惑自己，后被一下消灭，伤势惨重。

"武功修炼不是一朝一夕的事情，我现在已经把筋肉练到饱满，达到了武徒的境界，只是缺乏实战，恐怕不如真正的武徒。神魂已经能够日游，但那天是在书房里，天色又阴暗，和夜晚差别不大，如果真正能在烈日下游荡，那才真正的日游大成。"

日游的境界，也要一步一步来，先在阴天游荡，再逐渐在早晚的日头下游荡，最后锻炼到能在正午烈日下游荡的境界，此后再进一步，就能成就阴神，有了驱物的本事。

"修炼也得一步一步地来，弥陀经的背面有召唤魔头，神魂迷惑之术，我虽然不去害人，但还是要学习一下，免得遇到害人的妖鬼，没有反击手段。"洪易心中想着，悄悄地拿出了弥陀经放在床上，这次看的是弥陀经的背面。

弥陀经的背面，是许多巴掌大的小图画，全部都是栩栩如生的人物、环境，和正面的经文对称，是对经文的图画补充。

如经文里，观想天星之光入顶门三寸，就会出现修罗地狱。

而经文的背面，一幅图画详细地绘制了修罗地狱的场景，恐怖淋漓，以方便人能明确地观想。

经文里，观想天星之光从眉心深入，就会出现玉女。

经文的背面，就有一幅令人血脉喷张，一看就不能自拔的玉女图像。

"攻击人神魂的五大魔神王，一为夜叉王，二为罗刹王，三为修罗王，四为金刚王，五为明王。修为浅薄，不足以镇压心魔，切不能观想此五种，否则人必遭反噬。"

洪易看见弥陀经背面的五幅图，第一幅就是刚才自己观想出来的夜叉王手持钢叉的恐怖形象。而第二幅，却是一张手持锯轮，三头六臂，血红眼睛，獠牙白发，不知性别的魔鬼，血红的眼睛瞪着洪意，让他一看心里就升腾出一股寒意。

洪易看着看着，突然觉得眼前一动，这尊魔鬼突然之间好像从画里面跳了出来，鼻子里是令人呕吐的血腥气，周围也是一片淋漓的鲜血，仿佛处在血海里。

"不好。"洪易心中一动，立刻观想弥陀佛，散去神念，眼前的幻象都消失了。

他知道自己看这栩栩如生的图画入神，不知不觉进入了观想状态，产生出了幻象。

"好一尊罗刹王！看来我定力不够，神魂不够强大，还不能观想罗刹王出来对阵。否则降伏不了它，自己就魂飞魄散。"洪易暂不敢看后面的修罗王、金刚王、明王。那三尊大魔神，根本不是他现在的神魂能够观想得了的。

"夜叉王！"

洪易明白了迷神梦魇镇压之术后，心念一动，一尊青面獠牙，高三丈，手持钢叉的夜叉又被观想出来，立刻被降伏。

洪易反反复复地观想，降伏，指挥，也不知道重复多少次，终于熟练到了这尊夜叉王一被观想出来就立刻飞出去，洪易想攻击哪里它就攻击哪里。

觉自己运用熟练，洪易收拾好弥陀经，闭目养神，一觉睡到大天亮。

天亮的时候，洪易随意在府邸里走动了一圈，就听见议论纷纷："大夫人的贴身嬷嬷曾嬷嬷昨夜里突然中风，现在成了没有脑子的白痴。"

"这是怎么回事？大夫，曾嬷嬷到底有没有得救？能不能清醒过来？"

武温侯正府，赵夫人怀里依旧抱着那只雪白的小猫，却不像以往那样闭目养神，而是欠起身子，问着一个号脉的医生。

曾嬷嬷坐在一张板凳上，由两个丫鬟扶着，双眼望向前方，死鱼一般。

给她号脉看病的医生是一个年过六旬的老者，三绺长须，身上带有一股清奇的味道。他是玉京城最有名的回春堂的坐堂医师。

"夫人，恕我直言。"老者站了起来，"曾嬷嬷没有中风，而是走了神魂。她的身体现在只是一具躯壳，脑子里面空空的，过几天就会彻底断绝生机，血魄尽散而亡。她是惊恐过度，神仙也难救，恕老朽无能为力。"说着，背起药箱起身。

"神仙也难救吗？"赵夫人用手摸着白猫，挥挥手，"小桐，你带大夫到账房取二两诊金。小惠，把曾嬷嬷安置一下，先抬到城外庄子上，要乘嬷嬷还没有断气之前抬出去。过几天元妃娘娘过来，别弄来晦气。支一千两银子给她准备后事，做四十九天一场水陆道场，要办得风光鲜亮。"

旁边的丫鬟点头。曾嬷嬷自然不能死在府中，在庄子上给她支一千两银子，做水陆道场，也是风光大葬，尽了主仆的情分。

"去问一问吴管家，侯爷昨天没有回来，是有军机大事要处理吗？"赵夫人又呼唤了一个丫鬟。

那个丫鬟答应一声，出去。过了一炷香的时间回来道："吴管家说，老爷昨天受太后旨意进宫拜见元妃娘娘，随后又和一干大臣到内阁殿商量对云蒙用兵的事情。可能只有在元妃娘娘省亲的时候，才能回来一次。"

"嗯？二十年了，云蒙又要闹腾了吗？"赵夫人再次闭上眼睛，挥挥手，"你们都出去，让我一个人清净清净。"

几个丫鬟知趣地退了出去。

静静的大厅里，只剩下赵夫人一人坐着，脸上阴晴不定："果然是个祸害精，和那个贱人一模一样。"

哇！

一声凄厉的惨叫从白猫嘴里发出，小白猫猛地一跳，跳出了赵夫人的怀抱，畏畏缩缩躲在角落里，用惊恐的目光看着主人。

赵夫人的手上，多了一撮雪白的猫毛，是刚才生生扯下来的。

# 第十一章 风起云涌

玉京城外。玉龙山脚下。

玉京观。

一眼望去，处处亭台楼阁，红墙大殿，一层一层，看都看不过来。

玉龙山形似一条玉龙，将玉京城遥遥环抱了半边，山清水秀，是一等风水宝地。

正月已经远去，天气逐渐暖和，玉京观游人香客如织，香火鼎盛。

游人里有一位不同寻常的中年人，身穿锦衣，两鬓花白，有大学问家的气息，光泽的皮肤，深邃如星空一般的眼睛，超凡脱俗。

这人正是大乾王朝的中流砥柱，内阁大臣，太子太保，武温侯洪玄机。他此时应该在皇宫的内阁里办理朝政才对，为什么会出现在这里？

洪玄机看似随意，步子却有一种云游乘雾的气势，缓步上山登上游人稀少的大丹殿。

大丹殿是玉京观道士修行炼丹的地方，不允许游客进入。

去往大殿的山路上，早有两个身穿黑色丝绸道衣，手拿拂尘的小道童迎接他。

"哼。"洪玄机冷哼一声，不理会这两个小道童，径直走了上去。

一路上，只闻得一阵阵的药气，中间夹杂硫磺、硝石等味。玉京观是方仙道的根基，方仙道的道士，除了修行之外，就是炼丹炼金，不似正一道讲究戒律，也不似太上道讲究忘情忘我。

大乾王朝，有三个受皇帝册封的道门，方仙道以炼金炼丹受宠于王公贵族；正一道因讲戒律，安定人心得朝廷的扶持；太上道则是神秘不出世，隐居山中，修太上忘情之道，也有出世修行的人，数量少之又少，也被朝廷册封。

洪玄机一走到大丹殿的正殿院落里，就看见一个面色淡金，胡须全无，闭目坐在巨大的雪松下的道士。

正殿上供奉着一尊巨大道祖像，披星光霞衣，手持玉如意，顶上有青气，青气上升演化出日月雷霆。

不知道是用什么雕刻成的，这尊巨大道祖像栩栩如生，好像要活过来一般。

看这道祖像，人的心里就会产生出一种开天辟地，演化万物的传神感觉。

没有错，是传神的感觉。只看一眼就存想在心里，刀刻一般不能忘记，活灵活现。

"萧黯然，你弄什么玄虚？"洪玄机一眼认出雪松下面的道士就是方仙道的领袖萧黯然。

"玄机兄，我今天请你来，是因为听说元妃娘娘已经认你为恩亲。"萧黯然不理会洪玄机的冷喝，笑着道。

"你的消息倒很灵通。"洪玄机冷声道。

"那自然。我方仙道出入皇宫，为皇室炼丹炼金炼药，这点消息还是知道的。"萧黯然看着洪玄机。

"放肆！"洪玄机喝道，"有史以来，朝廷衰败都是因为你们这些和尚道士装神弄鬼，蛊惑人君，天下大乱。我迟早有一天禀明皇上，把你们这些道士一一逐出朝廷。"

"哼，玄机兄，你这个理学大家，自恃文人，驱除道门，也用不着对我发狠。我听闻太上道的神机兄三次尸解之后炼体成形，此番又要再度出世，你当年是怎么对待他妹妹的，他自然会找你算账。到时候看你怎么应对他的怒火！"萧黯然回以冷笑。

"什么？神机兄第三次尸解炼形成功，准备再度出世？当年一别，已经有二十年，他匆匆离去，就是为了入深山尸解……算起来，他如今也有十八九岁，只是不知道他尸解之后转生到了哪里，会以什么样的面目出现。"洪玄机眼神动了一动，心中闪过很多事情。

他很快就从回忆里走出来，哈哈大笑两声："尸解三次又能如何？只要他一日不能度过雷劫，不成阳神，不过是区区一鬼仙，至多神魂壮大一些，道术精深一些，找到我又怎么样？我堂堂朝廷大臣，会在意一方外野道士不成？"

大笑过后，洪玄机脸色沉下来道："萧黯然，你今天找我就是为了这件事情吗？你在戏弄朝廷大臣，按照大乾律令，你最少要流放三千里！哼！递条子到内阁去，方仙道好手段，居然能买通宫里送茶水的太监。你一区区小道士，凭着几分宠信，就想干预朝政，把持社稷神器！你想被抄家灭门吗？"

"洪玄机！"萧黯然淡金色的面孔一变，手微微动弹，"你不要开口朝廷大臣，闭口抄家灭门，吓唬那些官员可以，吓唬贫道我还差了一点！当年围攻大禅寺，要不是我们三派高手撑着，你早就死在印月和尚的如来神拳之下，还有脸这么嚣张！"

"是吗？"洪玄机把双手背在身后，眼睛盯着萧黯然，"当年我大乾定鼎乾坤，百姓拥戴，民心所向，鬼神亦要臣服，让你们三道剿灭叛乱，正是给你们一个机会。你们若是不从，也轮不到今天在这里开观接香火，你们早和大禅寺一样树倒猢狲散了！"

"嘘——"萧黯然长长地吐了口气，"既然这样，我倒是要看看你洪玄机的'诸天生死轮，如何把我方仙道抄家灭门。"说罢，大殿那尊巨大道祖像的供桌上，锵的响出了一声龙吟，随后，飞出一柄长三尺，宽两指，通体布满血纹，像极了人体血管脉络的宝剑，围绕萧黯然上下飞舞旋转。

这柄宝剑，正是用传说中的道家仙钢——血纹钢炼制而成的，锋利可以切玉断金，能使神魂御剑的威力增大十倍，指挥飞剑如指挥手臂一样灵活。

"萧黯然，你不要在我面前卖弄这些小玩意儿，我要杀你，易如反掌。你我相距只有二十步，我保证你还没有发出飞剑，躯壳就被我击碎。况且你的神魂，根本靠近不了我的身体。"洪玄机看着血纹钢的飞剑上下飞舞，丝毫不放在心上，他轻轻向前踏了一步。这一步轰隆一声，地面一震，十多块青石方砖一起拱了起来，连带着后面的大丹殿堂都震荡了一下，那尊道祖像也发出咔嚓咔嚓的声音。

洪玄机身体血气运转，周身体温升高，似乎有一股巨大的热浪威逼过去，那上下飞舞盘旋的剑，好像受不了这股血气阳刚的无形威压，飞舞起来好像是被粘住了一样。

"我洪玄机征战沙场多年，从未见鬼神之道能成就大事，就算是鬼仙，上了战场，千万人血气刚阳一冲，就被冲得魂飞魄散。定鼎天下，走的是正道，靠的是阳刚，行的是武力。"洪玄机说话看似漫不经心，却字字都透着强大无比的信心和力量。

"那我倒要看看是你的肉身坚硬，还是我的元阳飞剑坚硬！"萧黯然勃然大怒，长身而起。

萧黯然身为方仙道领袖，以一柄元阳剑闻名天下。

两人看似要一决生死。

"玄机兄还是这样不近人情。"就在这时，大殿里走出了一个拿着画笔，身穿浅黄色丝绸衣服的男子，头发花白，五十岁上下的样子。

"原来是乾道子兄。"洪玄机的脸色缓和了一些。

画圣乾道子画艺通天彻地，以假乱真。传说，有一次他为达官贵人画了一个老虎屏风，结果有人乍一看以为是真老虎，给活活吓死了。

"道子兄，你来玉京观有何事？"洪玄机收了架势。

萧黯然也知道打不起来，心念一动，元阳剑飞回了道祖像下面。

"我来为三派画无上道祖图。当年大禅寺三卷经书里的《过去弥陀经》，号称神魂修炼之术第一经，观看此经，就能成就阳神，修成神仙大道。其实我想，那卷经书也未必神妙，修行之法，未必比得上道门的观想存神法，但是那经卷之上有一尊弥陀佛像，将佛门所有气质神韵大势，全部融汇其中，观想此像，存于心中，能镇压一切邪魔，明白过去种种，知道本来面目。我道门之所以没有无上秘法，缺少的也就是一尊包容大道的道祖像而已。"乾道子说着，看了看大殿中央的道祖神像，感叹道，"这尊道祖像，有开天辟地演化日月雷霆的精髓，但还是差一些神韵，不能包容大道，观想存于心中，恐怕做不到镇压一切、修复神魂的效果。"

"唉，读书人存圣人于心中，治世修身，开天下太平，荡荡浩然。修道人存道祖于心中，开天辟地，演化万物，至大无穷。修佛人存佛陀于心中，明白真如，本来面目，万世刹那颠倒迷离，不能动其本心。三教法门，同出一源。可惜，佛寺中有人才，能于一画之间显现精髓。"乾道子滔滔不绝。

"道子兄，你既然出现在这里，想必也不完全是为了作画吧？"洪玄机问道。

"当然不是，神威王爷请我，让我调停一下。玄机兄，你可知道天下八大妖仙？还有'无生父母，真空家乡'这个八个字？现在妖孽、邪教乱我朝纲，单单是你一人，恐怕难以抗衡，现在妖孽盯上了你。那元妃的底细，你不知晓吧。"乾道子道。

"神威王杨拓？他镇守边疆，消息居然这么灵通？"洪玄机道。

"当然。不过他分不开身来。他说那无生道、真空道非同小可，很可能是当年大禅寺三卷经书里的《未来无生经》落入了某些人的手中，开创出来的两大道门。这两大神秘邪教，再加上天下八大妖仙，真要闹起事来，很麻烦。另外，太上道也派了人出来，我们暂时要合作一下，找准时机，剿灭妖仙与邪教。"萧黯然说。

"太上道派了人出来？在哪里？"洪玄机心中一动。

"太上道出世，女子都在青楼里，玄机兄怎么问起我来了？如今她正是玉京第一才女苏沐，在散花楼里。"萧黯然冷笑道。


"大梦谁先觉？平生我自知。"侯府桂花厢房里，洪易足足睡到日上三竿才起床。

这两天，他在侯府里居然没有发生任何事情，洪玄机忙国家大事，整日整夜居住在宫中内阁，没有回府，倒令他松了半口气。

这几天，侯府里为元妃娘娘认亲之事大兴土木，好在洪易住的桂花厢房以前是招待客人用的，位置较偏，又有桂花树林阻隔，倒也清净。

但是洪易却感觉不到一点儿清净，因为有四个丫鬟监视着他。

四个丫鬟分别是紫玉、红玉、黄玉、蓝玉。这四个丫鬟表面上是给洪易端茶倒水，洗脸洗脚，洗衣更衣，干一切杂活伺候着，实际上是监视洪易的四只苍蝇。她们手脚轻灵，猫一般的敏捷麻利，个个都是筋肉练得灵活坚韧的人物。洪易估计，这些丫鬟别看身材纤细，但真正打起来，随便掀翻两三个壮汉不成问题。洪易心想，就算自己练了牛魔大力拳到武徒的境界，如果打起来，最多也只能战胜两个，四个一起上，自己必败无疑。

洪易觉得就算自己起夜小便，都会被四个丫鬟禀报给大夫人。细心的洪易还发现，自己的一些衣服、书籍，常有被细微翻动的痕迹。

"这些丫鬟都是从南方买来的，会武功，身子骨坚韧倒也不稀奇。赵夫人身边的曾嬷嬷会神魂出壳，这就令人奇怪了。赵夫人到底什么来头？我只知道她家是南方的名门望族，朝中三代大学士，但是现在看来，没这么简单……"

南方有采买局，专门把一些贫苦人家的小女孩买过来，训练得伶俐精巧，琴棋书画样样精通，再卖到各个大户人家或者青楼里。

这紫红黄蓝四玉是赵夫人的二儿子洪康送过来的。

"南方采买局，有很多是做不法生意的人口贩子，为了敛财，丧尽天良，赵夫人的娘家是南方的大望族，不知道有关联没有……"洪易突然间起了一个念头，向外面叫了一声，"紫玉，给我倒杯茶过来。黄玉，我的纸用完了，你到松竹轩买些香竹纸。再从药铺买些酒和苏合香丸，以及干参、当归、金蝉子……这些药来。"

洪易坐在宽大的书桌前面，眼睛闪烁，颐指气使。

"好的。"两个十五六岁的丫鬟麻利地跑了进来，盯着洪易，微笑应答。

两个丫鬟的微笑在洪易看来根本不是发自真心，但就是挑不出半点儿毛病来，显然是受过很严格的训练。

"嗯，紫玉，这几天你伺候得好，这个是赏你的。"洪易对那个大一点的丫鬟紫玉说了一句，从腰间的钱袋子里面掏出一枚赤色的金饼，放在桌子上，等着紫玉过来拿。

这是当日元妃赠给他的赤金饼，皇宫专用。

洪易现在小有钱财在身，十枚赤金饼，换成银子就是一百五十两，而洪玄机在账房给他支了一百两，赵夫人又支了三百两，算来算去，除去这些天的用度，他身上也有五百多两银子。

"赤金饼……"看见桌子上的钱，两个丫鬟眼神里闪过了一丝惊讶，没有上前来拿。

紫玉道："夫人吩咐过，伺候易少爷是我们的本分。不敢要赏赐，易少爷还是收起来吧。"

两个丫鬟道了声福，一个出去买东西，一个去倒茶。

"这些小人就如苍蝇一般，真是让人讨厌。"洪易知道不出一个时辰，赤金饼这件事就会传到赵夫人的耳朵里面。赵夫人会认为他背后有势力，从而不敢对他怎么样。只要拖过这一个月，参加科考回来，就龙游大海了。

"有讨厌的苍蝇盯着，练功也不好练。"洪易这几天没机会练习武功，最多心中暗暗揣摩，偶尔活动一下身体。他的武功已经到了武徒的境界，还有一层练皮膜的功夫，练好之后，筋肉皮大成，就可以练骨了。

虎魔练骨拳已经熟记心中，一招一式心中都明白，如印版刀刻一样。

一想到虎魔练骨拳，洪易伸了一个懒腰，心中存想拳谱上的图像，身体一下就配合上了"虎魔伸腰"的姿势。

哎呀！

一阵刺痛从腰部传来，就好像是闪了腰，扭伤筋，裂了皮一般十分难受。

"这虎魔练骨拳，不把筋肉皮练到大成，是不能强行练习的。"洪易终于知道，为什么拳法要一步一步来了。皮肉没有练到坚韧的程度，强行练骨，对身体的损害极为严重。

"看看呼吸吐纳法能不能运用。"洪易想着，脑袋里面闪现出了《灵龟吐息诀》图像中的第一式"灵龟曝日"，于是弓起背，双手扣脑，两短三长吐息，意念存想心肺。

呼呼呼呼——

吐息时，洪易只觉得气血翻涌，差点晕了过去。

"身体还不强健，这呼吸吐纳，不能乱练。"洪易心中骇然。

呼吸吐纳进出吞吐，大量气息滚动，带动气血循环，身体外部不坚韧，气血循环不到，内外就不能贯通，不能协调，这样练习起来，也是有百害而无一利。

"练武要一步步来，不能急功近利，那就试试神魂。"洪易干脆默坐存想，忽然一下，神魂跳出体外。

眼前白茫茫一片，周身好像是针刺一样，又好像身处火海里，根本看不见任何的东西，几乎要魂飞魄散。

糟糕！

洪易神魂赶快回了壳。这才发现，日头正当空。

观想了几遍弥陀大佛，领会千百世不动本心，真如一体的意境，洪易才修复了刚才受损的神魂。

他知道，自己的武功、道法已经到了一个瓶颈，再进步是很困难的。

就在这时，走进来一个丫鬟，是蓝玉，后面跟着一个身材高大，面容坚毅的武士，是洛云的人。

"易少爷，镇南公主的护卫来请，说是公主在散花楼有一个堂会，请了玉京第一才女苏沐，请你过去对诗谈玄呢。"

"散花楼，镇南公主的邀请？玉京城第一才女苏沐的堂会，谈玄理，论诗文……"洪易眉头皱皱，因"玉京城第一才女"心生疑惑。

"母亲十八年前也是玉京城第一才女。不过这又有什么用呢？还不是一入贱籍，嫁人之后，连平民都不如。"一纸邀请，洪易心中涌起了无限的惆怅和莫名的愤怒。

"去还是不去？去这种场所，要是让父亲知道那还了得？但是我欠洛云人情，不去似乎很不妥当。去一趟也好，见识见识玉京城第一才女是个什么模样气质。"武温侯家规严厉，严禁家族子弟进入风月场所。一旦让洪玄机知道，逃不了一顿打。

"回去告诉公主，我收拾一下，马上就去。"洪易接过邀请函收在袖子里面，起身整理整理衣服，外面套上一套刚刚缝制的绸缎锦衣，换上新的薄底鹿皮快靴，才出了门。

洪易有了钱，一身行头办得精致而不浮华，是一个标准的士大夫公子了。洪易心想，既然是参加公主的堂会，不能穿得太寒碜。

红玉和蓝玉交换了一个眼色，其中一个匆忙向正府走去，禀报赵夫人。

散花楼在玉京城的东面，说楼也不是楼，占地几十亩，一色的雕栏玉砌，一重重楼阁，门前是衣着鲜亮的豪奴，门后是悠远深长的花厅。门口许许多多的鲜亮马车，绿尼大轿子，粉红金漆小轿子等在豪奴们的引路下，井井有条，不见丝毫混乱。

这样的摆设和气势，足可以让一般的平民，甚至小富人家望而却步。散花楼的最低消费都要数百两银子，是典型的销金窟。

洪易看着一排深远精致的楼阁，还有楼阁顶上隐隐约约的粉红牙帐，以及若有若无的香气，还没进去，就已经感觉到软玉温香，靡靡之音使人的根子都烂掉。

"散花楼虽然是青楼，却全部都是清倌人，只卖艺，不卖身，里面的女子个个精通琴棋书画，皆为诗词歌赋惊才绝绝的尤物。玉京的王公贵族、文武大臣、士大夫们举行堂会，往往不惜一掷千金，邀请这些清倌人到场。散花楼是高雅的风月场所，大不同于操皮肉生意的青楼。"洪易对散花楼略有所知。

玉京城里一些闲而无事的王公贵族、士大夫、文武大臣，隔三差五叫上朋友，举行小小的堂会，或是饮酒作乐，或是畅谈诗文，或是鉴赏书画。这个时候，就需要女人陪伴才显得风流，尤其需要高雅的女人。家里的丫鬟、小妾、正妻母老虎都是不合适的，只有这些清倌人适合。要请动这些清倌人，最少也要数百两银子，那些当红的，卜千两都不稀奇，更别说是玉京城第一才女。

武温侯府邸里，从来不举行这样的堂会，洪玄机甚至在朝堂上几次建议朝廷禁止散花楼这样的风月场所，以防止官场靡乱，却遭到强烈的反对。再加上散花楼这些青楼，向朝廷缴纳可观的税收，关系盘根错节，皇上根本不采纳武温侯的建议。

洪易刚到散花楼的门前，立刻有两位豪奴迎上来，打量了他一番。一般来散花楼的人物，都是坐轿或者马车，像洪易这样步行来的，几乎没有。但是洪易穿着鲜亮，又有读书人的气质，豪奴也不好请他走开。看到洪易拿出了镇南公主洛云堂会请柬，他们立刻堆起满脸的笑容。

洪易丢给他们每人二两银子的打赏，两个豪奴笑眯了眼睛，连忙请洪易进去。

洪易有些心疼这四两银子，但他深知到哪里就讲哪里的规矩，散花楼的规矩就是一掷千金，该打赏就要打赏，小气不得，不然就有很多小绊子等着你。

数不尽的长廊，亭台楼阁，花园水池，还有许多厢房，装修比大户人家还要阔气得多，七转八转之后，一座豁达的花厅展现在洪易眼前。这里就好像是富贵人家的正院一样，楼阁明亮，院落宽敞，聚集了不少年轻人。

洪易一眼就看见了打扮得像个公子哥儿，手里拿折扇，腰间挂玉佩的洛云。她正被一干王公子弟众星捧月般围在中间。

"苏沐小姐怎么还不出来？我们都等了一个时辰了。"

"今天是镇南公主做东，难道苏沐姑娘还摆架子吗？"

一干王公子弟吵吵嚷嚷，旁边几个琳琅佩环的女子和几个豪奴都陪话："苏沐姑娘在会见一位重要的客人，一会儿就过来。"

"什么重要的客人，比镇南公主还要重要？我们去看看。"这群人又嚷嚷了起来。

"你们太闹了，大乾朝不是最讲究斯文吗？"洛云把折扇一扬，摇摇头，这些人立刻安静了下来。她看见了洪易，眼睛一亮，迎了上来。

散花楼东面，一间僻静的房子里面，静静地坐着一位国色天香、仙气飘逸的女子。精巧雅致，牙帐粉纱，温润如玉的房间里面，却是一团沉默得令人窒息的寂静。

玉京散花楼第一才女苏沐，大乾王朝武温侯洪玄机。

二人冷眼相对。

"朝廷的支柱，权倾朝野的理学名臣，内阁大学士，武温侯爷不是屡次上奏章，要取缔这散花楼吗？怎么今天自己来散花楼了？"苏沐开口，打破了沉寂，讥讽洪玄机的话语让人感觉不到情感波动。

"真像。"洪玄机闭上眼睛，吐出两个字。

"侯爷，你说的是梦冰云吗？可惜，她本来修炼太上忘情的大道，却自甘堕落，落入情网，不能自拔，神魂大伤，以至于被小人所乘。"苏沐道，"不过侯爷不用担心，我太上道的弟子，一旦动情，便再也不是太上道的人，掌教师尊并不会因此寻侯爷的麻烦。"

"就算神机兄亲自来找我，我又有什么好畏惧的？"洪玄机双手分开，放在椅子扶手上，自有一股把握一切的气势。

"我今天来找你，只是想看看，太上道又有什么出色的人物出世。今天见你苏沐，果然不同凡响。你武技已经练到易髓如霜的大宗师境界，只可惜，离换血伐毛，炼血如汞的境界却还相差了几大步。至于道法神魂修炼，不知道成就鬼仙了没有？"洪玄机道。

"侯爷目光如电，小小神魂，难道还看不穿吗？"苏沐平静地道。

"太上道的女子果然个个都是惊才绝艳之辈。"洪玄机突然笑了一下，"你这次出世，也是为了对付天下八大妖仙，还有无生、真空两道邪教。天下八大妖仙，个个都修炼百年，妖法神通惊人。无生、真空两道邪教更是神出鬼没，防不胜防。你单身一人，如果暴露了行踪，只怕会遭到危险。我这里有一面令牌，你拿在手中可以遣人调动我府邸五十陌刀卫、五十弩卫、五十铁骑卫。这些人都是跟随我征战多年的高手，尸山血海里爬出来的人，意志坚定，哪怕鬼仙都不能迷惑，邪法对他们全无用处。"洪玄机手指一动，一面赤金牌竖立到了桌子上。

金牌正面雕刻着一尊活灵活现的麒麟，背面是一个龙飞凤舞的"令"字。

"好一个'令'字，杀气腾腾，有铁骑踏遍宇内之意。"苏沐说了一句，却没有拿，"我太上道自上古之时就传承道统，不需要侯爷世俗力量的庇护。还是拿回吧。"苏沐说着一按桌子，金牌朝洪玄机飞了过去。

洪玄机袖子一挥，金牌便落了进去，哈哈一笑，站起身来。

"侯爷请留步。"苏沐见洪玄机要走，又说了一句。

"何事？"洪玄机问。

"我这次出世，掌教师尊让我问侯爷一句话。"苏沐道。

"什么话？"洪玄机转过身去，背对苏沐。

"大乾当年自东起兵，灭掉大周，最后定鼎南方，战事惨烈，大周遗民反抗不断。这一仗足足打到大乾三十年才彻底停下来。南方数十年的兵火，百姓流离失所，白骨露于野，千里无鸡鸣，一些人却大发丧尽天良的横财，如掠夺人口，买卖奴隶，甚至将十多岁的小女孩卖进大乾军营做娼妓。这可与侯爷正房夫人娘家赵家有干系？"苏沐问道。

"嗯？"洪玄机冷哼道，"赵家是南方大族，书香门第，当年因随我大乾太祖剿灭南方暴民，受朝廷册封，三代大学士，有史可查。太上道是方外野民，关心这些事情，莫非要代替朝廷，行那把持社稷神器之事？"

"好一顶大帽子。"苏沐平静地道，"我不和侯爷争论，只是替掌教师尊传话。

掌教师尊的原话是这样，侯爷听好了。"

"我正在听。"洪玄机道。

"掌教师尊说：我已经在南方调查，如果让我查出当年的事情和你夫人赵家有关系，而你洪玄机又知情，定灭你赵洪两家满门，鸡犬不留！"

"灭你满门，鸡犬不留！"

这句话杀气腾腾，根本不似苏沐这等国色天香的女子该说的。

嘭！

苏沐面前的桌子一下四分五裂，洪玄机冷冷道："好一个太上道，这样狂妄的口气，天要使人灭亡，必使人疯狂，梦神机既然出此言，那太上道覆灭不远。"

"我太上道历经数十朝，至今道统仍在。覆灭不覆灭，不是侯爷说了算。"苏沐道，"侯爷也别说什么皇权社稷神器之类的话，我太上道，只尊亘古以来的大道，皇权社稷，都是过眼云烟。"

"好。想不到梦神机如此狂妄，每尸解一次就越发狂妄，祸不久远。"洪玄机脸色突然平静下来，长长嘘了口气，"苏沐，你好自为之。"说完便走了出去。

他从高楼出来隔过了几层楼阁的夹缝，看见在远处一处院落里面，洪易正和镇南公主并肩站立，其余还有一堆王公贵族子弟。

"洪易，这位是兵部侍郎侯家的公子，这位是礼部尚书王家的公子，这位是长乐侯家的小侯爷，这位是………"就在洪玄机下楼的时候，镇南公主正在为洪易介绍今天堂会的公子哥儿们。

"嗯？"洪玄机目光闪闪，不知道心中在想些什么，只看了一下，他便收回目光，走下楼去坐进一项轿子里。轿夫行走如飞，很快远去。

# 第十二章 红颜骷髅

"到底是我大乾王朝开国还短，虽然有重文轻武之风，但朝气蓬勃，根子并没有腐烂。"洪易听着镇南公主的介绍，一一与这些世家子弟见礼。他察言观色，细细揣摩，心中暗暗思量着。这些公子哥绝非纨绔子弟，表面文雅，身子骨却硬朗结实，手上都带有骑射开弓用的扳指，身上有少许历练的沉静。

洪易熟读经史，知道一个皇朝的兴衰可以从世家子弟身上看出端倪。如果普遍吹风弄月，只知道吟诗做画，摆弄棋琴，不尚武风，身子骨弱不禁风，阴盛阳衰，缺少血气，那便是朝廷极盛转衰的现象。

洪易觉得这一趟散花楼来得很值，不说别的，见公子哥儿聚集品朝廷兴衰气象，就收获颇丰。

"这位是武温侯府的洪易公子，精通玄理，是我好友。"镇南公主洛云向大家介绍洪易的身份。

诸多公子一听到武温侯府，脸上都显露出凝重的神采，被武温侯这个响当当的名头震住了。

他们打量了几番洪易，想不出候府嫡出有这一号人物，便有几分轻视。

看到众人的神态的细微变化，洪易明显感觉他们有不屑为伍的意思。

"听说苏沐姑娘极好谈玄，易兄你玄理精深，等下可要大出风头，刁难一下这位玉京第一才女，那才有趣呢。"洛云轻摇手中的折扇，撅起嘴巴，对洪易道。

"这公主不是妒忌了吧，人家虽然是玉京第一才女，但身份地位那能和你相比。"洪易心中笑笑，听出了酸味儿。

洪易这番话惹来了众人的嫉妒。一个身穿淡银色绸衫的年轻人站了出来，对洪易道："往日里堂会就只有我们几个参加，今天却多了一位武温侯爷家的公子，真是热闹了。现在苏沐小姐还没有来，我看大家也等得无聊，不如来个小小的游戏，打发时间如何？不知易公子是否有兴趣参加？"

"当然有兴趣。"洪易点点头，"在散花楼这么风雅的地方，大家来一场诗会如何？由一人起头，一人一句对下去，接得不好，或是接不下来，就受罚。"

"诗会？"穿淡银色绸衫的年轻人一愣，见洪易一副镇定自若、满腹文才的模样，不禁皱了皱眉。他刚才只是看不贯镇南公主对洪易的态度，站出来想借游戏让洪易难堪，没有想到洪易不但不怯场，还力争主动。

这个年轻人是长乐侯的嫡长子，显然是这群公子哥儿的领头，大家都喊他长乐小侯爷。

"诗会不好。"长乐小侯爷盯着洪易的眼睛，摇摇头，"我大乾以武开国，现在国运鼎盛昌隆，文风渐渐地上来了，但我们王公子弟，不要忘本，诗词虽然雅致，但和国运没有关系，谈诗做词，只是软骨文人摆弄的。稍有气概的读书人，都文武双全，咱们不开诗会，玩儿射艺如何？"

"玩儿射艺？"洪易看了长乐小侯爷一眼。

"武温侯当年战功赫赫，武力威震四方。"长乐小侯爷看着洪易道，"二十多年前，当今皇上还是皇子的时候就上战场征战，被云蒙帝国铁浮屠骑兵困于青杀口。武温侯单枪匹马杀进敌军救出皇上。一骑两人，转战山中，九进九出，后来马匹战死，侯爷刀枪箭伤数百处，背负皇上杀出重围。这等英勇忠义，洪公子不知道传承了几分？莫非洪公子只剩下了诗词风月？"

"洪公子手上还带着扳指，不是学那些软骨头文人买弓放在书房里就当自己真的精通弓马，文武双全了吧？"礼部尚书王公子哄笑一下，周围的公子哥儿跟着起哄笑起来。

"小侯爷所言极是。"洪易笑了笑，"咱们就来玩玩儿射艺。"

"玩儿射艺，咱们来点小赌注才好。"长乐小侯爷拍拍手，立刻就有人拿来弓箭，在院子里立了一个皮革红漆的箭靶。随后，一个豪奴牵来一匹身长一丈二，全身暗红的大马过来。这大马神俊非凡，一看就是日奔千里的神马。

"火罗马？"洪易心中暗叹。火罗马奔跑起来鬃毛飘扬如火云，千金易得，一马难求。

"这就是我的赌注。不知道洪兄下什么赌注？"长乐小侯爷看了看洪易，冷笑。

"侍卫，把我的佩剑拿来。"镇南公主洛云拍拍手，一个侍卫立刻送上了一柄鲨皮鞘的宝剑。

洛云刷地一拔，剑出鞘，映着日光，光彩夺目，剑身上流动着菊花一般的纹理，锋口看一眼都几乎要流出血来。

"这柄剑名斩鲨，比长乐小侯爷的火罗马贵重呢。今天洪易出来得匆忙，没带赌注，我就暂时借给他好了。要不然，他没有赌注，就玩儿不成游戏，我也看不成热闹，多可惜。"洛云把剑递给洪易，啪地打开折扇，摇得飞快。

现场发出了一阵惊叹的声音。

这群王侯公卿的公子哥儿万贯家产，但还是被这次打赌的赌注惊住了。

神俊的火罗马是千金难求的千里马，但洛云借给洪易的斩鲨剑，通体菊纹钢锻造，吹毛断发，乃是有钱都买不到的神兵利器。更何况，这是神风国锻造的剑，和大乾的剑完全不同。大乾的剑柔、薄，只适合于单打独斗的击刺，不适合战场。这也是大乾朝兵器法禁刀不禁剑的原因。

但是神风国的剑却厚重，带有微微的弧度，比一般的剑要长，锋刺前有血槽，似刀非刀，非常适合战场砍杀。

能拥有一柄斩鲨剑，有利于王公子弟战场立功后封爵位。想想，与人刀剑对劈的时候，才一接触，你的剑就把敌人的刀劈断了，这场战斗还有得打吗？一柄神兵利器在手，可以增大十倍杀伤力。一个武士拿了这柄斩鲨剑，就能够和武师级别的高手对杀对砍。

"不是玩玩儿吗？这赌注也太大了。"

"在苏沐姑娘面前小侯爷想出风头。别说，我都想出出风头了。"

这群公子哥议论着，看斩鲨的眼神十分火热。

长乐小侯爷的眼神也动了动："赢了公主的这柄佩剑恐怕不好吧。"

"没事。"洛云摇摇扇子，"这虽然是我心爱的佩剑，但只要玩儿得高兴，也没有什么舍不得的。何况小侯爷你未必就赢得走呢。"

"是吗？既然公主这么说，那我也不客气了。"长乐小侯爷看着洪易，细细打量着，"百步距离，五息之内，五箭连射，如果多出一息，则算输，脱靶也算输，最后比准确性。洪兄可有意见？"

"没有。"洪易点点头，看着那匹火罗马，微微心动。

他看出长乐小侯爷身怀武功，五箭连射，要在五息之内办到，还要箭箭中靶，这是力量和高难度技巧的结合，都快比得上军队讲武堂的武士考核了。这样的力量、准确性、速度化为拳法，也是非常厉害的搏击。

"长乐小侯爷的武功只怕在我之上，好在我练牛魔大力拳，基础扎实，全身的肉筋都已经练到位。而大乾的武功，最好的筋肉功夫，也不过是道门的小周天练力法，但他还要差一筹。就算他到了武士的境界，根基也稍逊。"洪易心中揣摩着，准备拿出牛魔大力拳中的开弓手法，好好和这位长乐小侯爷玩儿上一场。

"拿弓来。"见洪易答应，长乐小侯爷大喝一声，显示出威武的阳刚之气，一手提弓，一手把皮革箭囊背在后背，弯腰坐马，力沉下盘，贯通双臂，一把扯开八十斤重的牛筋弓，搭上箭。

嘣！嘣！嘣！嘣！嘣！

弓弦连续响动，长乐小侯爷射出一支箭后，又以飞快的速度从箭囊中取出另外一支，搭上，再开弓，射击，一连五次，果然在五息之内完成。

前面四箭，箭箭都中到了靶的红心，只有最后一箭，因为速度过快，稍微偏离了靶心，但依旧深深扎进靶子中。

"好！"

这五箭连发，的确是擅射的能手。

　　长乐小侯爷对自己的水平也颇为满意，把弓递给洪易，擦擦手。

　　洪易没有多说话，早就暗运神魂，精神贯注在双目之上，眼睛看着靶心，脑袋里观想牛魔大力拳中开弓的姿势图像，在接过弓的时候，姿势图瞬间和身体合二为一。他这是借用了道术里的神魂观想法，和武技结合，刹那间，魂与魄合，灵与肉合。

　　众人睁大了眼睛，只见洪易左手持弓，右手变魔术似的从箭囊抽箭，一推上弦，一拉满月，一撒放，箭影依稀残留可见。

　　嗖、嗖、嗖、嗖、嗖，五箭连射，箭箭中靶红心，第一支竟然把皮革的靶子射穿了。

　　"啊——"众人惊讶，谁也没有料到洪易貌不惊人，居然有这样厉害的箭术。

　　"长乐小侯爷，承让了。"洪易把弓递过去，解下箭囊，面带微笑。

　　"你赢了。"长乐小侯爷死死盯住箭靶，不敢相信眼前的一切，过了好半天，才说出这三个字。

　　"侥幸而已。"洪易笑道。

　　"洪公子果然继承了武温侯的武风。不知道咱们有没有兴趣再比上一场拳脚，赌注就是我手中的这枚温玉扳指。洪公子拿马继续赌就是了。"长乐小侯爷不甘心道。

　　"今天是堂会，箭技射义本是风雅的事情，但拳脚就太离谱了。"洪易一口拒绝了，因为他的双手隐隐有些筋痛，腰也有点痛。

　　刚刚射箭，虽然用上了魂魄相合、灵肉相合的道武结合的功夫，但是他筋骨皮终究还没有练到最坚韧的境界，仍差一些火候，在连续开弓时已经扭伤了一部分筋肉，再用力肯定会吃大亏。更何况，眼前这位长乐小侯爷一看就是经常习武，实战丰富的人。洪易平生的实战只有和洪桂打的那一次架，比起经验来，远远不如长乐小侯爷。

　　"在我的堂会斗殴，传出去就太不好吧。要不，你们另约个时间。看，苏沐小姐来了。"镇南公主洛云不悦道。

　　"好，那就下个月，科考过后，咱们比试拳脚。洪兄，这个月把马喂好，不要瘦了，到时候我要赢回来的。"长乐小侯爷称洪公子为洪兄，显然是承认了洪易的实力，认为他有资格融入自己的圈子。

　　苏沐走过来的时候，在场所有的人都屏住了呼吸，惊艳得说不出话来。洪易被苏沐美丽的容颜、完美的气质震惊得忘记了呼吸。

"以前只见史书里面说，美人一笑倾城，再笑倾国，有些皇上爱美人不爱江山。当时以为只是些荒诞不经的说法，社稷神器，岂是区区一女子比拟得了的。但是现在看来，似乎有些属实。如苏沐这般的女子和社稷神器两选其一……社稷神器……绝色美人……社稷神器……绝色美人……"

"嗯？我怎么会有这样的神念？"洪易突然惊醒，心念里弥陀佛像一闪而过，神魂清明下来。

洪易练过无上神魂修炼经卷弥陀经，经历过玉女观，可以紧守不动，神魂坚强，不受外界声、色、香、味等迷乱。

苏沐缓缓走来，香风袭人，这香气不是脂粉味道，而是百花一样的清香，令人闻了之后先是心神清爽，随后飘飘欲仙。她莲步轻移，身上穿着淡绿纱裙，外罩白色披肩，几个侍女跟随在后面，好像画中的仙女款款降落红尘。

本来越漂亮的清倌人越容易招来调戏，但苏沐却令在场的王孙公子提不起一点亵渎的心思来。一干王孙公子，包括长乐小侯爷在内，都呆立起码三个呼吸的时间，完全被她的容光气质慑住。

看见王孙公子短暂的失神，苏沐满意的神情不小心流露在眼睛里，但她的目光突然落到了洪易的身上，发现这个少年很快就能淡定自若。

"这位公子，刚才好箭术，真是让苏沐大开眼界。"苏沐淡然一笑，走过来对洪易说。她一开口，字字清越，听得人心里麻麻的，痒痒的，全身毛孔大开，说不出的舒畅。

这悦耳的声音落到耳朵里，洪易身体起了一种异样的反应。抬起眼睛，看着苏沐款款向自己走来，他竟然想避开。

"无我相，无人相，无众生相，无寿者相，红粉骷髅，白骨皮肉。"洪易觉得似乎有点不妥，脑袋里立刻闪出了弥陀经义，同时神念里观想：眼前的这位绝色容光女子，京城第一才女，遍体生蛆虫，蚊蝇密布，皮肉腐烂，渐渐显露出白骨。

这一观想红粉化骷髅，皮肉腐烂，眼前的苏沐立刻平淡起来，虽然还是绝色天香，却没有了容光慑人心神的魅力。

"苏姑娘过奖了，这只是雕虫小技而已。"洪易镇定之后谦虚道，把一干公孙公子也都惊醒了。

"惭愧。这洪易显然是个读书人，却不受绝色女子的影响，见美色心不乱。相比之下，我却差了一筹。"长乐小侯爷心思彻底恢复了清明，心中暗暗叫了声惭愧。刚才他被苏沐的绝色惊呆，虽然只有几个呼吸的时间，算不上沉醉不能自拔，只是惊艳，但这短暂的迷失如果是在战场上，早已死了许多来回了。长乐小侯爷开始自省。

"射艺是六艺之一，倒也不算是雕虫小技，公子切不要妄自菲薄。"苏沐微笑，欠身道了个万福，"苏沐来迟，让各位公子久等了。"

"不久等，不久等，等等沐仙子也无所谓。"就在这时，一个公子哥儿连忙道。

旁边的公子哥儿都附和着："是啊，是啊，不久等。能看见沐仙子的容光，就是三天三夜也得等，何况是区区一两个时辰。"这群公子哥儿都争先恐后地说着谄媚的话。

"这群王孙公子也是有修养的人，怎么看见了女人骨头就软了？不过不能怪他们，我如果没有练弥陀经的观想法，恐怕也招架不住。苏沐姑娘实在是太漂亮，太有气质了。"洪易心中想道。

"哼！"倒是洛云看着这群王孙公子对苏沐的谄媚，气得直喘粗气，手中折扇猛摇，啪地一下收拢，捏得伞骨直响。刚刚公子王孙众星捧月般围着她转，现在苏沐成了月，她自然非常恼怒，却又不好发作，只好暗自生气。

"公主，多谢你刚才借斩鲨剑做赌注，现在相还，我又欠了公主你一个人情呢。"洪易不卑不亢，拿起了那柄斩鲨剑，双手捧给洛云，他胸肺扩张，声音如读圣贤书一般很是洪亮。他借还剑安慰镇南公主，毕竟她帮了自己很多，还一点人情，是一点人情。

这一下，那些争先恐后地想跟苏沐美人说话的王孙公子吓了一跳，都回过神儿来，看着场中镇南公主洛云一脸不快，顿时尴尬万分。这些王孙公子哪个也不是省油的灯，知道自己的行为惹怒了镇南公主。

看着这些公子哥儿顾忌镇南公主而强忍住不和美人搭讪的滑稽嘴脸，洪易有点想笑。

洛云看见捧剑对自己躬身的洪易，眼睛一片清明，内心刚正，看不到一点邪念和旖旎想入非非，洛云就觉得心情舒畅。

"这么多人中间，就洪易一个清明人呢。"洛云咬咬牙，"洪易，斩鲨剑就赠送给你了。"

"这是公主的心爱佩剑，借我赌注，已经是大人情了，怎么敢收。"洪易大惊，他看到洛云咬牙的样子，也知道斩鲨是她心爱的佩剑。

"我说送给你就送给你，再推三阻四，我可就生气了。"洛云打开扇子，又猛摇。

洪易摇摇头，只好收下佩剑。

"久闻苏沐姑娘是京城第一才女，最爱谈玄，听说有次堂会论玄理，姑娘把正一道的长老驳得哑口无言。这位洪易公子，也最爱谈玄了，不如你们两人说说，让我一饱耳福？"洛云对着苏沐道。

"这位是洪易公子吗？刚才我们已经谈过玄理了，不用再谈了。"苏沐笑着，眼神带诧异、颇有深意地看了洪易一眼。

"刚刚谈过玄理？是吗？这个苏沐的气质容光已经养成，只要男人与她初次见面，没有不被她的美震慑的，而我却在瞬间清醒了过来，她便看出了我心思镇定。"洪易听见苏沐的话，先是一愣神，随后也明白了她的话。

"刚刚神魂观想，抵御住了苏沐的容光，这已经是一种无声胜有声的谈玄了。苏沐这种女人，的确是国色天香，浑身有仙气道气，乍见不动心的，不是高僧高道，就是学问修养精深的大德大贤，我能处之淡然，也难怪她对我高看一眼。"洪易心想，"苏沐好谈玄理，肯定修行过道术。身为玉京城第一才女，整日处在虎豹狼窝里，没有一点点自保的能力，岂不危险。我母亲当年也是这样的身份，怎么就没有一点自保的能力？要是有能力就不会吐血伤身，郁郁而终……"想起母亲，洪易心中一阵刺痛。

"洪公子，你说是不是呢？"苏沐见洪易不说话，追问了一句。

"苏沐姑娘的确容光震慑人，幸亏小生多读了几本圣贤书，恪守见美色心不乱的道理，才能正正经经地和姑娘说话。要不然，只怕早变成话都说不出来的呆子了。"洪易微笑回答。

"哪里，洪公子说笑了。"苏沐巧笑倩兮，浅绿色纱裙在风中微微飘动，好像要乘风飞去的仙女，令人产生快步上前抓住的冲动。这又把王孙公子撩拨得心里痒痒，不能自拔。

"哼！"洛云鼻子里面轻轻冷哼了一下，抬头看看时辰，"哎呀，这个堂会可能要散了，我要回宫里请安了，诸位请自便吧。"洛云说着自顾自地摇着扇子，道了声别，被护卫拥着走了出去。

"小生也告辞了，下月小生就要科考，还要回去读圣贤书，还望苏姑娘见谅。"洪易提着斩鲨剑，牵起火罗马的缰绳，告辞。

"别忘了，不要亏待我的追电，下次我还要赢回来的。"长乐小侯爷连忙道，显然这匹马也是他的心爱之物。

"哈哈，这匹马叫追电吗？果然是好名字。小侯爷，你放心，我会好好照顾它的。"洪易一手牵缰绳，一手摸着这匹神俊无比的大马，心中异常欢喜。

鲜衣怒马，长剑横挎，纵横驰骋，这等景象，洪易幻想很久了，现在终于成真了。洪易恨不得现在就骑马，一路奔腾出去，看看是什么感觉。

"我从来没有骑过马，不熟悉马的习性，骑上去颠簸下来，闹出大笑话就不好了。"洪易不急于上马，一路牵了出去。

长乐小侯爷看着自己的追电被这么牵走，好像自己的老婆小妾被人拐走一样。

他转过头看见苏沐，眼神又热烈起来。

"洪家居然有这样出色的子弟，虽然武功只练得皮毛，但心神却这样的镇定。我把太上道天女观想法已经练到了显形的境界，不用施展迷惑心神的法术，随意举手投足，灵肉合一，就有天女神女的气质，他居然在短暂愣神后就清醒过来，莫非真的读书到了存圣人于心中的境界？天下读书人比道门多百倍，总归有出色的，倒也不稀奇。"苏沐看着洪易的背影，脑中闪烁着神念，随后归于平静。

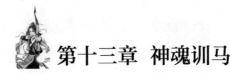

# 第十三章 神魂训马

"真是一匹好马！好剑！"洪易牵着马没有回侯府，而是出了城门，到城外官道行人稀少之处，心中细细估量着骑术的要点。

骑术第一步就是要摸清马性，与马沟通，越好的马，性子越烈，换了主人很可能就驾驭不了。

果然，洪易摸着这匹追电，一看马眼就感觉马眼里居然有一丝戏谑，还有桀骜不驯。

洪易知道，自己只要一骑上去，这匹马肯定会猛烈颠簸，把自己摔下去。

这是一种近乎通灵的感觉，寻常人休想察觉出来。但是洪易神魂修炼已经能够日游，而且又和狐狸朝夕相处过，知道动物和人一样，有感情，有智慧，这种受过训练的上等战马，虽然不像狐狸那样通人性，学人类用火烧饭，种植，读书，但也非常能理解人的意思，尤其是和主人，更是心思相通。

"火罗马四蹄健壮，筋肉饱满，浑身没有一点多余的肥肉。单说力量、体力，相当于顶级武师，甚至先天武师。当然，这只是单纯的力量、体力上的比较，若论起厉害来，顶尖武师、先天武师却比马要厉害百倍。武功练到先天境界，五脏六腑强壮之后，最明显的特征就是力气悠长，行走如飞，疾如奔马，有日行千里夜行八百的脚力。当一两百斤重的人，有了一匹两千斤重马的力量和体力，那是非常恐怖的。"洪易回忆起《武经》骑射篇里关于火罗马的记载一边做出评估。

"对了，我不如用神魂之术和它沟通一下。"洪易想起自己在西山幽谷里，与狐狸们语言不通，于是神魂脱壳和它们说话的情形。

这匹马肯定不会神魂出壳，但洪易却能以观想法神魂入梦，和马沟通。

"好机会，有云把太阳遮住了！"洪易抬头看了看天上有一片大云朵遮住太阳，心中暗叫天时来得好。若是阳光普照，他可不敢神魂出壳。

洪易眼睛一闭，静守内观，神魂一下从顶门跳了出来。

"追电马儿，你疲劳了，睡觉吧，浑身放轻松，好像在棉花一样的云里。"洪易神魂出壳，做出种种观想，神念直入这匹火罗马的脑袋里。

这入眠法是最为低级的迷惑神魂的观想法，《道经》中亦有记载。

追电马双眼先是疑惑，随后，神志有点迷糊，最后竟然睡着了。

洪易立刻神魂入梦观察，深入追电马的心念中。

无论是人还是动物，在睡觉的时候，神魂神念最弱，最容易被侵袭。妖魔在害人的时候，也是选择夜晚深睡的人。

在睡梦里，最为深刻的记忆片段会涌现出来，妖魔鬼怪可以窥见到这些记忆的片段。

洪易看见了这匹马最为深刻的记忆。

那是沙漠里无边无际的战场，杀气震天，到处都是血光和刀光。骑兵铁甲冲撞，战鼓擂动，旌旗飘扬。

交战的双方是大乾兵与火罗国的火云骑。洪易一下就认出来了。

战场上，追电马全身披挂厚厚鱼鳞一般的钢甲，洪易甚至感觉到这一身马铠沉甸甸的重量，如果穿在自己身上，肯定被压趴下。

骑追电马的是一个全身铠甲的火罗大汉，手上拿着两柄火罗弯刀，迎着日光，上面天梯形的纹理一层一层。

追电马和这个火罗大汉，一人一骑，仿佛是一个移动的钢铁堡垒，快速向大乾军队撞击过去。

身后跟着几百骑同样装备的重骑，冲杀时，势不可挡，好像山洪海潮，大山崩塌，一涌而来。

这是钢铁洪流。

洪易看见了无边无际的战场上，大乾士兵上万人，密密麻麻聚集的阵势在这几百人的钢铁洪流冲击下，瞬间就土崩瓦解，士兵一碰到马匹，立刻被撞飞，闪躲得快的，也被马上的火罗大汉一刀削掉头颅。

大乾军队飞蝗一般的弓箭射了过来，但是全部都被铁甲挡住，不起作用。地面上人头乱滚，马蹄践踏把人头踏得粉碎，红的白的模糊一片，铺盖在沙漠上，染了一层酱。大乾朝的战马，足足比火罗马矮了半个头，无论是力量、体型，还是气势、冲撞力，简直都不是在一个档次上，天壤之别。数百人的火云骑，结成一片，冲杀万人大军阵。

"这就是真实的战场吗？太惨烈了！"洪易看见这一幕，心中强烈地震惊，"这就是火罗国的火云骑？太凶猛了！大乾朝的战马，在火罗马面前，简直不堪一击。"

就在这时，一声长啸从密密麻麻的大乾军传来，四面的大乾士兵宛如潮水一般左右散开，只见一排身穿钢甲，黑铁一般的头盔上有着大护鼻器的大乾士兵。他们手上都拿着一只长柄钢斧，车轮一般大的斧面，手臂粗的手柄，异常沉重。

这些士兵，不足一百人。但是站在那里，他们却好像是巍峨的大山，迎接着钢铁洪流的冲击。

领头的人，虽然全身穿着铁甲，但洪易感觉到铁甲之内，似乎是一个文弱书生。他手上的车轮精钢大斧，比旁边士兵的足足大了一圈，比人还高。突然，他猛然跳跃起来，如豹子一般奔起，瞬间就越过五十步的距离，手上的大斧砍向火云骑。

猛烈冲撞，钢铁堡垒一般的火云骑被足足有三千斤的这一斧硬生生地劈翻，铁甲四面溅射，人已经成了两半。

这样惊心动魄的场面，洪易心惊肉跳，神魂几乎不能自持。他万万没有想到，人能发挥出这样强大的力量。

这个头领一动手，他身后的大斧兵也一个个跳跃起来，和铁甲重骑对撞，钢铁猛烈冲撞，爆出一团团强烈的火光，似乎钢铁都燃烧了起来。

轰隆！

追电马上的大汉正碰到了斧兵的头领，一刀削过去，却落了个空。那个头领猛地跳起，一斧横扫，正中大汉身体，全身披挂、足足三百斤的大汉稻草人一样飞了出去。

随后，这个头领一跃而起，坐上了追电。

追电拼尽全力挣扎，颠簸，但是斧兵头领冷哼一声，向下一压，轰隆一声，追电立刻受不了了，四蹄跪在沙漠中。

洪易就在这瞬间，感觉到了追电神念里无穷无尽的耻辱。

"大乾万岁，王爷千岁！"四面响起雷一般的轰鸣。

洪易这才知道，这首领是大乾王朝的神威王杨拓，和自己父亲洪玄机齐名的武圣。

心中一动，洪易突然观想，施展出了神魂之术。

"夜叉王！"

神念一动，那尊高三丈，全身鳞片，青面獠牙，手持钢叉的夜叉猛地跳出，一叉便将追电神念里的神威王叉翻，随后猛烈咆哮，天空黑云滚滚，把大乾的千军万马尽数淹没。

四周一片漆黑。

突然，金光一闪，天空大开，洪易的身体高高坐在中央，而夜叉王却拜服在他脚下。

"夜叉王，回来。"洪易发出指令，夜叉王咆哮一声，向天上飞去。

梦中，追电马眼神震惊，看着天上巨大的洪易。

刹那，洪易躯壳归位，一切梦境全部消失。

追电马摇晃着脑袋，眼神迷惑，醒来之后，似乎对自己的梦境深感奇怪。它一睁开眼睛就看见了洪易，一对马眼里流露出了无法掩饰的震惊。

"夜叉王，回来。"洪易对着追电微笑，嘴里说着与追电马梦中同样的话。

追电马受过很好的训练，能听懂人的话，看得出人的心思，一听洪易的声音，它流露出人一样惊讶的表情。

洪易依旧微笑着，摸着追电身上火云一般的毛皮，确定这匹烈马完全平静了下来。他突然抓住马鞍，翻身上马。

追电马很安静，没有一丝一毫的躁动和颠簸。

洪易心中暗暗默念着《武经》中关于骑术的篇章。诸多要点都一一烂熟于胸。他还用了最基本的一套骑马拳来御马："马上身法，最以得腰劲为主。得腰劲，又以裆裹贴鞍为主。裆裹贴鞍，腰直而有力，其余总以不虚浮为妙。两膝夹紧鞍头，两胫紧靠马肋，足踏蹬，宜浅不宜深。手挽缰，要活不要呆。臀不压马脊，踵不勾马腹。"洪易手握缰绳，这匹烈马果然再没有颠簸，非常顺从洪易。

这一套骑马拳是基本功，《武经》里第一篇就是它，也是唯一一篇没有被篡改的武技，是练身法灵活、根基稳固的一套基本功。

大乾王朝是以农耕为主的帝国，不是游牧帝国，马匹相对稀少，为了训练士兵的骑射功夫，就创出了这套骑马拳的基本功，空身练习，骑虚马，根基稳固之后，骑马自然跟练习过很久一样。

洪易熟读《武经》、经史，自然知道马的重要性。在练习牛魔大力拳的同时，也暗暗琢磨过骑马拳，为骑射做准备。

"驾！"洪易骑上马后，各项姿势都紧守要点，一抖缰绳，运足中气，舌绽春雷，大喝一声。

追电马听见了声音，转过马头，深深地看了背上的洪易一眼，四蹄一纵，在官道上奔腾起来。

呼呼——呼呼——

劲风吹得洪易头发笔直朝后，口鼻都无法呼吸，眼睛也难以睁开。偶尔睁开眼睛，用余光看到官道两旁的树木良田快速向后退，自己的身体轻飘飘的，似乎是风筝被吹起来一般，血开始沸腾。

官道上偶尔有人骑马奔驰。追电马四蹄一踏，眨眼之间就超过了他们，远远抛在脑后，只剩下一个小点。洪易觉得别的马好像是蜗牛在爬。洪易终于知道了这马为什么名叫追电，为什么火罗马是天下名马之一。这奔腾的速度，洪易只在三四个月前在秋月寺破庙与元妃在一起感受过。但那次是在山林里，感觉远远没有现在在官道上奔驰的快意。

远远望去，看似要走很长时间的地方，却旋风一般纵腾几下就到了，洪易觉得好刺激。刚开始时，洪易还受不了追电的速度，集中注意力坐在马背上，渐渐地调匀了呼吸，熟悉了马性，运用骑马拳在马上直起腰身，控制缰绳。

轻轻左抖缰绳，追电就向左奔，向右抖，它就向右奔，风驰电掣，怒马如龙。

洪易感觉身下追电的力量和他的力量好像要结合在一起。他在马上起伏，运力，好像可以借到马的势一般。

"原来如此！"洪易突然明白了骑术的要点——人借马力。大将纵马冲杀战场时可以借马势，人马之力合一，杀伤力大增，只要不遇到弓箭手，精通骑术的武士都可以做到百人敌。

锵——马奔腾，剑出鞘。洪易忍不住长啸一声，斩鲨剑出鞘，精光闪耀，菊花纹流动。

洪易瞄准了路面一棵人腿粗的树木，双腿夹紧马腹，双手握剑，全身力量都集中到了手上，稳住刀身，挥出的剑势全部来自马奔腾起来的冲击力。

扑哧——

剑光闪过，树好像豆腐一般，从中间断成两截，倒下来。切口光滑、平整，如水磨青石。

"吁——"洪易一拽缰绳，示意追电马停下来，顷刻间，追电四蹄一收，稳如泰山，铁钉子一般地站着，在这巨大的惯性下，洪易差点飞了出去，好在猛一下夹紧马腹坐住了。

"这马好厉害！"追电一停下来，神态悠闲，气也不喘，这么长时间的奔腾对它而言是小菜一碟。悠长的体力，展现无疑。

"我从什么时候起力量这么大了？"看了看路边被自己一斩而断的大树，又看了看自己手中的斩鲨剑，运起力量，又是一剑斩过去。

扑哧——这次剑深深地砍进了树中，没能削断。

斩鲨虽然是神兵利器，但这树太粗了，砍进去之后，阻力极大，洪易力量不够，一下削不断。

"刚才借了马力，原来是这么回事。"洪易这一试，更明白借马力是怎么回事了。

追电的力量，就相当于一位先天武师，它冲击起来的势头，也就相当于先天高手的力量，洪易骑在它的身上，借冲击力挥出的剑，也算得上是顶尖武师了。这样的剑势力量，自然可以一剑切树如切豆腐。

"骑术练好了，人借马力，实在是太凶猛了。就算我现在只有武徒的力量，但是对面一个练骨大成的武师，对杀时，我也能把他斩于马下。荣蟠的骑术，虽然算不错，但远远没有达到和马通灵的境界。真正战场上的马，自己都有扬蹄厮杀的本领呢。"洪易知道骑术有很多层次，最高的是人马通灵，指挥马好像指挥自己的手臂一样灵活。古往今来，很多名将的战马在战场能自行躲避刀枪，扬蹄伤人，像一个腿法修炼高深的武术高手。

"这追电马似乎很通人性，我若是神魂和它沟通，教它神魂出壳之法，说不定它也会和狐狸一样修炼。我甚至可以教它锻炼之法，人能练成武圣，同样是肉体，马未必不能。"想起山谷里的纯狐一族，洪易心中突然冒出一个想法。

"有此马，以后我考中举人、进士，再入军，打起仗来，立功封爵那还不是手到擒来的事情？"一时间，洪易信心大增，甚至产生投笔从戎的心思。

又骑马溜达了一圈，天色渐渐暗下来，玉京城门也要关了，洪易才纵马回侯府。到了自己住的桂花厢房，刚刚把马拴好，心中思量着去哪里找马夫照料。

这时，紫玉匆匆走进来："易少爷，刚才吴大管家来过，说是侯爷回来了，要见你。"

"什么？"

听见这个话，洪易的心一下提到了嗓子眼儿。

# 第十四章 丁甲神将

一听父亲要见他，洪易心中一惊，涌起一股策马逃出侯府的冲动。但思来想去，天地虽然大，却没有他可以去的地方。

"算了，是福不是祸，是祸躲不过。见就见吧，最多受一顿家法，我现在身体强健，应该不会被打死。整个侯府家丁，包括执行家法的奴才，都是赵夫人的人，要对我暗下毒手，我就惨了。我应多加小心才是。"洪易脑袋中转了许许多多的神念。

"如果真的下毒手，那我就拼命，决不能死在小人手里。"洪易心中暗暗下了决心，猛然站起身来，向侯府正府走去。

到了正府的大门口，洪易果然看到吴大管家等在那里，一动不动，一如既往地面无表情。

"易少爷，侯爷要你到书房去见他。"一看见洪易走过来，吴大管家就说。

"到书房见他？不是在大厅么？"洪易心中一愣，有点摸不着头脑。洪玄机在家里训话，也是有规矩的，都是在正府大厅里，以示家法庄重，家规严厉。而书房，一般都是用来接待客人，商谈机密要事的。这也是侯门公卿的规矩，书房都是机要重地，闲人免入。

"父亲居然叫我到书房去，这似乎不合常理，到底要干什么？"虽然心中疑惑重重，洪易还是跟在吴大管家的后面，一步步挪移向琅嬛书屋。

"易少爷，到了，进去吧。"到了书房的门口，吴大管家停住脚步对洪易道。

洪易点点头，镇定了下心神，把衣服整理好，上下皱褶都拉平，确定没有什么失仪的地方之后，才在门外道："父亲大人，孩儿洪易拜见。"

"进来。"书屋里传来一个冷冷的声音。

洪易心神一颤，举步推开门走了进去，只见洪玄机依旧是金冠锦衣，背对着自己没有转过身来。

洪易最擅长察言观色，揣摩人的心思，但此时看着洪玄机的背影，实在是猜测不到高深莫测的父亲到底在想些什么。

"谁给了你胆子，进我的书房？还有，我告诉你不要练武，你为什么还要偷偷地练？是谁教你的？"洪玄机等洪易走进书房站好之后，一连串的问话如雷霆暴雨般冲向洪易，令人毛发皆栗。

书房里，顿时沉闷得喘不过气来。

洪易惊得浑身一震，好在他是神魂修炼到了日游境界的人，经历过诸多观想法，神志坚定，一震之后，心思立刻镇定下来，躬身从容地回答："镇南公主来府邸做客，指定孩儿带路，孩儿就斗胆引路，带公主来父亲书房一游。客客气气招待她也算是体面，我想父亲知道了，也不会怪罪我的。孩儿并没有练习武功，而是偶尔读到了射、御两艺，心有所感，于是买弓学射，不想做骨头软弱、手无缚鸡之力的书生。"洪易没有像第一次见洪玄机那样大气不敢出，战战兢兢的。

"你敢狡辩？"洪玄机声音很平静，却有刺骨的寒意，"侯府有侯府的规矩，家法如国法。你犯了三条家规。一，不该带人进我的书房，就算是镇南公主叫你，你也要极力推辞，让你大娘派人带她进去。二，不该私自练武。三，不该当着我的面振振有词地狡辩。这在府中犯了任何一条，都要被打死。这三顿家法，我权且记下，明天元妃娘娘就要到府邸来省亲，她从镇南公主、永春郡主那里偶尔听到了你，想见一见你，我今天若是把你打死了，就违了娘娘的旨意。还是一句话，等到科考之后，再和你算总账。科考你中了，你的身份一步登天，也就成了举人，我也不好随便惩罚你。若是不中，后果你应该知道。"洪玄机慢条斯理地说着，到最后，厉喝一声，"还不滚出去！"

"是。"洪易听到这里，知道自己又过了一关，心顿时放了下来，拜了一拜，走出了书房。

"我是他的儿子，虽然是庶出，但父亲心里肯定是明察秋毫，知道我这些年受了不少的委屈，便在暗中维护我。刚才虽然训斥得厉害，却没有动家法。"洪易心中想着洪玄机虽然训斥严厉，却是雷声大，雨点小。

"不对！"洪易仔细回忆着书房里父亲的语气，突然揣摩出了什么东西，"父亲说话平静，但带有刺骨的寒意，杀气隐而不发，克制住了。莫非他真的想打死我？"

夜深人静，月黑无风。

洪易坐在床上，想着傍晚在书房的一幕，直觉洪玄机的话中隐藏杀意。如果不是元妃明天来省亲，并且提到自己，洪易怀疑父亲一定会执行家法当场打死自己。

"可能是错觉？就算父亲是理学大家，苛刻不近人情，但我到底是他的儿子，杀子他要背上不慈的名声。但愿我想多了。"洪易摇摇头，镇定住纷乱的神魂，再次出壳游荡。

月黑无风，最好夜游。

"去看看那匹马，对了，等一个时辰之后，我还要起床给它喂食。鸡蛋和黄豆拌的料，实在是太奢侈了。"洪易想起了那匹追电马。

神魂飘了出去，越飘越高，洪易想看看自己现在到底能飘离地多少高度。果然，魂足足飘到了十多丈高，才觉得压力重，再也飘不上了。十多丈的高度，可以勉强俯瞰整个侯府了。

洪易俯瞰下去，侯府正府，依旧一团烈日红光，那是自己父亲旺盛的血气阳刚，任何妖邪鬼怪都不能靠近。

因为有旺盛的血气红光，洪易看不清楚正府里面的人。但是侯府四周，包括远处的街道，洪易却是看得清清楚楚。

对于阴魂来说，越是天黑，看得越清楚，如果有月光，那就好像是起了大雾一样，看东西都朦朦胧胧。

阴魂怕光，和肉身正好相反。

"嗯？那是什么？"洪易突然看到，侯府外面的街道角落有几个诡异的黑影一闪。

这几个诡异的黑影穿着打扮，和当日刺杀洪玄机的无生道、真空道道士一样。洪易连忙把神魂降落下来，小心翼翼地靠近了过去，听见几句微声细雨。

"上次刺杀洪玄机，功亏一篑，还死了两个香堂堂主。这次掌教震怒，我们务必要成功。"

"洪玄机武功高强，府中高手如云，我们可要小心行事。"

"不要紧，这次掌教赐下了爆炎神符剑，这剑上面是用方仙道秘炼的紫雷火药写成。掌教用极大的神通，穿透金石的笔力，使火药渗透剑身。等下你们出面，刺杀洪玄机，吸引他的注意力，我暗中神魂出壳，附在剑上，驱剑斩杀洪玄机。他肯定会用手接剑，我猛烈发动，这剑就立刻爆炸。爆炎神符剑威力极大，一旦发动，都炸得掉整座房屋。洪玄机料也不会有幸存之理。"

"但是，你神魂附在剑上，火药爆炸之时，你的神魂会飞灰湮灭。"

"我们来的时候，可是发了以身殉教的毒誓，谁都不要贪生怕死。死后，我们定然可以回到真空家乡。"

"方仙道的紫雷火药？这东西厉害得很啊，炼制方法不是早就失传了吗，怎么还有？爆炎神符剑又是什么东西？"洪易听见对话，便肯定这些人就是无生道、真空道的人。

方仙道的长处就是炼丹，还把硝石、硫磺、木炭等东西在丹炉中熔炼，炼制成各种威力极大的火药可以用来开山采石，大乾王朝开铜矿、银矿、金矿等矿山，都有用到。其中威力最大的火药，就是紫雷火药，粉末呈紫色，颜色艳丽。这种紫雷火药，只要拳头大一团，就可以炸毁一幢房子。炼制起来非常危险，因此少有出现。

火药爆炸时，强光烈火，风气震荡，不说人的躯壳，就是阴神也要被炸得魂飞魄散，无幸存之理。

《道经》里有明确地说明，紫雷火药炼制秘方已经失传了。而且这种东西，有违天和，朝廷禁止方仙道的道士炼制，方仙道的道士们也没有人愿意冒着死亡的危险，炼制这样危险的东西。

"掌教用极大的神通，穿透金石的笔力，写符于剑上……"洪易咀嚼着道士所说的话，渐渐明白那个爆炎神符剑是什么类型的东西。

道家有神雷符法，专制妖鬼。其中神雷，并不指风云雷电，而是火药炸裂。道家有神通的道士，以火药为墨，书写在纸上，书写时全神贯注，神贯笔尖，驱动药粉，全部渗透符纸，制成雷符。用雷符时以神念发动，则符如爆竹，能发出爆响火光，对阴神造成巨大伤害。

"雷符威力有三，以金玉为最，木又次之，纸又次之。"《道经》里还有对雷符的简单分级描述。

这几个道上口中的爆炎神符剑想必就是雷符的一种，既然是剑，那就是金石材质，威力尤为大，不可小视，非人力所能抗衡。

就在洪易转神念的时候，几个道士已经分头行动了，其中四个道士飞快翻过侯府高高的围墙，手一搭就上去，落地一点儿声音都没有，比上树的猫还要敏捷三分。

四个道士迅速接近侯府正府，在外围停了下来，不再接近，险之又险地避开洪玄机的灵感察觉，潜伏下来。

"这四个人，都是高手！"洪易立刻就看了出来。

在场一共有五个道士，在四个道士接近正府的时候，另外一个道士闭上眼睛，默默坐在角落里面，静心运转神魂。大约过了一炷香的时间，正府里突然火把亮起，铁甲震动，长刀出鞘，弩机拉开。

"好一个武温侯，真是厉害，灵觉居然这样强大，居然发现了我们，不能再等了。"闭目静坐的道士突然睁开双眼，全身一下崩紧，又猛闭上了双眼。

嗡——

一阵龙吟似的声音从虚空中传来，洪易看见这个道士身边的短剑突然出壳，紫光闪烁。这剑比匕首还短，剑身之上却有密密麻麻的紫色符纹。这些紫色符纹就好像是雕刻一般的，在剑身上凸起，好像一朵朵的火焰。

洪易看得清楚，在这柄剑飞起来的时候，这个道士头顶上冒出一个阴魂，剑正是抓在这个阴魂手里。

这个阴魂抓剑，凌空飘飞起来，做了个剑势，猛烈冲向正府，好像是天外飞仙。道士的身体还坐在地上。

"好快！"洪易看见这个道士的速度虽然比不上强弓、疾弩射出的箭，但已经和奔马一样，洪易思量着，自己的神魂远远不可能有那么快。

"嗯？"就在这个道士神魂持剑朝正府飞去的时候，突然在半空停了下来，眼睛一下子看见了洪易。

四目相对。

"糟糕！我怎么忘记了，对方神魂出壳，也能够看到我。"洪易心中一震。

"哼！"道士冷哼一声，把手一挥。

忽然，洪易只感觉到眼前一亮，一片金光，金光里浮现出了一尊全身金甲，手拿黄金大斧，天神力士一般的神将，威风凛凛，朝自己扑来，一斧斩到自己的头上。

一斧劈中。

洪易感觉到，自己神魂几乎被劈碎了。

"六丁六甲？夜叉王！"洪易立刻观想出了一尊夜叉王，朝道士扑去。他已经知道这尊金甲金斧神将是道门丁甲观想法中的神将，和夜叉王一样，在神魂对峙的时候可以观想出来，伤害敌人。

这两次观想，都非常之快，在洪易被丁甲神将劈中的时候，那个道士也挨了夜叉王一叉。

道士虽然挨了一叉，却没有像洪易那样神魂都被劈散的趋势，身体只是微微一摇晃，一挥手，又出现一尊丁甲神，拦腰斩断夜叉王。

这道士的神魂实在是太强了。洪易见自己神魂被劈开，知道这一散开，就真的魂飞魄散了，他赶紧观想进入了虚空，入过去弥陀的境界。

刹那间，本来如烟一样闪开的身体，立刻聚拢。

"夜叉王！"洪易神魂聚拢，神念一转，又出现一尊夜叉王，飞快向道士扑去，一叉叉中对方的心窝。

"神魂恢复得这么快？怎么可能！不可能！"道士被一叉叉中，神魂立刻降落到地面，捂住胸口的同时，挥手又观想出了丁甲神将，劈碎夜叉王。

"去。"道士用手一指，神将跳跃到了洪易面前，又是一斧，把洪易劈散。

洪易神魂一散，立刻凝聚了起来，夜叉王又凭空出现，一飞而来，叉向道士。

道士震惊了。

这就好像是两人比武，你砍我一刀，我砍你一刀，其中一方被砍中之后，伤口立刻就痊愈。

道士的神魂比洪易强韧，但也经不起这样的消耗。

洪易终于深刻明白《过去弥陀经》为什么是无上神魂之术了。这本经卷修炼到最高境界，神魂悬挂虚空之上，自己就是过去佛，哪怕是千百世的种种劫难都不能动其真如本性。也就是说，修成了弥陀经，就是尸解转生千百次，都不能对神魂造成一点儿损伤，直到成就阳神。洪易虽然没有修炼到神魂坚韧到能经历千百世劫难岿然不动、真如本性不变的境界，但能一刹那通过观想恢复受损伤的神魂。这个道士的六丁六甲之神虽然厉害，毫不逊色于夜叉王，足可以打散一般妖鬼的神魂，但是对洪易来说，却是非常微小的伤害。

"这个道士的境界并不高，肯定没有修炼成鬼仙，否则的话，神魂压迫之威，可以直接把我打得魂飞魄散，根本不会有神念观想的机会。"

嘭——

夜叉王的钢叉和丁甲金神的大斧碰撞在一起。一尊魔神、一尊神将在虚空中争斗着。洪易和那个道士都全神贯注，控制住召唤出来的心魔神将在虚空拼杀。这是无形神念交锋，并不是实体，但拼杀起来，却尤其凶险。哪一方失败，直接神魂受损。

此时，道士观想出来的丁甲神将在洪易的眼睛里，金光黯淡，远远没有当初的威势。这是因为道士神魂刚才受了损，观想出来的丁甲神将威力随之削弱。无论是夜叉王，还是丁甲神将，都是本身神念所化，神魂强，它们就强，神魂弱，它们就弱。

几个回合的神念交锋，洪易感觉到这个道士的神魂虽然强大，却没有强大到离谱的程度，最多比自己高一个境界，只是驱物，并没有到达显形的境界。神魂如果修炼到了显形的境界，就可以依靠铅汞金丹之气，直接显化出形体，肉眼能见，甚至可以伤害敌人肉身。

这是洪易偶尔和白子岳谈论时听到的。道家以铅汞练成金丹，并不是肉身服用，而是用来给阴神依附，以显化形体。如果这个道士练到了显形的程度，以雷火符融化铅汞金丹成气，神魂聚铅汞五金之气，显化出金身，那立刻以压倒性的优势将洪易打得魂飞魄散，神念都来不急转动。

"小子，你找死！"

眼看远处正府里传来了金铁交鸣的声音，这个道士心中非常急躁，他突然厉喝一声，猛一挥手，那丁甲神将顿时消失得无影无踪，夜叉王失去了对手，猛地一扑，扑到了道士面前。就在夜叉王举叉叉下的时候，一轮通红的烈日从道士的头上升腾而起，顿时满目火光，烈焰炙人，夜叉王一下被烧得灰飞烟灭。

"日神观想法？"洪易大惊。

这道士头顶上烈日一出，满目红光，洪易的眼前模糊一片，什么也看不见，周身刺痛似火烧，就好像在大白天烈日下出壳，要被强烈的日光照射彻底融化、消失。

这是道门的一种神通，存想烈日于神念里，在和对方神魂斗法时使出来，可将观想魔神练得灰飞烟灭。但是这种观想法，要在神魂完全超越了日游的境界后才能施展出来，施展时也会伤害自身神魂。这个道士被洪易缠得没有办法，孤注一掷，施展出了来，要生生消磨掉洪易的神魂。

周身火焰环绕，热辣辣的烧烤，洪易无法动弹，被烧得虚弱无比，只有观想弥陀佛像，紧守心神，保持心神的一点清凉，却始终消灭不了周围的火焰，更别说是反击了。

"这小子怎么还不死？"道士惊讶，他看到铺天盖地的烈火完全包围了洪易，却一时半会儿也炼不死他。

"就算神魂受损，也要炼死他。"道士咬牙切齿，施展出日神观想法，他的神魂也受到煎熬，浑身刺痛。为了炼死洪易，然后全力对付洪玄机，他集中了所有的神念。

轰隆——包围洪易的火势更加猛烈，火势焰中，流光溢彩，最后一转，竟然呈现出透明的纯白色。

当然，这一切人的肉眼都不可能看到，神魂斗法，都在神念里，种种幻象，一念之间。

道士的日神观想法火焰，不是真正的烈日之光，而是神念心火，功效却和烈日之光一样，使人神念散乱，神魂泯灭。

"这样下去，恐怕不行，迟早要神魂干枯，被心火炼死。得想办法反击。"洪易知道，自己神魂之力远逊于这个道士，才会被火焰困住，动弹不得。如果神魂强大，直接就冲出去了。"现在只能依靠弥陀观想法，保持本性不动，不断修复神魂。他要烧死我，我只能死中求活！"洪易把心一横，"罗刹王！"洪易守住本心，观想出了比夜叉王更为厉害的罗刹王！

心中稍微观想，口鼻里就闻到了浓郁的血腥气，随后，周围一片血光涌现，出现了一尊满头红发的罗刹恶魔，脚踏一片血海。这罗刹恶魔看到洪易，猛地扑过来，突然身子一紧，周围的火焰烧得它吱吱做响。

罗刹恶魔本来就是洪易的神念所化，道士的火焰自然烧到了它。罗刹恶魔咆哮，周身血光大盛，一片血也似的波涛猛然自虚空中涌现，顿时把周围的火焰全部打灭。

同时，罗刹恶魔再咆哮一声，猛地向道士扑去。

"啊！"这道士一声惨叫，火焰全消。洪易只看见，那尊罗刹恶魔手中的血红锯齿刀轮一闪，就把道士劈成两半。

道士的魂魄扭曲挣扎着，在罗刹恶魔连番劈击之下渐渐消散。

罗刹恶魔把道士打得魂飞魄散后，仰天呵呵笑着，突然转身，两只血红诡异的眼睛看向了洪易。

"不好！"洪易知道罗刹恶魔是强大心魔，自己控制不住，它杀掉了道士，要来找自己的麻烦了。果然，罗刹恶魔一扑上来，手中巨大的刀轮砍向了洪易。

洪易急忙扭转神魂，飞快回房，只有赶快归壳，神魂有了寄托，才能和自己的心魔最终一斗，否则死了都不知道怎么死的。

院子就在不远处，洪易一下飘进房里，看见了自己床上的躯壳，神魂立刻归位。

那尊罗刹王跟了进来，进入洪易脑海。神魂一归壳，洪易就感觉舒服了很多，也强大了很多，陡然一跃，上了虚空，化身为弥陀大佛，任凭罗刹王猛烈攻击、撕咬，岿然不动。也不知道斗了多久，洪易终于镇定了自己的神魂，神念一转，金光大盛，把罗刹王压制在了神念的深处，消失不见。

"这嗜杀的凶念太强大了。"洪易睁开眼睛，只觉得无比疲劳，"罗刹王是自己内心深处嗜杀的恶念，如果自己被恶念战胜，就会变成一个嗜血好杀、没有人性的魔头。对了，那个道士在魂飞魄散之时，掉了爆炎神符剑，我得去看看。"

洪易勉强挣扎了起来，刚刚想走出去，却想起自己不是神魂，而是肉身，外面还有四个丫鬟盯着。

"紫玉，你们起床，给我去喂马。"洪易喊了几声，外面的四个丫鬟，都没有做声，好像是熟睡。

洪易暗暗一笑，大步走了出去，身后没有人跟来。快步溜到刚刚的那个院子夹道里面，洪易果然看见地上一柄小小匕首，紫色符文密密麻麻。洪易麻利地收了起来。

走到围墙旁边，洪易一翻身，出了围墙，悄悄走到街道角落，看见了那个道士的肉身。道士神魂出壳而死，肉身就成了白痴，只有呼吸和心跳，完全没有神志，动也不动，植物一般。这在民间，叫做走了魂儿。

洪易在这个道士身上一摸，发现他身上有一个钱袋子，里面几枚小金饼子。

"咦？这是什么？"洪易又发现了一个小木盒，木盒打开来，里面是一根指头长的长针，好像针灸金针一样。但这针不是金子或者银子做的，通身都是血纹，放到手上沉甸甸，比一般的精钢要重一倍。

"这针是血纹钢？"洪易一惊。

"血纹钢？天下真的有这种东西？真是想不到，还以为那些读书笔记、《道经》里记载的都是子虚乌有的东西。可惜我的神魂没有到达驱物的境界，不然可以试一试这血纹钢到底怎么用，神魂驱物起来，真的比凡铁快十倍，灵活十倍？"洪易心中思量着。

洪易初修道法，虽然倚仗《过去弥陀经》，练到了日游的境界，也学会了一些观想，降伏魔头，来攻击敌人神魂的法门，但这些只是修炼道法最基础的东西，勉强算得上入门。真正修道要登堂入室，还是要修炼到驱物的境界，成就阴神，各种各样精妙道术，才会真正地展现出来。如修炼到了驱物的境界，就可以以神魂催动飞剑、飞针、飞刀刺杀，杀人于无形。到了显形的境界，更是能借助金丹的铅汞之气，直接把神魂显化，凝聚实体。而到了附体的境界，则可以把神魂附在各种各样有灵性物事身上，手段千变万化，叫人防不胜防。

洪易就曾经看见过白子岳直接把神魂附到獒犬的身上，吓退敌人。面对这样的手段，根本没有一点对策可想，厉害的鬼仙，甚至可以附在高手身上，直接指挥高手的肉身，这是最为恐怖的。

"我现在才刚刚修炼到日游的境界，还只能在阴天或者早晚阳光微弱的时间出来游荡，若是烈日下，万万不行，更别说驱物了。弥陀经越到后面，越难练。今天偶尔观想出罗刹王来，就已经差点被杀念反噬，万劫不复。"洪易知道自己就算有血纹钢的针在手，也用不了，试不出传说中的仙钢威力到底多大。他看了看血纹钢针，又看看手中满是紫色符文的匕首，皱皱眉头，小心翼翼地收进袖子里面。

血纹钢针倒还罢了，这支爆炎神符剑却一旦催动就爆炸，连房子都炸掉。洪易不得不小心翼翼。

"这些道士是无生道、真空道邪教的人，居然敢两次刺杀大乾朝的重臣，而且一次比一次厉害，他们到底要干什么？"收拾好东西，翻墙进了府，拍拍身上的衣服，洪易心中想道，"还是练武好，要是以前，我连这侯府的院墙都爬不上去。"

洪易走到厢房的左侧，看了一眼马，把鸡蛋和黄豆搅拌在一起，放在木桶里，给追电马喂着吃。追电马似乎有吃宵夜的习惯，看着洪易，一口一口地咀嚼，嚼吃得很精细，比一个大户人家的千金小姐吃得慢。

这马一看就是难伺候的角色。

"追电啊追电，暂时就委屈你了。等一个月后，我科考完搬出去，成家立业，专门请四个精明的马夫照顾你，保证把你伺候得舒舒服服的。"足足喂了半个时辰，追电马才咀嚼完，夜已经很深了。

追电马轻轻地挪动着身体，好像是消食一般。舒展四蹄，扭脖子，运臀部，动腹部，打响鼻，慢吞吐，像极了一个高手在打拳，活动筋骨，舒展气血。这一系列的动作，看得洪易目瞪口呆。

"难怪，难怪火罗马这样强大。在军队里受过训练，居然能像人一样运动筋肉。要是让它学习牛魔大力拳，甚至虎魔练骨拳、灵龟吐息诀，它会强大到什么程度？"洪易心中突然蹦出这一个想法，但随后就否定，"牛魔大力拳是针对人身的，马身筋肉和人身截然不同，怎么能练习呢？"

喂完马，洪易觉得昏昏欲睡，非常疲劳，眼皮都抬不起来，于是强打起精神，回到厢房，平静了一下心神，把身上几件重要的东西藏好，平躺观想，休养神魂，不一会儿就进入了睡眠。

# 第十五章 元妃驾到

一觉醒来，又是大天亮。

精气神十足。

"不知道昨天的道士们被剿灭了没有？"洪易睁开眼睛之后，呼出一团气，"正府里的护卫都是高手。现在府邸里没有任何惊动，想必是剿灭了。要不是我，那个道士真的发动了什么爆炎神符剑把房子炸掉，就算杀不了父亲，也要造成极大的影响，势必破坏元妃娘娘省亲，坏了侯府的面子。"

"对了，元妃娘娘今天要到侯府省亲，还点名见我。这个元妃娘娘，到底是不是我当日在秋月寺遇到的那个元妃姑娘？"洪易想到这里，心里一震，竟然有点激动。

元妃虽然没有和他说过几句话，但她干净利落，行地如飞，来去无踪，风范如同剑仙侠女，在洪易心里留下了极深的印象。甚至，在洪易的内心深处，隐隐约约觉得，这个元妃和白子岳一样，都是自己值得信赖的朋友。

"易少爷起床了吗？"就在这时，紫玉走了进来，"吴大管家刚才派人过来，说你起床之后，赶快洗漱，赶快到正院里候着，晌午时分，元妃娘娘的銮驾就会驾到。"

"知道了，你出去吧。"洪易挥挥手。

收拾过后，他来到了正院。

一到正院里，就看见整个侯府的人几乎都到了。三房夫人、四房小妾的各个儿女，有头有脸的丫鬟、侍女、管家、婆子，全部到齐。他们全部一脸肃穆，礼数上无可挑剔。

几个大香案上，燃着檀香。

洪易一眼就看见了站在洪玄机身后，一个身材修长，身穿华贵锦衣，脸色如玉，神态凝如山岳的年轻人。

"这洪熙好足的气势！不愧是御林军五大营之一神机营的统领。"洪易看向这个年轻人，这个年轻人似乎也感觉到有人看他，目光向洪易投射过来。

四目对射，洪易感觉到眼睛一阵刺痛。对方的眼神如烈日，洪易神魂深处一颤。

这个年轻人就是洪玄机的嫡长子，小武温侯洪熙，将继承侯爵的人物。这个侯府未来最有权威的人站立在洪玄机的身后，表面沉静儒雅，内心威猛如山岳。洪易深知这个小武温侯的实力、精气神都深不可测，远在自己之上。

"不知道洪熙的武功，已经练到了什么样的境界？是先天高手，还是大宗师？"洪易稍微躲避开洪熙的目光，心中想着。

洪熙看见洪易避开了他的目光，眼神闪过了一丝不屑的嘲讽，这种眼光，就好像是一头凶猛的狮子看着小白兔。

洪易顿时气血翻涌，强烈的愤怒涌上心头。他双拳微微紧握，垂下眼睑。

"总有一天，我必定在你之上，无论是文治、武功、实力、地位，都要压倒你！"洪易心中平息了愤怒，暗暗发誓。

洪熙的经历，洪易多少知道一些。身为侯府中的嫡长子，打出娘胎开始起就从文习武，洪玄机手把手教，根骨打得极牢。传闻洪熙七岁时就能舞动六十斤的石锁。他十四岁进军队讲武堂，后来屡立战功，晋升为统领。有一次，他保护太子巡视边疆，遭遇刺杀，一人杀退百人围攻，回来之后，皇帝赐他一柄叫做"镇狱"的冰裂纹宝刀，亲口夸奖："虎父无犬子。"

洪熙静静站立在洪玄机的背后，父子两人一般的身材，一般的沉静如山岳，不怒自威，深不可测。这才是真正的父子。

洪易也觉得周围的那些庶子，甚至包括自己都不及洪熙像洪玄机，这种像不是相貌血统上的像，而是精神气质上的传承。

"武功拳法若是进入了先天境界，内外筋骨皮肉、五脏六腑，都凝聚成一片，整个人气血体魄无比强大，百鬼万邪不侵，我就算是道法通玄，对洪熙这样的人也没有任何作用。不行，实力还不够强大，得刻苦修炼。"洪易再次有了紧迫感。

他读过《道经》，又和白子岳这样的大宗师谈过玄理，知道就算是修到鬼仙的境界，可以附体控制人的肉身，但是这只能对付武师境界以下的人。一旦超越了武师境界，到达先天境界，全身内外铁板一块，肉身凝练成一片，就算是鬼仙，也不能对其进行夺舍，附体，控制其神魂，更别说拳法修炼到了大宗师，甚至武圣的境界。武圣境界之后，全身换血，血气强大不可思议，方圆数十丈，阴魂近不了身。就算飞剑斩杀，还没有迫近身体，就会被血气所逼，威力降低一大半，软绵绵的没有力量。

"历朝历代，史书里，鬼神之道从来都是小术，就算是起兵造反，也只是那些邪教蛊惑农民、流民才用的手段，碰到心志坚定、训练有素、尸山血海里杀出来的大军精锐，血气阳刚冲天，就算是再高明的鬼仙，也奈何不了他。所以历朝历代未见用鬼神之道成事的反军，看似刀枪不入的反军，碰到朝廷精锐立刻溃败。这也是史书中的要点了。看来要建功立业，除了修炼神魂之术，更重要的还是武技。"洪易下定决心，平静下来。

侯府里人丁兴旺，洪玄机的三妻四妾，每个妻妾都生下一到两个儿女，洪易有十多个兄弟姐妹。

元妃娘娘认亲省亲是大事，比过年都要重要，全部到齐跪接，那是必要的礼数。

侯府里的四个小妾，也都跟随在三位夫人身后，不敢逾矩出风头。

"这些姨娘的日子虽然不好过，但到底是家底殷实的富商，她们的儿子已经成年，也要熬出头了。"洪易看着府中的四个姨娘，心想。

突然，门口一阵喧哗，几个骑马的红衣太监奔到了大门口，下马匆忙进来。

"娘娘已经出了宫，不出半个时辰，就到侯府了。侯爷，你得做好准备。"公鸭嗓子很是难听，这是先来报信的太监。

"打赏，让公公们下去休息。"洪玄机面无表情，吩咐了一声，他身边的赵夫人立刻会意，让几个豪奴把太监领下去休息喝茶。

整个侯府顿时鸦雀无声，静静地望着门口。过了许久，又有太监进来道："娘娘驾到！"

随后，便出现了许多提香、举伞的太监，站满了门前一条街道。而后，出现了一座八抬大轿，顶子是鎏金镶嵌的七色宝石、大葫芦珍珠，四周珠帘、牙帐香气逼人，尽显天朝皇家富贵王气。

洪易偷眼忘去，看不见轿中的人，但感应她把目光投到了自己身上，且是目光轻柔，饶有兴趣地观赏。

"恭迎皇贵妃娘娘！"就在这时，侯府四周的人全部跪下，洪易也俯身下跪。

只有洪玄机、洪熙父子两人只是躬身，没有下跪，因为他们都被皇帝赏赐皇城骑马，剑履上殿，除人君之外，不跪任何人。这是位极人臣的巨大荣耀。

"免礼吧。"声音从轿子里面传了出来。

"这声音真的是元妃姑娘？"洪易听到轿子里面传出的声音，心一阵猛烈地跳动，连自己都听到了心跳声。

这个声音和在秋月寺遇到的元妃的音调语气，没有一点差别。这证实了洪易的猜想，剑仙女侠一般的红衣宫装女子，就是身份无比尊贵的皇贵妃。她是北方元突王朝的公主，更是一群白狐的亲戚。洪易感觉更加扑朔迷离。洪易知道，秋月寺、幽谷里的那些事儿，只能永远藏在心里。

"娘娘认小侯为亲，小侯莫名惶恐，今日娘娘凤驾省亲，小侯更是只有清水洒地迎接，礼数不周全之处，望请娘娘重重责罚小侯。"洪玄机躬身，声音一字一顿，好像上朝的奏对，字字如金掉在石板之上，铿锵有力。这样的语气，恭敬、刻板到了极点，尽显朝廷大臣社稷基石的风度。

洪易感觉洪玄机的声音有寒意，这寒意如刀剑一样，字字逼人，均针对轿中的元妃。

"武温侯这次礼数很周到。不过是太奢华了一些，往后咱们就是一家人了，用不着这样客气。每年过节，只要皇上太后恩准，本宫就回来省亲，以解思念家乡之苦。"元妃的声音轻灵剔透，圆润如珠。

"府中兴土木为娘娘建造了颇有元突风情的住宅，还请娘娘凤驾移居，减少对家乡的思念。"洪玄机又躬身。

"好吧。"元妃答应了一声，大轿又抬起，向正府走去。

元妃銮驾过去后，整个侯府的人才起来，簇拥在銮驾后面，一群老妈子丫鬟跟在最后面，兴奋得交头接耳。这是难得一见的大体面事，就连府邸里面的奴才面上也有光。

洪易跟在一大堆兄弟姐妹里，向前簇拥，思考着元妃等下会不会叫到自己。

"洪易，我听说你练了武功？你是从哪里学的。"就在这时，洪易身边多了一个人，香风扑鼻，同时带着一股英武之气。

转头一看，是身穿白色丝袍，头上戴翠玉金叉，打扮得好像是淑女一样的洪雪娇。

洪雪娇喜欢穿劲装武士服，干净利落，英姿飒爽，骑射精湛，武艺高强，这是整个侯府公认的事情。但今天她一早上起来就打扮女装。

"我只是读书之余，自己练习射艺而已。"洪易看了洪雪娇一眼。

"哦？那你练得不错啊。听说长乐小侯爷在散花楼和你比射艺，你五箭连发，把他的追电马赢了过来，镇南公主还把心爱的佩剑斩鲨赠给你了。"洪雪娇的言语里带着毫不掩饰的羡慕。

"嗯。"洪易就回答了一个字。

"好弟弟，你能不能把那斩鲨借我玩儿两天？我不要你的，就借我两天。"洪雪娇突然用肘轻轻碰了一下洪易。

"好弟弟"，这个称呼，令洪易有点发麻，却没有做声。

斩鲨剑是神兵利器，削铁如泥，这样的宝剑，万金难求，以洪雪娇的身份很难求到一把。这剑是练武之人朝思暮想的宝贝，练武的人有了这一柄剑，杀伤力陡然增加十倍。

"你就借我两天，要不一天也好。对了，你赢了那匹马，不是还没有马夫吗？我养了五匹马，马夫有十几个，调拨两三个给你，都是极其有经验的人。你难道怕姐姐借了不还？我立条子好不好？"洪雪娇急忙道。

"我神魂出壳，偷看她练武，记全了虎魔练骨拳，也算是承了她的情，我就还这个人情吧。"洪易心中想，随后道，"好吧，等娘娘省亲回去之后，你来桂花厢房取就是了。你调两个马夫给我正好。"

"真是好弟弟，咱们说好了。"洪雪娇眉开眼笑，一转身，到前面去了。

一行人到了正府，进入正府里的大花园。只见花园中间的大池子中央有一栋雪松搭建的大圆顶房子，好像是堡垒一般，充满着异国风情。

"武温侯，你这元突堡搭建得和我家乡的一模一样，难为你了。"元妃下了轿，被几个太监扶着，走进圆顶房子里面，垂下珠帘，侯府里的一干人都恭恭敬敬地站在外面。

"为娘娘效力，是小侯的荣幸。"洪玄机道。

"听说你有一子，名为洪易，颇有诗才。不知道今天可在场？"沉静了一会儿，珠帘里的元妃又说话了。

洪易的心一紧。他感觉到所有人的目光都射到了他的身上，浑身不自在。抬头看了看洪玄机，出乎意料的是，洪玄机不看他，依旧躬身道："小侯逆子的名字怎么入得娘娘的凤耳？洪易，你出来，拜见娘娘。"

洪易依言站了出来。

一个太监高声叫道："元妃娘娘赐洪易笔墨、纸张，命赋诗一首。"

两个太监各拿笔墨纸砚，又搬来一张桌子，命洪易上前。

洪易走上前去，便看见了珠帘里，隐隐约约一张秀美轻灵如仙的脸，正是当日在秋月寺碰见的姑娘。

"洪易，我还要感谢你那天帮我解答问题呢。想不到你居然是武温侯洪玄机的儿子。"洪易脑海深处突然响起了一个声音。这话不是用嘴说出的，而是直接印在神魂里的交谈。很显然，元妃用神魂之术与他心灵对话。

"洪易，你不用惊讶，我和子岳都是妖仙转世。"似乎感觉到洪易的疑惑，元妃的声音又响起。

"元妃姑娘想来也是天下八大妖仙之一。子岳兄说他修炼鬼仙转世到元突白家，如此脱胎换骨，已经不复为妖，可谓是名副其实的人。想必元妃也是如此吧，所以当初我们初次见面，元妃姑娘便说自己是人。"洪易心想。

元妃的修为的确是强大无比，肉眼看来她什么都没有做，但洪易却清晰地看到她身穿贵妃服装，从珠帘里走出来。洪易知道，这一切都是元妃动神念施展的幻象，直接映在他的神念里，让人分辨不出真假来。

"我当年和子岳一起在山中修行六十年，终于修炼成鬼仙，尸解转世，进入了元突国。他是白家的长子，我是皇室公主，只不过我比他早尸解五年。"洪易感觉到元妃提起白子岳的时候，眼神有点飘忽不定，情意绵绵，又带着万般惆怅。

"元妃姑娘和子岳既然同为妖仙，天下之大何处不可去？为何要劳燕分飞进入皇宫那等幽怨之地？仙人逍遥于世间，超脱五行之外，那是何等的快活？"洪易旁敲侧击地问道。他从元妃的几句话里，就感觉到元妃和白子岳的关系不简单，两人在山中一起修行六十年，日久生情，又相约尸解，但是现在元妃却嫁入皇宫，这让洪易想不通。

"世事岂能尽如人意？"元妃幽幽感叹了一句，"此事不宜多谈，我们虽然萍水相逢，但子岳已经把你视为知己，我们有我们要做的事情，你知道得太多，对你不利。更可况你又是洪玄机的儿子。唉，你还是找机会尽快离开玉京吧。"

"离开玉京？"洪易心中一惊，"元妃、白子岳到底要干什么？"他现在没有办法过多追究，只能独善其身。

"世事不能尽如人意……"元妃这一句感叹，洪易只感觉世事飘渺，冥冥漠漠，尽付于无常的惆怅。

"我就为你和子岳写点什么吧。"洪易闭上双眼。

"多谢你。"元妃的声音从内心深处传出。洪易眼前的景象消失得无影无踪，有的只是珠帘垂帐，以及珠帘后面神秘却又亲和的妖仙女子。

洪易挽起袖子，轻轻磨墨，轻轻润笔，在雪纸上写字。

洪玄机脸色平静，谁也不知道他到底在想些什么。

洪易挥笔写成之后，就听见元妃道："把诗呈上来。"

太监连忙上去，小心翼翼地递给元妃。

元妃在珠帘后面发出了轻微的叹息，这声叹息，听在洪易的耳朵里，似乎有一种肝肠隐隐疼痛的感觉。

叹息过后，元妃随后卷起纸，放到一边，说了句："赏！"

一个太监高叫道："洪易献诗，娘娘命赏赐，赤金钱三十枚，宫缎五匹，雪纸五刀，金箔麝香墨五锭，紫豪狼笔五支，紫石砚一方，柘木白牛弓一张，箭矢三支，佩剑一柄。"这是大乾王朝宫廷里面对士大夫的标准赏赐——钱、衣、笔、墨、纸、砚、弓、箭、剑。

之所以赏赐弓、箭、剑，也是为了表明大乾王朝不忘武事，时刻提醒士大夫们要文武双全，不做手无缚鸡之力的文弱书生。

见元妃赏赐，整个侯府一片哗然，那些丫鬟侍女纷纷交头接耳。谁也没有想到，洪易居然会得到这样重要的一份彩头。尤其是侯府里的三位夫人和洪易的那些兄弟姐妹，脸上都带着无比嫉妒的表情。

"武温侯，洪易的诗才颇佳，不过本宫看他身材瘦弱，无武艺在身，我大乾以武开国，皇上也时常教诲王公大臣教导子弟不要忘了武事。久闻武温侯你治家有方，却不知为什么不教洪易武艺？你可聘请武师教导洪易强健体魄，以后也能像武温侯你这样为朝廷栋梁、社稷基石。"元妃这一番话，等于是旨意和训话。

洪玄机连忙躬身："读书人先明大义，再备武事。娘娘明鉴，小侯是等这次科考之后，劣子能得中举人，再学武艺不迟。娘娘既然吩咐下来，小侯自当尊旨。"

"那自然是好。"元妃在珠帘里笑道，"以后武温侯府就是本宫的娘家，娘家若是人才辈出，我在宫里也说得上话。"

"是。"洪玄机又躬身点头。

"把本宫和太后的赏赐都赐下去吧。"元妃随后吩咐道。

许多太监把赏赐物品都捧了出来，都是金银钱币、宫缎、玉如意等等。在场的人，都看得清楚，除了洪玄机以外，洪易的赏赐居然和三位夫人一样多，大户人家非常细心，都发现了元妃对洪易的厚爱。

"洪易暗中结交镇南公主，又攀扯上了元妃的关系。他有了靠山，在侯府里的地位要大大提高了。"一些丫鬟老婆子交头接耳。

突然一个太监高声叫道："时辰已到，娘娘回宫。"

"尽快离开玉京。"元妃在起驾的时候，又用神念与洪易对话。

　　元妃的銮驾浩浩荡荡出了侯府，一大堆人又送出来，直到銮驾走远，这才消停下来，各自整理安歇下来。

　　洪易本来以为洪玄机会叫自己问话，但一切都显得非常安宁。

# 第十六章 王公秘闻

琅嬛书屋。

洪玄机坐在书桌边，洪熙站在旁边，身子笔挺，如刺破苍穹的高峰。

"父亲，元妃的底细，孩儿已经知道。如此妖孽，尸解入元突，再嫁入天朝皇族，图谋非同小可，更何况，她这次认亲，肯定是针对父亲而来，父亲不得不防。"洪熙声音很沉静。

"无妨，她做不了祟，也长不了。你身兼保卫皇城的重任，不能懈怠。最近无生道、真空道两大邪教，在玉京外的各个地方蛊惑百姓，入教的人众多，我料定他们会在两年之内，趁皇上游猎，发动暴乱，甚至攻打皇城。"洪玄机淡淡道。

"邪教妖孽敢攻打皇城？"洪熙双眼猛睁，杀意毕露。

"你的功夫练得怎么样了？"洪玄机问道。

"父亲的诸天生死轮功夫，我已经练到了九分火候，不日就要突破，进入大宗师的练髓境界，足够对付区区妖孽。"

"你也不要大意。"洪玄机道，"诸天生死轮是我参照大禅寺日月金刚轮拳法和道家玉液灌骸的功夫综合而成。若是练到了十层的境界，就可以突破宗师，进入圣境，脱胎换骨。你若是练成了武圣，咱们父子联手，何愁不能将这些妖孽一扫而空？"

"父亲，今天洪易和元妃有点异常，莫非他勾结妖孽？"洪熙道。

"洪易的事情，你不要再提，我自有主张。"洪玄机抬了抬手。

"我看洪易有武功在身，并且他全身筋肉饱满，寸寸结实，功底颇为扎实。这样的功夫，不是每天射两下箭、开两下弓就能练得出来的，肯定是一种高深的拳法功夫，不知道到底是什么人教他的？"洪熙又道。他眼力非凡，只和洪易对视了一眼，就看出洪易的大部分底细。

"你看得出来，为父当然也能看得出来。我知道，你母亲为了洪易的事情，派人到军营去找过你。"洪玄机看着洪熙道。

"嗯，不敢隐瞒父亲大人，母亲派曾嬷嬷到军营找过我。不过当天晚上，曾嬷嬷就中风死了。父亲知道，曾嬷嬷是母亲府邸里面跟过来的老人，一身武功那也是极好的，怎么会中风死掉呢？这件事情，孩儿想彻查个明白。"洪熙躬了躬身体。

"查什么？"洪玄机摸着桌面上一根白玉麒麟镇纸，慢条斯理地道："家里的事情，你不要管，我自有主张。还有，你是朝廷大将，就要有朝廷大将的风度，不要为家里的琐事动干戈，做好你的分内事，为朝廷效力，才是最重要的，不要分了心。"

"可是……"洪熙分辨一句。

"可是什么？你难道找洪易查出他的幕后人物？你身为朝廷大将，欺辱兄弟？这个名声传了出去，就是影响你晋升的污点！"洪玄机的嗓门高了一些。

"父亲教训的是。"洪熙连忙道。

欺辱兄弟，在礼法上和不孝一样，都是为人诟病的，以后洪熙若是晋升，就会有人指责他私德有亏。洪熙心中慨叹，还是父亲考虑得深远。

"好了，你回营吧。好好练兵，也许不久之后，就有一场硬仗要打。到时候，就是你为朝廷立功的好机会，也好堵住他人的嘴。以后你母亲派人找你，你就回答父亲是一家之主，一切由他做主。知道了吗？"洪玄机又道。

"孩儿明白了。"洪熙按了按腰间的佩刀，退身出去了。

"老吴，你传话给洪易，要谨遵元妃娘娘旨意，读书习武，不要辜负娘娘的赏赐。另外，他可以跟随雪娇一起练武。再对赵夫人说一声，洪易每月的月例增加到十五两银子。"洪熙出去后，洪玄机对外面吩咐了一声。

一个苍老的声音应了一句后离去。

整个书房顿时安静下来，静寂无声。

洪玄机坐着不动，转过身体，看墙壁上挂着的那幅冰雪梅花图，眉头紧锁，自言自语道："冰云，你太痴了，历朝历代，改朝换代时怎能不血流成河，白骨堆山？成者王侯，败者草寇，我所要做的，只是竭力稳定朝局而已。现在，眼看我大乾朝鼎盛已经来到，可是你哥哥尸解转世，要提当年的旧事。旧事重提，必定会搅乱朝局，当年从龙功臣，人人自危，这对江山社稷、天下安定没有一点好处。如果你哥哥一意孤行，那你也不要怪我。"

良久，他突然起身，把画取下来，丢到书桌下面的大瓷缸里。他取出了一个火折子，晃燃之后，也丢了进去。不到片刻，画在火盆里燃烧了起来，顷刻间就烧得干干净净，只剩一团灰。


驾！

两匹火云一般的马并驾齐驱，风驰电掣一般在山脚下无人的路上奔驰着。

骑马的是洪易和洪雪娇，两人赛马比骑术。

洪易一马当先，硬是比洪雪娇快了三四步的距离，任凭洪雪娇催动胯下的马狂奔，还是差那么一点点。

虽然都是火罗马，但洪易身下的追电体力、速度明显高出一筹来。

"哼！"洪雪娇眼看追不上，突然双腿猛一夹，身下的火罗马后蹄发力，向前一拱。洪雪娇借着这力量，身体如大鸟一般，从马上高高跃起，猛烈向前扑去。

洪易只觉得身后好像有一片黑云罩了过来，猛一回头，就看见洪雪娇凌空跃起，到了自己的身后，双手猛抱，竟然要把自己翻下马来。

"不好！"洪易没有想到洪雪娇的胆子这么大。这马术，简直是大雕凌空扑兔，洪易猛然转身，双手弃缰，腿夹紧马腹，一式小天罡擒拿的推掌朝洪雪娇推去。

"反应太慢了。"洪雪娇嘿嘿笑了一下，借着扑势，手一拐，就挡开洪易的双手，随后一抱一翻，两人齐齐滚落下马来。

一落马，洪易立刻鲤鱼打挺蹦起，还没有回过神来，耳边听见了呼呼的声音：

"看拳！"

一个拳头在眼角处急速扩大，风声呼呼，似乎要把脑袋打爆一般。

"'牛魔踏蹄顶角'！"在这千钧一发之际，洪易又进入了灵肉合一的境界，脚下自然一震，力贯手臂，双拳在脑门两侧，猛然击出，正迎上了打过来的拳头。

嘭——

两拳对劈在一起，洪易只感觉到对方的骨头好像铁做的，碰撞时，自己的拳头疼痛得快要裂开了。

"虎魔练骨拳果然厉害，骨头好像钢铁一样。"洪易心中暗叫厉害，身体蚂蚱一般跳了出去，摆好架势，看着偷袭自己的洪雪娇。

"咦？这是什么武功？你这些天武功进展得好快，连我的小天罡擒拿手法都学会了。如果这样下去，不出一年半载，我都打不赢你了。"洪雪娇一拳击出，也没有再击，只是退开了一步，皱着眉头问洪易。

"我也是胡乱琢磨，情急之下使出来的。"洪易找了借口，搪塞过去。他现在练习武艺不受约束，好像笼中放飞出去的鸟，天天骑马射箭，练习拳棒，自觉武艺大有进展。

"三天之后，就是科考了。我看你天天射箭骑马，练拳弄棒，你一点都不准备吗？"洪雪娇话锋一转，问道。

"考试之前临时抱佛脚，那是痴呆书生。"洪易暗中揉揉疼痛欲裂的手，"对了，在整个玉京王公贵族子弟里谁的拳法最高？雪娇姐你可以排第几位？"

"别看那些王公贵族弟子一个个游手好闲的，其实其中也有藏龙卧虎之辈。当然，如果论武功的话，当然是洪熙第一，他已深得父亲诸天生死轮拳法的精髓。其余的，小理国公景雨行的阴阳两极拳深不可测。另外，成亲王世子、荣亲王世子、神威王世子、永春郡主，这些人也都厉害非常，深藏不露。几个皇子里有大宗师级别的高手也说不定。太子爷也并不是省油的灯。"洪雪娇的见识比洪易多多了。

洪易这些天跟随洪雪娇练武，也了解了许多贵族王公的秘闻。

"当今皇上已过花甲，众多皇子已经成年，被封为亲王的就有三个，郡王有五六个，个个都是文武双全。他们暗中竞争，以讨皇上欢心。当朝太子爷也甚是威猛，视察边关，亲上战场，洪熙也就是在那次杀退了刺杀太子的云蒙高手后才一跃成为实权人物，掌握了御林军五大营之一的神机营。"

"大乾皇室鼎盛气象，文不恬，武不嬉，非同小可啊。"洪易听见洪雪娇寥寥几句，心中就明白了许多事情。

他在散花楼看见长乐小侯爷那一群人，就已经看出来大乾皇朝的贵族士大夫子弟的生活并不糜烂。但是长乐小侯爷那一群人，在玉京只算得上二流王孙公子。那些年轻的郡王、亲王、国公等子弟才是一流的公子哥儿权贵。洪易还没有接触这一层面的人，不知道他们真正的气象。

洪易虽然没有攀附权贵的心思，但他以后要靠科举、战功封爵晋升，迟早要接触到这群人，现在有个了解，是必然的。"大乾皇朝的年轻贵族中武风盛行，都想立战功封爵，但是朝廷爵位僧多粥少，以后我若是入了军队，阻力很大啊。那些皇子皇孙虽然一入伍就有爵位，但他们的门人清客……再加上，现在皇子众多，心中想要夺嫡的恐怕也不在少数，这些人都想把自己人安插进军队里……"洪易心中突然涌起不好的预感，觉得自己先考中进士，再入军队争功，这件事情不像想象中那么容易。

"洪易，你不是想科考争功名后再进军队讲武堂深造，到边疆打几仗，立军功，封爵位，为你母亲争个封君的名分吧？"见洪易在沉思，洪雪娇突然问道。

"嗯？"洪易一愣，看着洪雪娇的脸。

"别这样看我，你的心思，整个侯府上上下下谁不知道？明眼人都看得出来。"洪雪娇避开洪易的目光，叹了口气，"洪易，你的文采是极好的，考中功名，以后当个文官是没有问题的。但你想以武封爵，恐怕不行，你练武太晚了。像我练武，从小就开始熟读武经，冬练三九，夏练三伏，自信资质不差，却也还没有踏入武师的境界，要进入先天，更是镜花水月。至于你，恐怕就更难了。战场上的厮杀，非同小可，就算是宗师，都不一定能够全身而退，除非练到武圣的境界。更何况，父亲一直不准你练武，也是怕你以后搅乱侯府的规矩。"

"这个我知道。"洪易听洪雪娇这话倒是发自肺腑，点点头道，"不过我不会放弃的。武艺要精进，还是要靠实战。正好雪娇姐你武艺精湛，实战丰富，这些天，就多和我交交手。"

"咦？你就这点拳法和体力，也要和我实战？那好，可不要叫痛。"洪雪娇淡淡一笑，只见一拳轰来。

嘭——

洪易胸口便挨了一拳，痛得他差点喘不过气来。

"你偷袭？"洪易好不容易吐出一口气来，说了三个字。

"拳法本来就是抽冷刀子，打冷拳，迅雷不及掩耳，你自己不防备，怪得谁？"洪雪娇脸上依旧是微笑，又是冷不防的一脚踢来。

这一脚洪易防备到了，他伸手一拨，以小天罡擒拿手的"下插掌"封住洪雪娇的腿，但是手腿接触，依旧感觉到好像挨了一记铁棍，隐隐作痛。

"挡不住的呢。"洪雪娇又一笑，腿忽然画了个弧线，如蜻蜓点水，踢到了洪易的大腿左侧。

噗通——洪易倒地，摔得好像全身散架一样。

"再来。"洪易一下翻身，又爬了起来，眼神平静，紧紧盯住洪雪娇的手和脚。

"咦？不怕打？看掌！"洪雪娇见洪易这么快就爬了起来，惊讶道，手上却没有停，忽地一掌横劈过来，劲风呼呼，四面空气一震，这等威势，好像是要把洪易整个人斜着切破。

这次洪易全神贯注，总算是看清楚了洪雪娇的来势，连忙用拳一顶，手臂迎上去格挡。可他哪里知道，洪雪娇突然手画弧线，竟然以直插之势，戳向洪易的肩膀。

"糟糕，来不及格挡了。"洪易心中猛惊，在这紧要关头，他似乎一瞬间找到了射箭时灵肉合一的感觉，神念全部放到了肩膀之上。

轰隆！

就在运起全部的神念到肩膀上的时候，肩膀上的所有筋、肉，好像绞钢丝一样，猛烈绞成一坨。硬生生地鼓起来，洪易只觉得肩膀那一块，有一种撕裂的疼痛，就好像筋肉膨胀，要把皮膜撑得裂开来。

吧嗒——眼看用力过猛，皮肤就要被撑裂的瞬间，洪雪娇一掌正好戳在洪易的肩膀上，洪易连连退了几步，肩膀虽然依旧疼痛，但痛得很舒服。

"好险！"洪易暗暗叫了一声，原来他刚才无意间运起了牛魔大力拳里"牛魔运皮"的功夫，鼓起筋肉，撑起皮膜，抗住了打击。但是因为他的拳法根本没有练到武士的境界，强行运皮，差点把皮肤撑裂。幸亏洪雪娇一掌把鼓起的筋肉拍了下去，不然他现在的肩膀早经破裂，鲜血喷涌了。

"好！我这一掌用了五分的力量，算准会把你拍个跟头的，没有想到，你居然只退了几步，还鼓起筋肉皮膜，化解了力量。功夫很巧妙！试试我的游龙掌。"洪雪娇脸上很是惊讶。

她的步伐好像鱼在水里，闪电般拍出了十多掌，掌掌都打向洪易身上各个不是要害的部位。这样快的速度，洪易只感觉到眼花缭乱，根本无法抵挡。

他想起了刚才的一幕，心中一动，不管洪雪娇的来势如何，洪易神魂运转，神念立刻贯注到了挨打的部位，用起了"牛魔运皮"的功夫。挨打的部位筋肉又猛烈撑起，撕裂皮膜的感觉刺痛到心里。但是随即就被洪雪娇一掌拍中，气消血散。

一炷香的时间，洪易几乎全身都被洪雪娇打中了，但是有一种说不出的舒服感觉。

洪雪娇见洪易一连中了几十拳掌，居然还稳步站立，没有哆嗦疼痛的现象，心中暗暗惊讶。

"你这是什么功夫？运皮的抗击打功夫好强，居然能抵消掉我拳头一半的力量！我刚才也没有用全力，现在就让你见识见识！"按照道理来说，她刚才虽然没有用上全力，但这几十掌的力量也颇为凶猛，连续打在大树上，足可以把树皮拍烂，拍碎。

回忆了一下手掌拍击到洪易身上的感觉，洪雪娇觉得很奇怪。每击出一掌，闪电般接触到了皮肉，洪易皮膜下面的筋肉就立刻膨胀鼓起，好像铁砣，又好像是团团钢丝绞成的钢球般坚韧，能散去不少力量。

洪雪娇隐隐感觉，这是一种非常厉害的运皮功夫。她知道洪易暗中结交镇南公主，能够学到一些奇功绝技也并不奇怪。神风国的武学，不逊色于大乾皇朝，也有大宗师，甚至武中圣者。洪雪娇好胜心起，突然化掌为拳，吐气开声，全身擂响，百骸震动，有如猛虎发威，一拳硬击而来。

嘘！

洪易看见洪雪娇这一拳破空击出的瞬间，四面好像刮起了一层旋风，是因身体剧烈用力抖动衣服带来的风。云从龙，风从虎。洪雪娇这一拳，打出了猛虎腥风扑鼻的巨大威势。

"牛魔顶角！"洪易涌起这一个神念，退步，双肘抬起，护在脑门之上，身体弓下，聚起了全身的力量，反顶过去。这个姿势，就好像是一头发了疯的牛，正是牛魔大力拳中的"牛魔顶角"中威力最大的"肘顶"。牛魔大力拳练好之后，第一式牛魔顶角能让全身各处都好像是牛角一样，可以乱顶打人。

"嗯？"洪雪娇疑惑，感觉到洪易这一下正好封死了自己后面的变化，双肘逼近了身体，迫使得她不得不中途硬接，无法把招式的威力发威到最大。

嘭！

拳与肘交。

噔噔噔噔噔——洪易一连退开了五步，差点一屁股坐在地上，双肘疼痛欲裂，好像里面的骨头被一拳打碎，完全失去知觉。

而洪雪娇也退了两步，手上也微微疼痛，眼神更加疑惑地看着洪易。

"这一招是什么功夫？竟然这么厉害，我骨头都好像被打碎了。"洪易过了好久才恢复一点点知觉，勉强开口道。

"这是我全部的实力，你居然能看破变化，半路封死，这灵机一动的神念，真是强大。看来读书明心，锻炼神念，对武功也有莫大的好处，什么时候我也去读读书，养养气。"洪雪娇诧异道，"好了，我的骨头比你硬得多。刚才你受伤了，回去擦点药，休息两天就会好。科考只剩下三天了，你要是再练武，万一伤了身体，上不得考场，那可是糟糕的事情。咱们回去吧。"

"嗯。"洪易勉强抬起手，拉住追电马的缰绳。两马并驾齐驱，飞快奔向玉京城。

"鲜衣怒马，佩剑张弓，吟诗唱词，文武双全。这种生活是我曾经向往的，只可惜，持续不了多久了。侯府里刀剑暗布，就算玉京城也好像是暗流奔涌，我还是趁机离开，不要卷入是非漩涡里的好。"纵马奔腾时，洪易十分惬意，但他知道，这种日子过不了多久了，科考后，自己就要独立出去了。

一想到中了举人，在山清水秀的地方置下田产，雇几个奴仆丫鬟，养几个武士，自己成家立业，读书练武，等待科举中进士，积蓄力量进军队，再也没有侯府森严的束缚，也不用在意赵夫人的阴谋，这种日子，才是真正快意的。侯府里虽然华贵，但怎么比得上自己当家作主来得舒适快意？

天上渐渐阴云密布，一声春雷，好像要撼动整个玉京城一般。春雷过后，绵绵的春雨降落下来，滋润着冬天干旱的大地。

这是开春已来的第一场春雨。

洪易回到自己住的桂花厢房，下马的时候，全身已经湿透，两个马夫急忙奔了过来，手上拿着干爽的毛巾，把马牵进了马厩。

追电马的马厩，被清扫得干干净净，没有一点怪味，更别说是苍蝇蚊子之类的了。马厩里甚至洒上了花露驱除跳蚤，几乎可以和那些讲究的中户人家的客房媲美。

洗了个澡，擦过自己熬制的药酒，洪易换了一身清爽的衣服，站在书房窗户口，看着外面绵绵不断的春雨，听着春雷，心中出奇的宁静。

"洪雪娇的骨头练得好坚硬，如钢一般，最后那一拳，要不是我观看她练武那么多天，将虎魔练骨拳烂熟于心，早就被雪娇打趴下，起都起不来了。"洪易回想着和洪雪娇动手比试的情形，知道自己功夫还浅，根本不是洪雪娇的对手。

"我筋肉发力膨胀的时候，居然如钢丝绞缠成钢球，这是突破到牛魔运皮境界，进入武士层次的特征。要是这样锻炼下去，全身的筋肉皮肯定会坚韧如牛皮、牛筋，有一牛之力。"他把神念放到了背脊上，顿时，那种筋肉鼓胀、撕裂皮膜一般的感觉又出现了。

洪易忍受不了这种好像是剥皮一般的疼痛，于是他猛地一蹦，身体撞到了墙上。

嘭！

背脊那一块要胀裂的地方被这一撞，立刻消了下去，舒服的感觉传遍了全身。

"好，就这样锻炼！"洪易找到了练功方法，不断地鼓起皮膜，又不断地撞击墙壁，狠狠撞击身上各处。有的时候用力过猛，筋肉撕裂，有一种痒入心肺的感觉，洪易忍受不了，只能学牛一样，在墙壁上狠狠摩擦身体。每撞击一次，摩擦一次，洪易都感觉自己的身体好像被锻打得似铁块一般，逐渐把杂质锻打出去，向着精钢迈进。

第十七章 神魂劫难

反复撞击，如打铁一般捶打身体，他感觉到自己皮下筋络有一种渐渐粗壮的趋势，鼓起的皮膜，如被打熬成熟牛皮一般坚韧。"这样练习下去，必有所成，跨入武士的境界，并不遥远。也许过不了多长时间，身体就会强健得如铜皮一般。"

感觉到全身疼痛难忍，洪易才停止撞击，洗了一个澡，擦上药酒，身体舒服了些。"算起来，从去年在山谷里学习牛魔大力拳开始练武算起，也差不多有了五个月的时间。我还没有实战过，不知道能不能够做到《武经》里的十人敌？"

"多亏了牛魔大力拳这套拳法，还有子岳的琼浆酒，以及苏合香酒配方，才能到达这一境界。更为重要的是，我修炼了弥陀经这样的绝世经卷，神魂强大，控制身体的能力增强，修炼的速度堪称神速。神魂壮大，神念强大，对身体的控制能力就越精确，练起武来，自然事半功倍。"洪易坐定之后，心中暗暗盘算这五个月来的成就，真可谓翻天覆地，彻底转折了人生。

按照《武经》上的记载，就算是体格健壮、心思灵敏的人练武，要到达到武生的境界，最少也要半年，要练到武徒的境界，需一年，而练到武士的境界，足足需要三年的苦功。那些强大的先天武师、宗师、武圣，个个神魂强大，他们除了不会出壳，施展道法之外，几乎比得上阴神。

神魂出壳太危险，很容易消磨神魂。那些修炼拳法、锻炼肉身的宗师、武圣就算知道神魂出壳的宝塔观想法，也不会修炼，只会把神魂融合体内，时刻保持灵肉合一，魂魄一体。正因为这样，他们才百邪不侵，强大得不可思议。

洪易突然想起了在山谷里，和白子岳偶尔谈论到的话。当时洪易问，既然要超脱，需要性命双修，魂魄同练，那阳神和人仙到底有什么区别。

白子岳道："武功修炼到了武师境界，就是一个分水岭。武者修炼到了先天武师境界，如果要走人仙的道路，就要时时刻刻灵肉合一，久而久之，魂和魄完全合一，神魂虽然强大，但无法脱壳而出。这样的人，非常恐怖，举手投足力大无穷，反应灵敏，灵机一动时，扑杀人于数十丈之内易如反掌。而修炼阳神的人，魂时常出壳，遨游天地，和身体始终分成阴阳两个，不能融合，所以就算是练到了武圣的境界，真正肉搏格杀，注定要比修炼人仙的武圣差上一筹，但他有层出不穷的道术。两者真正要交手，才能分出优劣。"

"我以后修炼阳神，还是修炼人仙？道路该怎么走呢？"洪易想到这里，心思徘徊了起来。随后笑自己修炼还浅薄，魂不能驱物，魄还没有成为武士，就考虑今后的道路，还早了一点。武师大成，进入先天境界之后，才有选择的机会。

洪易估计，以现在自己修炼的速度，进入先天境界，最少需要三年五载，拳法武道越到后面，进展越缓慢，还需要大悟性。

"武功不是一日可以练成的，需要慢慢熬，练过了，反而伤身。不如修炼神魂吧。"洪易想到这里，脱下鞋子，坐到床上，调匀呼吸，进入观想，神魂出壳。

刚刚下雨，没有阳光，正适合畅游锻炼，培养神魂。

就在洪易神魂出壳，飘飘荡荡飞出房子时，轰隆响起了春雷。

"不好！洪易心中升腾起了一股无比恐怖的情绪，还有一种无边无际的威压。这种威压比面对父亲洪玄机时的威压强大一百倍，这种恐怖，比观想夜叉王、罗刹王、修罗王、地狱、白骨恐怖一千倍。

洪易刚刚飘荡出屋子的神魂感觉到冥冥中一股无形的大力从天上崩塌下来，自己好像鸡蛋被铁板狠狠压了下来，瞬间就碎裂成齑粉。

"糟糕！天雷一响，万鬼慑服，就算是鬼仙，都不敢在雷雨天气里出来游荡，我却是忘记了！万劫不复啊！"想到这个最大的禁忌，洪易的神念一片空白，他的神魂已经被彻底震散。

传闻修炼到鬼仙之后，飞身上云中，直面天雷的洗礼，硬抗了过去，就可以借雷之力，将神魂由阴转为纯阳，练就阳神，从而变化无穷，神通广大，更胜人仙一筹。但是这雷电是天地之威，力量浩大，稍不注意就会魂飞魄散。难怪子岳说，历朝历代，惊才绝艳的修道之辈层出不穷，但是修炼到阳神境界，成为神仙的，只在传说里。

天上的春雷响了一声之后，渐渐平息下去，春雨更加缠绵。

也不知道过了多久，门口有一团肉眼无法看见的神念缓缓地聚拢，凝聚成了一个人形，正是洪易的神魂。

洪易散了神魂再也不敢游荡，艰难地向自己的躯壳飘去，飘得极为缓慢，而且聚散不定，好像随时都要散去，如风雨里的油灯。总算飘荡到了床前，神魂好像是溺水者抓到了一根救命稻草，猛地钻了进去。

神魂钻入之后，洪易的全身一震，过了很久才睁开了眼睛，一脸苍白，完全失去了血色，就好像是大病一场后刚刚痊愈的人。

洪易只感觉到自己虚弱到了极点，一点儿力量都提不起来了。这是刚刚被雷惊散神魂之后的后遗症。这次神魂损伤，比上次在正府被洪玄机的气血阳刚所伤更为严重。

刚刚春雷一响，神魂惊散的瞬间，洪易的神念立刻进入千百世轮回种种变幻不动本性状态，保持真如的境界。总算是留下了一点神魂种子，在雷声过后，勉强恢复了过来，但依然神魂大伤。

洪易恐惧得就好像堕入了无边无际、无比黑暗的轮回。恢复过来之后，他仍惊魂未定。

"如果不是真如不动，本性不乱的境界，我就真的魂飞魄散了。"洪易脸色稍微恢复了点血色，自言自语，"就算有弥陀经无上修炼神魂之术相助，我也没半点把握在锻炼鬼仙之后渡过雷劫，练成阳神。雷是天地之威，根本不是弱小的人能抗衡的。"

"嗯？我的信心动摇了？"洪易反问自己，"什么是勇气？子岳、元妃、父亲、太上道、正一道、方仙道、无生道、真空道的那些人，难道不知道天地之威？他们的经历比我丰富十倍，他们也知道世事无常，天地凶险，但是他们依旧义无反顾地前行。

修炼的道路上，容不得信心动摇啊。"

"我以前总以为熟读诗书明白大义道理，心中就会有勇气。但这些都是虚假的，只有在承受了天地之威后，还能继续前行，无所畏惧，才是真正的勇气。"洪易反省自己，感觉到勇气从内心深处生根发芽。

"无量寿，无量光，南无阿弥陀。"洪易虔诚地念着经文的最后十一个字，两手成圆，结弥陀印，诚心实意地膜拜。他不是在膜拜佛，而是在膜拜那种就算历经无穷无尽的劫难。

"天地之威，莫能抗衡。"洪易双手放平，望着窗户外面的天空，又对天地之威进行了虔诚的膜拜。

茫茫天威之下，没有生灵不敬畏。人修道修武，是突破天地之威，到达彼岸。弱小的生命坚持不懈地突破天地极限、生命的极限，需要多大的决心，多么大的毅力？

"长路漫漫，荆棘密布，天地之威，人独行其间，独自承受一切。"在这一刻，洪易对所有走在仙道、武道路上，为了超脱而坚持不懈的人产生了由衷的佩服和敬畏。

一种包含了平实、喜悦、敬畏、勇气的神念在洪易内心深处油然而生。洪易的神魂有一种脱胎换骨的感觉，不是神魂的壮大，也不是修为的精进，而是经历了天地之威后，劫后余生心的洗礼。

无论是修仙者，还是武者，所走的路都是一条绝地之道——在万千荆棘丛、虎豹豺狼环视的山林里独自开辟一条道来，艰难前行。

在无边的大海里，风浪排山倒海，随时都要覆灭，永远望不到彼岸的绝望，还能无所畏惧，坚定前行。

不断自问，不断自省，洪易终于走进了"真如"意境，以虔诚的心，追求彼岸那真如的本性。这其中要包含多少智慧，多少勇气，多少毅力，多少凶险，多少义无反顾？

洪易渐渐进入了禅定。

受损的神魂，慢慢恢复，自省之后涌起的平实、喜悦、敬畏、勇气、智慧、毅力、真诚的神念，就好像是外面缠缠绵绵、淅淅沥沥的春雨，滋润着心田。

整整一个晚上，洪易就这样禅定地坐着，一动不动。

天色大亮，云破天开，一缕阳光照射到洪易的脸上，他才清醒过来。睁开双眼，天地之间自有动人的色彩。

默运神魂，突然一下出壳，迎着阳光，洪易依旧感觉到全身刺痛，一片模糊，修为并没有增长。

但是洪易神魂归壳时心中却没有一点的急躁，也没有因为阳光产生焦虑，取而代之的是勇气。这勇气是就算天崩地裂，深渊绝路，也要坚持前行的真心。

# 第十八章 科考争端

春雨下了又停，停了又下，早上还是阳光普照，到了中午便阴暗下来，缠绵的雨丝从天上落下来，令人身心清爽愉快。

这场雨足足下了两天两夜才彻底停下来，把干燥的土地都浸透了。

一大早上，天还没有亮，外面漆黑一团，只有空中的启明星一闪一闪，这个时候，很多人都还在睡梦之中，但洪易已经起床开始收拾东西了。

没别的，只是今天是科考的日子。

也是决定洪易能否真正跨出侯府，逍遥自在地做举人老爷的日子。

大乾朝的科考，考秀才、举人都只要一天，只有进士的会试才要三天。洪易这次考的是举人，倒不用过多张罗。

虽然这是关乎自己前程的考试，但他心情却非常平静。这次科考，考官的心理他也已经摸透，试卷上的文字功夫，觉得已经没有什么问题了。

对于应试，洪易自信只要不出什么意外，中举那是必然的。

他现在起床收拾东西，也是为在考试之后，搬出侯府做准备。

玉京城是天子脚下，科考之后，放榜的速度也非常快，不像别的地方，要考试后半月才放出榜来。

这两天，洪易已经在玉京城外的玉龙山脚下，租了方仙道一间清净的院落，只准备科考一放榜，就立刻搬出去，然后再打听买房买地的事情。

等这一切办置妥当，他自己就算当家做主了。

要收拾的东西很少，除了一些书之外，就是几件衣服。除此之外，一些秘密的东西，却是要隐藏得天衣无缝才好。

"我现在身上有四十枚赤金币，十多枚从那个道士身上摸来的金饼子，赤金是一兑十五，四十枚也就是六百两银子，再加上金饼子和身上散碎的四百五十六两银子，足够可以买一间房子、几块地，加上我举人的身份，还大有结余，往后的日子可以过得非常好了。"

清算了自己身上的财物，洪易心里更加安定。

他的财物其实不少，除了元妃赏赐的金钱之外，还有笔墨纸砚，一张一百二十斤的柘木白牛筋弓，一柄上好的精钢剑。

元妃赐的那柄精钢剑，是宫廷特制，可以用手指弯曲，猛地一松，又弹得笔直，发出嗡嗡银铃一般的响声。

这种剑，善于刺击，单打独斗，却远远没有斩鲨那样锋利、坚固。但在市面上，仍旧是价值不菲。

这些财物都是次要的，最重要的是洪易怀中的一个小盒子。

小盒子里面放着三样东西，第一样是折叠起来的《过去弥陀经》，这经卷入水不烂，入火烧不着，扯也扯不动，刀剑都划不破，收藏起来，倒也没有什么禁忌。

第二件是那柄小匕首，号称爆炎神符剑的东西，洪易不知道这东西怎么用。只有收藏着，等将来神魂修为高了，再探测一番。

第三件就是血纹钢针。

血纹钢这种传说中的仙钢，虽然洪易还没试过用神魂驱使，但它的坚韧、锋利，还有硬度，让他感受到了它的非凡之处。

洪易拿起这根针，试着戳了一下木头，结果毫无悬念，如刺豆腐一般地刺了进去。

随后又刺了一下铁块，竟然一下就深深地刺进去，拔出来的时候，针头没有一点损坏。

更为离谱的是，洪易试着刺了一下自己大拇指上的那枚菊纹钢扳指，一戳之下，虽然没有刺穿，却也留下了针孔。

"无坚不摧！"

这是洪易对血纹钢的评价。

收藏这三样物品的盒子，只有巴掌大小，是一个普普通通的木头盒子，放在哪里都不显眼，可以放心收藏。

收拾好一切，天色微亮，洪易起身，把笔、墨、砚台三样应试的东西放进了准备好的竹篮子里面，也没有叫丫鬟，出门去了。

大街上，已经是人潮涌动，到处都是应试的秀才。

玉京是天下第一大城，文风鼎盛，每次科考的人数都比各个地方州府的乡试人员多几倍。

这些应试的秀才，从周边乡下赶过来的，提着篮子步行，而那些富贵的，就坐马车，有些好武风的秀才，干脆自己骑马，显得得意洋洋。

等洪易来到科考的贡院前面，已是人山人海。

贡院前，身穿兵号服，手拿长枪，挎腰刀的士兵，分两排站得溜直，个个威武雄壮，庄严肃穆，给人一种大气都不敢出的气势。

正因为有这些士兵，整个贡院门前的广场虽然人山人海，却很少喧哗。

和贡院广场上肃穆气氛不同，对面街道上是一排小吃街，此时锅碗瓢盆叮当响，豆腐花、羊肉汤、牛肉面、炸油条、肉包子、烧饼、稀粥等等食物的香味儿传了过来，很多秀才聚集在那儿边吃早餐，边高谈阔论。

洪易也走了过去，点了一碗牛肉面，细细地吃着，坐看广场上的人前去排队接受检查搜身，天色大亮，才擦擦嘴巴，起身向门口走去接受检查搜身。

他这一副不慌不忙、镇定自若的样子，倒是令几个检查搜身的士兵，以及主持官员暗暗点头。

搜身依旧是例行的程序，大乾皇朝对科举纪律最为看重，如果发生舞弊事件，负责的官员轻则丢官，重则流放，事情闹大了，甚至还有杀头的危险。

被细致地搜过身之后，洪易进入了贡院考场内部，看见供奉在正中央的几位上古圣人、大学问家的塑像。

凡是进入考场的秀才，都要先拜这些圣贤，才能进入各自座位等待考试。

这几位上古圣人大学问家，个个高冠长衣，脸色平和刚毅，还带点木讷，久久观之，却能够了解到他们为世间立道德、礼法，使人与禽兽彻底区别开来的那种大仁义、大胸襟。

"上古圣人大学问家是这样的气质，佛教佛陀却是另一种气质，不知道道家道祖又是什么样的气质。有时间我要去道观好好地揣摩一番。"洪易暗自思量。

洪易以前虽然见过圣人、大学问家的塑像，但从来没有像今天这样看得透彻。

心神一动。

他悄悄运聚神魂，从顶门慢慢出来。

但是刚一出顶就感觉那几尊圣人像身上散发出充塞天地的大刚之气，压迫而来。

这种大刚之气的压迫，比父亲洪玄机的血气压迫更为强大。

洪易立刻归了躯壳，神魂才没有受伤。

"这是泥塑的像，却有这样强大的压迫！莫非他们受了香火，已经成神了？"洪易心中骇然，再定睛看向那几尊圣人像，依旧是泥塑的像，没有半点灵异。

神魂出壳，感受到了这些泥塑的圣贤充塞浩然大刚之气，气息无形，直接来自神念压迫，洪易想起《草堂笔记》之中，记载神佛圣贤受万民香火神念成神的故事。

在怀疑之中，他再次神魂出壳，终于发现这些泥塑的上古圣贤们除了充塞一种大刚气息之外，没有任何其他的神念，也不能进行交流。

"这些圣贤并没有成神，他们身上的阳刚正气，只是历朝历代的读书人进行膜拜，把自己的神念留在了圣贤身上，久而久之，就积累起了这样浩然如日月的神念。如果长久没有人膜拜，这股神念就会慢慢散去。同时，若所有的读书人心中失了正气，行蝇营狗苟之事，那么这些圣贤也一样会失去力量。"

洪易突然明悟。

神像身上的神力，都是众人神念加持上去的。众人雕刻了神像，然后膜拜它，众多神念积累下来，这些神像就有了神力。

想通了这一点，洪易虽然知道这些圣贤并不是神，但还是真心实意地拜了三拜，他是拜众生心中聚集的浩然阳刚。

拜完之后，便有士兵过来把他领到了一个考场的号子里面。

这个考场号子就好像一个栅栏，有木板、雨棚、椅子，考生就是要在这里面考试。

把笔墨砚放好之后，洪易卷起袖子，在砚台之中注入清水磨好墨，试卷就发了下来，上面写着考题的内容，要做的经义。

"还好，这举人考试只有一天的时间，这么小的地方，挨也挨得过去。要是考进士，在这个小小的地方待上三天时间，七场文战，不说文思上的功夫，单单是体力上，一般人都支持不下来，这也是变相地考较了读书人的体力功夫，杜绝手无缚鸡之力的书生当官。"

洪易看着自己周围的号子，转身都有点儿拘束，暗暗感叹一句，随后看了题目。

题目是"盘之居深山之中"。

盘是上古帝皇，传闻上古之时，这位皇帝圣德泽遍天下，读书人的经典都赞美这位皇帝。

现在这场考试的题目，就是解读这句话的经义，发挥自己的见解，阐述治国的道理。

洪易沉思片刻，大笔一挥，以"圣帝之心，唯虚而能通也"一句破题，随后便洋洋洒洒，大谈李式学派之中去形骸，无心即无私，天下万物为一体的学问。

这种见解正是李式学派的经义。李式学派讲究心诚则意达，又叫做"心学"，不同于洪玄机讲究纲常，严格礼法的理学。

揣测出了主考官的心思来做文章，自然笔走龙蛇，不到两个时辰，刚刚到中午，四周的秀才都在咬笔杆子的时候，洪易就已经交卷。


贡院的主考房内，坐着几位身穿官服，头戴乌纱帽的考官，其中一位当堂正坐，一脸严肃，大约四十岁的模样，正是这次主持乡试的主考，当朝名臣，礼部尚书李神光。

虽然这只是乡试，并非举人考进士的会试，但考点设在玉京城，自然是非同小可，加上朝廷对科考尤其重视，秀才到举人这一关，又关乎着士绅免税这一条，所以派出了朝廷大员作为主考官。

"嗯？各方考官有推荐上来的卷子没有？"

时辰到了中午，李神光估摸着，文思敏捷的秀才有些应该已经交卷，便问下面各房的考官。

"各房都有完成的卷子交上。"

几个副考官连忙跑进来，把手中的一张张卷子抱上来，扯开密封，铺在桌子上，让李神光观看。

"嗯？这篇大谈仁义礼法，看似刚正，挥斥方遒，但"巧言令色，鲜矣仁，嘴里说着大道理的，都是伪君子之流。"

李神光看了几篇，都摇摇头，把文章放到一边。

旁边的副主考也凑过来看，摇摇头，把这些定为了落卷。

"嗯？好字！"

突然之间，李神光看到了一篇文章，字迹灵动如飞，立刻点点头，又看着文章的破题，"圣帝之心，唯虚而能通也。"

他轻轻拍了下桌子："好，好一个唯虚能通！我辈读书，先要诚心，心诚无私，自然礼法通，万物一体。"

这篇文章自然是洪易的。主考官李神光是李式学派的人，洪易的这篇文章，简直写到了对方的心里。

而且洪易的字体，模仿弥陀经经文，字迹轻盈舒畅，却不至于媚骨秀柔，可谓是刚柔并济，充满活力。

"李大人最为严格不过，很少有令他如此赞叹的文章。"

"这次科考第一名恐怕定下来了。"

四周的副主考看见李神光这样的模样，都纷纷私语，凑上来观看。一看字迹，也都叫好。

"这位考生是谁？履历报上来。"看到得意处，李神光不免询问一声。

"此子名洪易，为武温侯洪大人之子。"早有副主考把洪易的履历报了上来。

"武温侯洪太保的儿子？"李神光眉头皱了皱。

"李大人，慎言。昨日朝上，武温侯已经被封为太师，以后称呼还要改一改。"一个副主考提醒了李神光。

"嗯。"李神光看了看了手中的卷子，犹豫了一下，便道："这卷的立意、字迹都是极好，我看就定为第一名如何？"

他刚一话落，突然外面有衙役传唱："洪太师驾到。"

"快快迎接。太师主管文宰，武温侯昨日被封为太师，今日科考，肯定是受皇上的旨意，前来巡视考场。"

李神光连忙站了起来，率领各房副主考到门外迎接。

一顶大轿抬到了门口，洪玄机一身朝服，面容肃穆地下来。

李神光连忙率领副主考们躬身。

洪玄机现在已经是太师，位列三公，比李神光大了许多。

"这次科考可顺利？有无夹带？"洪玄机点点头，等这些人躬身之后，问道。

"并无夹带，也无舞弊之事。"李神光不卑不亢地道，随后把手一摆，"洪太师，请移步主考房。"

双方到了主考房坐定，上茶。洪玄机坐了上位，眼睛扫了扫桌子上的卷子："第一名已经定下来了吗？"

"当然，说来也巧，这第一名的文章，我们公认好，一查履历，竟然是令郎洪易。"李神光把洪易的卷子抽出来，铺到桌子上，让洪玄机观看。

"嗯？第一名？"洪玄机目光微微一闪，看着卷子，眉头渐渐皱了起来。

他这一皱眉头，整个屋子里面的气氛顿时紧张了起来。那些副主考官都感觉到了一种无形的压力，气都喘不过来。

整个房子里，霎时鸦雀无声。

"这字飞扬跋扈，锋芒毕露，不安分。"洪玄机摇摇头，"而且这文章并不通畅，有些地方简直是胡言乱语，别说定为第一，要想中举都难。虽然他是我的儿子，但恐怕还要磨炼磨炼，去去锋芒。这次科考，就定为落卷吧。"说着，洪玄机捏起这张卷子，丢进了落卷堆里。

"嗯？"李神光看见这样的情形，眉心猛跳，血一下就涨到了脸上，突然一拍桌子。

嘭！

桌子上的笔墨一下子震到了地上。

本来屋子里面气氛就沉重，李神光这突然一拍，把在场的副主考们都吓了一大跳。有几个腿脚一软，差点儿摔倒在地。

谁也没有料到，这位尚书大人，居然对当朝太师拍桌发难。

不过在场的人也知道，这两人学派不同，对立也是理所当然的事情。

"洪玄机，这里我是主考，你不过是巡察，虽然官比我大，但无权定试卷好坏！"李神光的咆哮响彻了整个屋子，"大丈夫举贤不避亲，你这是为了自己的清名，打压自己的儿子，心术不正，不为国家举贤，小人行径！"

"嗯？"洪玄机手一顿，冷冷地看着正在咆哮的李神光。

"犬子锋芒过盛，不是国家贤良，得压一压，锉一锉，才能成才，这自然是为国举贤。难道自己的儿子，我还不清楚？你身为主考，当众咆哮失了体面，成何体统？我是皇上亲封太师，为国征战，又管理朝政，你说我是小人，你把皇恩视为何物？明早上朝，我定要重重参你一本！还不赶快退下，等候听参！"

洪玄机语气冷硬，众人身上顿感一股刺骨的寒意。人人都知道，洪玄机当年为大将时，杀人如麻，对付政敌也决不手软，朝廷上，很少有人和他对着干。

哪里知道，李神光却寸步不让："我现在是皇上钦命的主考，你无权叫我退下！参不参我，那是你的事！皇上一日不撤我，我便是一日的主考！我明早上朝也要参你一本！参你逾权！打压良才！你就是小人！皇上用你，是用错了人！"

"我奉皇上口谕，巡视考场，就是钦差，有全权处理一切事务的便利。"洪玄机淡淡道，"左右，将他拖出去，今天的事情，我自会向皇上禀明。"

"是！"有两人应声而入，要把李神光拉下去。

"洪玄机，你敢！"李神光咆哮道，"你敢将我赶走，我就和你打御前官司！我出去就撞景阳钟，拼着流放三千里，哪怕是撞死在金殿之上，也和你争到底！你洪玄机就是个小人！你试试看！你试试看！"

"撞景阳钟？"洪玄机心中一动，此事李神光倒还真做的出来。若是没有天大的事情，没人敢去撞景阳钟，惊动皇上，因为凡是撞钟之人，无论官位大小，都一律要流放三千里。

而且这李神光说不定在争执之间，真的会撞死在金殿上，这样事情就闹大了。

四周的副主考听见主考和太师咆哮，都缩到了一边，这场争执，不是简简单单的榜首之争，而是学派论战，洪玄机是理学大家，而李神光却是李式学派的学者。

"好！好！好！"洪玄机突然起身，一连说了三个好字，但字字尖锐，分明是怒极反笑。

他这一站起身来，在场的副主考都吓了一跳，以为他要发作，齐齐退了步，李神光依然怒目圆睁，冷哼以对。

不过洪玄机并没有发作，只是将袖子一拂，依旧语调平淡但字字刺骨寒冷："你身为礼部尚书，朝廷大臣，为了区区一个举人名额，动不动就要撞景阳钟，血溅金銮殿？这也配称礼字？今日是国家大典，我不和你争，免得丢了朝廷大臣的风度。你就等着听参吧。和你这样的莽夫同朝为官，简直是我的耻辱。"

说罢，洪玄机拂袖而去。

他身为太师，当然以大局为重，要是真的为了一个小小的举人名分，礼部尚书血溅龙廷，这样震动朝局的事情，就算能打赢官司，恐怕也会落个千古笑柄。

洪玄机走后，一干副主考惊魂未定，纷纷摇摇头道："神光兄，何必为这件事闹成这样？他要打压自己的儿子，无非是想避嫌，求个清名，也算不了什么，顶多只是委屈那洪易再磨炼两年罢了。现在你这样和他硬顶，种祸不浅呢。"

"我知道种祸不浅，但这是国家大典，要举贤就不必避亲。况且他是理学名臣，而那洪易的学问却和他不同，他自然看不上眼，这不是避嫌矫情，求清名的意思，分明是打压异己。虽然是个小小的举人名额，却也不能让他胡作非为。"

李神光傲然道："你们不要怕，只管阅卷，一切后果，由我来承担。皇上我都能直谏，也不怕他太师侯爷。"

"那洪易的卷子？"一位副主考问道。

"依旧定为第一名，等考试完毕之后，咱们把其余名次定下来就放榜。玉京乃天子脚下，乡试也万众瞩目，不同于地方上的，动作麻利点，不要拖泥带水才好。"

………

主考官房间里面发生的一切，洪易自然不知道。

他交卷之后，就静静地坐在位置上，闭目冥思。不过他想的却不是考官怎么阅卷的事情，对于这场考试，他胸有成竹，知道自己的文章一定深得主考官之心，绝对不会被刷下来。

而且他的字，是以弥陀经为蓝本，保证考官看过一眼之后，就会被吸引住，不会发生连文章都不看就被丢进落卷里的事情。

他在想搬出去之后，怎么把自己的日子安排得好一些。

有银钱田产，有地位功名，以后的日子当然一片光明和惬意。

至于科考的经义文章，洪易深深地知道，这些只是敲门砖，门敲开了，自然就不要再去想。

一直到了天黑，考场的兵丁过来收未交的卷子，标志这场科考完结。

那些憋了一天的秀才，没进场时的肃穆，闹哄哄地一窝蜂涌了出去，有的趾高气扬，有的垂头丧气，有的毫不在乎，千奇百怪，人间百态一一展现。

洪易提着篮子出了贡院的大门，转到对面的街边花了五文钱叫了一碗热气腾腾的牛肉面。

贡院中午只给考生供应清粥，洪易没有喝多少，到了傍晚散场已经是饥肠辘辘。他挑起一块牛肉咀嚼，喝着面汤，非常快意，唏嘘之间，满头大汗。

吃完之后，洪易不想回府，在街道上漫无目地地散起步来。

这场考试完毕，释放了他所有的压力，卸下了万斤重担，舒服了很多。

虽然已是傍晚，但玉京城却异常热闹，车水马龙。不知不觉，洪易竟然来到了最为热闹的天桥一带。

天桥一带，卖小吃的，说书的，测字算命的，摔跤的，演马戏的，练武杂耍挣钱的，卖大力丸的，摆摊买卖古董字画的，目不暇接，热闹非凡。

就洪易四处闲逛的时候，看见人群围了个大圆圈，把路堵得水泄不通。只听得圈子里面传来呼呼劲风，还有小女孩的娇喝，随后就是一阵哄堂叫好。

洪易听见那呼呼劲风有异，轻巧地挤进了人圈子里，看见圈子中间的情形倒是吃了一惊。

原来圈子里面的是三个演武卖艺的人，并不是花架子，而是真正有功夫在身上的。

一个老头、一个壮汉和一个小女孩。

老头儿一屁股坐在地上，拿着个旱烟斗抽着。那个旱烟斗大得离谱，通体黑色，竟然是纯铁打造。

那壮汉如一尊铁塔，最令人吃惊的是他手里握着一根茶杯碗口粗细，一人多高的铁棍，不，应该叫做铁棒。

一眼看去，这根铁棒最少有百八十斤，但在这壮汉的手中，好像是一根火柴棒，玩得滴溜溜乱转。

"这壮汉的双臂，只怕有六七百斤的力量！"洪易心中暗暗惊讶。

那个小女孩，粉扑扑的脸蛋，好像只有十一二岁，穿着红色的劲装，不过劲装上脏兮兮的，显然日子过得并不好，有些风尘仆仆的样子。

"倒是有点儿像小桑、小殊、小菲三个丫头的模样，但那三个丫头却没有这个小女孩的英武之气。"洪易看着这个小丫头，想起了幽谷之中的三只小狐狸神魂出窍的模样。

"哇！"

此时，周围的人群又惊叫起来。

原来圈子中，那铁塔一般的大汉，猛然举起铁棒，朝小女孩打出，铁棒挥动之时，呜呜怪叫，相隔十步开外，都听得惊心动魄。

这一棍，别说是娇滴滴的小丫头，就算是头大水牛都要被捶成肉泥。

但是那小丫头在铁棒临身之际，突然一跃，身体似蝴蝶一般踩在铁棒上。

大汉抽棒，又是一横扫，小丫头身体附在棒子上，轻盈得好像没有半点重量。

这一切，在场的众人都看呆了。

突然之间，棒势一停，小丫头从棒子上跳下来，大汉把铁棒狠狠朝地面一戳。

老头儿也站起身来，托了一个铜盆："有钱的捧……"

一见讨钱，周围的人都散开去，只有几个衣着光鲜的，丢出几文大钱。

这老头儿和壮汉，看见地上寥寥几个铜钱，一脸呆笑，木然地站在那里。

只有那个小丫头蹲在地上，一个子儿一个子儿地将钱拣了起来："十八个钱，还不够住店的。爷爷，咱们今天又要睡城隍庙了。"

洪易听着这小丫头声音清脆之中带着失望，突然触动了心弦，摸了摸自己的口袋，里面有三个赤金币、两个金饼子，还有几个小银钱，一股脑儿地掏了出来，轻轻走上前去，放进铜盆里面。

叮叮咚咚……

洪易把一把金银投入铜盆之中，发出清脆的声音。他的思绪，还在反复回味铁塔一般的壮汉舞动大铁棒和小女孩对练的情况。

不知道怎么的，铁塔壮汉的那铁棒舞动得雷鸣哄动，破空呼啸，气势威猛，让洪易感觉到了明显带有大禅寺的风格！

大禅寺的武学，拳法刚猛，路线短促，脚步一阵风，不转也不摇，直来直去，而且吐气开声之间，舌绽春雷，修炼后整个人的气势有一种撼人心神的威猛感。

文有文风，武有武风。洪易看一篇文章的行文风格，就可以大致分辨出这篇文章的学派。

虽然他的武学修为还没有到精通天下各派武术，但他本身练的就是大禅寺牛魔大力法与虎魔练骨拳，更熟读《武经》印月禅师的注解，已经把大禅寺武术的风格烂熟于胸。

"这个铁塔壮汉使用的棒法，颇似印月和尚在《武经》注解之中提到的猿魔混神棍，而那小女孩的身法轻盈，似蝴蝶飞舞，似乎是云蒙武学圣地玄天馆女子修炼的蝶舞拳法。印月和尚说，这两套功法，一极柔，一极刚，相互配合，恰到好处。怎么会出现在这卖艺人的手里？"

洪易心中一瞬间产生的神念，繁多杂乱，不禁对这卖艺的三人产生了强烈好奇。

对于《武经》之中印月和尚的注解，洪易读得尤其用心，因为他从白子岳的口中知道了那个印月和尚，曾经是大禅寺长老，武功到达武圣的巅峰，开始练窍，有进入人仙境界的趋势。一身武功，通天彻地，他留下的注解笔记，当然值得仔细研读。

不过，印月和尚的注解，对于要实际练武的人，却没有什么用，只能作为资料参考，因为他在《武经》之中提到的各种武学，都是寥寥几笔勾画，并不详细。

练武的人，就算拿到一本真正详细的秘籍，都不一定练得好，更何况是这种寥寥数言的东西。

不过这些注解，对于洪易了解天下武术，博学多知，起了很大的作用。

猿魔混神棍这种棒法，不是强体的拳术，而是纯杀生灭敌的武功，一旦施展开来，极耗体力，摧残自身，但是威力无穷，一条大铁棒舞动开来，打得日月无光，天地混芒。

印月和尚提到这门棒法的时候，说修炼此棒法需要两个条件，第一是武功到达先天境界的武师才能施展，否则就会伤害身体。第二是天赋异禀的人，所谓天赋异禀，就是天生身材高大，体壮如牛。

很明显，洪易看出这个铁塔一般的威猛大汉，正是天赋异禀的人。

云蒙国的武学圣地，叫做玄天馆，一度和大禅寺齐名，不过现在大禅寺毁灭，玄天馆却依旧屹立在东边的草原之上，人才辈出，为云蒙国输送大量的高手。

"要是我没有读过印月和尚的注解，修炼过大禅寺的武功，还真看不出这卖艺人的拳法来路。"

他放下银钱，看见这老头儿、壮汉和小女孩诧异惊奇的目光，只是轻声道："大乾律法禁止民间拳棒，虽然卖艺挣口饭吃，衙役城防不会多事前来抓捕，但这是玉京城，天子脚下，你们演武卖艺，说不定会招来兵丁，引来不必要的麻烦。再说，我看这丫头还小，风餐露宿的，也可怜了些。你们拿着这些钱，租个房子铺面住下，做点小生意，好歹也能过安稳的日子。"

一下子看到这么多的钱，周围的人也都发出了惊叹的声音，有的人流露出了贪婪的目光。

天桥之上，三教九流都有，此时洪易一下掏出这么多的金银来，自然令人眼热。

"敢问公子贵姓？"那老汉明显迟疑了一下，感觉到周围人的目光，不敢收下。

"我是武温侯府的洪易。"洪易道。

"武温侯府……"一听到武温侯府，周围贪婪的目光一下子收敛了，不再惊讶洪易的出手大方了。大乾朝的王公侯府，也并非全都为富不仁，过年过节常开粥场，行善事，遇到穷困潦倒的人，也都不吝啬钱财。

"原来是武温侯家的公子，难怪这样出手大方，救济穷困。"

"这还不算什么，人家理国公府的景雨行小国公，那才是真叫出手大方。上次也是到天桥来，碰见一个病怏怏的等死的潦倒武师，直接给他请了大夫，后来又给本钱让他做生意，还帮他娶了媳妇。"

周围的人纷纷小声议论起来。

洪易感觉到周围人的变化，钱财露白反而会增添名声，心中叹口气："结识这三个人，以后练武之时，也可以请教请教。我中了举人后，他们若肯入籍为仆，帮我管管事情，倒也不错。还顺便为侯府增加点好名声。这三个人，虽然来路神秘，但身怀武功，还不偷不抢，睡城隍庙，卖艺挣钱，倒也身子骨正当，不是奸人邪徒。"

洪易看人自有一套。

中举人之后，自然会有很多破落户，或者贪图免税的农民前来卖身为仆，依附他图个恩荫。举人在官府有说话的权利，普通小户人家打个官司都要倾家荡产，要是依附了个举人，虽然卖身为了奴仆，却能仗势欺人。

这三个人，虽然武艺神秘，但在大乾境内难以通行。武艺高强，树大招风，易被官府绞杀，强如大禅寺，都灰飞烟灭了。武艺低了，就更容易被官府缉拿。

那种高来高去，独来独往，视官府朝廷于无物的江湖人物，在如今大乾王朝的盛世，早就已经绞杀得一干二净。除非是在民间隐藏，图谋大事的邪教。他们暗中发展，组织神秘，也不敢打出门派来招摇，但依旧会遭到官府围剿追杀。

"原来是武温侯府的公子，如此恩义，请受小老儿一拜。铁柱、小穆，快点上前拜见恩主。"

老头儿听见洪易自报名头，知道拿了这些钱也不会遭来灾祸，连忙拜倒在地上。

那铁塔一般的大汉，还有小姑娘，连忙跟着老头儿下拜。

他们已经到了穷困潦倒的地步，不然也不会去睡城隍庙，洪易这笔钱，能让他们渡过难关，实在是救命之恩。

洪易也不矫情，大大方方受了这几拜，大恩自然要受谢，这是道理。

"嗯，你们安排临街的铺面住下吧，先安顿下来，如果有什么麻烦，到武温侯府找我。"洪易点点头，又带这三人到旁边的客栈住下，随后便回到了侯府。

回到侯府之后，洪易洗漱过后就睡觉，一觉睡到大天亮。

第二天，他依旧无所事事，出了侯府来到那三人住的地方，发现这老头儿、壮汉和小女孩已经在商量租铺面做小生意的事情。

能安稳下来，这三个居无定所的人自然是愿意的。

洪易看着他们点点头，并没有多说什么话，也没有提起武功的事情，直接就回府去了。

到第三天一大早，洪易刚刚起来，就听到侯府外面敲锣打鼓，鞭炮炸得震天响，那个叫紫玉的丫鬟跑进来，眼神诧异地看着洪易道："少爷，报喜的人在外面等着，你中举第一名，解元。"

第十九章 恩主洪易

"中了吗？"洪易看见进来的丫鬟紫玉，从容地站起身来，掸了掸衣服，一副镇定自若，气定神闲的样子，好像早就知道结果。

紫玉看见洪易不慌不忙、不惊不喜的样子，倒是惊讶得退了一步。

"箱子里面是我昨天换来的几十吊铜钱，你喊黄玉、红玉、蓝玉进来，一起把钱提出去打赏那些报喜的人。"

侯府正门口，鞭炮轰鸣声中已经拥了一大群报喜的衙役，还有周围看热闹的人。除此之外，侯府内的奴仆、护院、丫鬟、婢女、老妈子也从屋子里面拥出来，在走廊里面看热闹。

"这下洪易可翻身了，啧，成老爷了。"

"虽然咱举人老爷也看得多，但第一名解元却是个新鲜事儿。"

"能中举人老爷的，都是天上的文曲星下凡，更别说第一名了。要是能在以后会试中中会元，殿试中状元，那就是连中三元，听说只有前朝宰相李严才有过呢。"

"士绅免税，啧啧，这一下，就发达了。"

洪易耳朵里面听见纷纷议论，有羡慕的，有嫉妒的，心中明白科举考试不论是在民间，还是王侯公卿的府邸里面，都占有重要地位。

虽然说侯府的人见识多，但第一名解元，却足以轰动全府。

正府之中，赵夫人坐在椅子上，满面寒光，一口一口地吃着茶，手上的那只白猫都乖乖地躲到了角落里面，生怕又被抓下毛来。

旁边的丫鬟都知道，这是赵夫人大发雷霆的前兆，一个个大气都不敢出。

"去告诉吴管家一声，给侯爷带个信儿，今天晚上，务必抽空回家一趟。"

良久，赵夫人捏了捏手里的茶杯，想摔在地上，但是终于忍住了，轻轻放下，吐出这样一句话。

门口，洪易把钱都散完，让报喜的衙役去吃酒，现场逐渐冷清了下来，只剩下一堆的鞭炮屑，几个看门的豪奴一边打扫，一面用羡慕的眼神看着他。

"这举人是中了，得备一个说辞，好搬出去成家立业。"

洪易搬出去是迟早的事情，但想起洪玄机隐含杀意的言语，洪易不知道怎么的心里有些发寒。

就在这时，街道角落处，突然出现了几顶轿子，远远地停住，下来一群年轻人。洪易不认识他们，但这群年轻人却是好像认识洪易多年一样，一个个热情洋溢，远远看到他就拱手道贺。

"洪兄，恭喜恭喜，恭贺你高中解元，夺了魁首，为兄和几位同年特来送上贺礼，还望笑纳。"

说着，这些人身边的奴仆，把一包一包的礼物搬了过来，还送上礼单，让洪易过目。

洪易看着几份礼单，上面的礼物算得上昂贵，这个白银五百两、绸缎三十匹，那个白银三百两、雪纸十道……加起来，恐怕也有两三千两银子。

"这都是同时考中的举人？"

洪易这才算明白，这群人是同年的举人。

官场上，同年可都是相互扶持的对象，拉社结党，都免不了同年的份。就算是素不相识，但一说是同年，立刻比亲兄弟还亲。

虽然现在都是举人，还谈不上做官，但攀交情的事情，却要早早开始。

"这些人都是玉京城富户弟子，有钱没有权，现在有了功名在身，自然舍得花费银子。这礼物不收，就显得我清高不合群。王公侯爷都走恩荫那一条路，不用考试，也只有我这样极不受待见的庶子才会走科举的路子。"

想明白后，洪易也就收了礼单，同时给了府邸门口的几个豪奴打赏，命他们把礼物都送到桂花厢房去。

打理好一切后，洪易拱拱手："诸位年兄这么快就收到了喜报？真是消息灵通。"

"哪里，哪里。"其中一个年长的道，"喜报是先从末尾名次一直到第一名传出去，年兄是第一名，自然最后才传到。不知道洪兄有没有空儿，和我们去乡下一趟？我打听到，乡下也有几位清寒的同年，这会儿也应该收到了喜报，咱们一起过去道贺，意思意思，也算是扶持一把。然后拉来，一起拜见座师。"

"这次我们的座师是礼部尚书李神光大人，也亏得咱们出身好，是天子脚下的乡试，要是别的地方乡试，哪里轮得到尚书大人这样的座师。"一个稍微年轻一点的摇着扇子，慢条斯理地道。

来道贺的一共有六个人，分别姓韩、张、赵、王、方、刘。洪易刚刚看了一下礼单，基本清楚了这些人的底细，大都是家财万贯，却又算不上巨商的中等富户。

如果是巨商的话，自然有能耐拉上王侯公卿朝廷重臣。

这些不上不下的中等富户，在玉京城基数极大，也集中了大量的财产。

"既然要去乡下见同年，那我也得准备一份礼物才是。"洪易道。

"那不用，洪兄的那一份，咱们已经准备好了，一起坐轿去吧。咱们可是头一次坐轿，得尝尝这个滋味。"一个姓韩的少年笑了起来。

只有举人和官员才能坐轿，这是大乾皇朝的规矩，其余就算再有钱，坐轿也是违法。

………

一通应酬之后，直到下午，洪易才从乡下回来，然后和一大群同年举人到尚书府拜见座师李神光。

但是到了门口，看到的却是"谢绝会客"的大牌子。

众举人怏怏而回。

洪易看见这样的情况，也乐得图个清净，和那些同年一一道别之后，天色已黑，于是把轿子转到临街的铺面。

这是临街一间小小的刚开张的铺面，木板刷上了新鲜的桐油。

里面摆放着的是新进的货物，针头线脑，杂七杂八的一些东西，是一间杂货铺。

一个穿着布衣，身手麻利敏捷的小女孩，正在拿着一块大大的木板，准备把铺面的门关上。突然看见一辆轿子在门口停下来，于是停住了手脚，呆呆地看着。

直到看见洪易下了轿子走出来，这个小女孩才啊的一声，连忙拜道："恩主来了。"随后放开喉咙，朝铺子里面喊，"爷爷，叔叔，恩主来了。"

"谢已谢过了，别再谢了。"洪易连忙把她虚拉了一下。

这个时候，微微发暗的铺子里面走出两个人，正是那个老头儿和铁塔一样的壮汉，看见洪易，口称恩主，又要拜礼。

"吃过饭了没有？我进来坐坐，说些话。"洪易打量了一下这个铺子，虽然不算大，却也收拾得干干净净，里面摆的杂货也是井井有条。

"忙活了一天，还没有来得及吃，刚刚焖上。铁柱，把房间里面的油灯点上，小穆，给恩主沏茶。"老汉连忙说，把洪易请进了铺子后面的房间中坐好。

这临街的房子，前面是铺面，后面是三间房屋，一个天井，天井中央还有一口水井，水井旁边，是一口锅、炉灶、案板，上面有切得整整齐齐的菜叶子，还有半块猪肉，饭已经在锅里面焖出了香味。

这是标准的玉京城中等人家的房子和晚饭。

这一家三口，两天前还是在街头卖艺，风餐露宿，现在却过上了安定的生活，这一切都归功于洪易。

在房子里面点上了油灯，洪易坐在正中央吃着茶，老汉、铁塔大汉都搬了小凳子坐着，而小女孩却在天井里面忙碌起晚饭来。

"恩主今天中了举人，日后飞黄腾达，指日可待。"铁塔大汉看见洪易坐定之后，连忙道，他倒也并不是四肢发达，头脑简单的莽夫，看出了洪易的身份。

"铁柱你说些什么，恩主是侯爷公子，本来就是贵人，还说什么飞黄腾达。"老汉用大铁烟斗磕了磕地面，大汉立刻不说话了。

"这些天只顾着等放榜，倒是没有时间问一下你们的来历。我看你们身手不凡，为何沦落到卖艺的地步呢？"

洪易今天来，自然为了问清楚这三人的来历，也并不在乎三人说谎，他颇有阅历，擅长揣摩，说谎不说谎，一下子便听得出来。

"恩主要问我们的来历？"老汉的目光一下凌厉起来，"不知道恩主要听真话，还是要听假话？"

"真话假话你喜欢讲哪一门，就讲哪一门吧。不过你们练的应该是大禅寺的功夫，这一点倒是瞒不过我。"洪易抬着头，看看这老汉。

"好眼力！"老汉眼睛上下打量了一下洪易，"传闻我大乾朝两大武圣，第一就是温武侯，也是恩主的令尊，第二是神威王爷。恩主倒是得了温武侯爷的传承，居然能看得出我一身功夫的来历。"

"你的功夫我看不出来，铁柱的武功，我看得出来，是猿魔混神棍吧。我却是奇怪，小穆的功夫却好似是云蒙国武学圣地玄天馆之中的蝶舞拳法，大禅寺，玄天馆，一东，一南，相隔万里，武学怎么会在一起？"

洪易问出了自己心中的疑惑。

"恩主连小穆的蝶舞拳法都看得出来？"老汉惊讶了，连连摇头，"我看恩主虽然有武艺在身，但也只是刚刚练到了筋肉饱满的地步，想不到眼力这样高明。"

洪易笑而不答，等着老汉说出自己的来历。

"我们是中州沈家沟的人，我叫沈天扬，这是我儿子沈铁柱，小穆是我们在路上救下来的，她姓宇文。我们沈家沟早年都租种大禅寺的田，租子还不重，但是后来大禅寺被剿，田虽然归了我们，但税就一年年重起来，加上前几年遭了水灾，税交不上去，官府就要收田，我们气愤不过，打伤了几个衙役，逃荒出来，一路流落到这里。这套拳法，也是早年大禅寺流传出来的。沈家沟世世代代种田，练拳、虽然功夫说不上精深，却也能自保，在江湖上行走，也不怕匪徒。"老汉娓娓道来，往自己的烟袋里面装了旱烟，吧嗒抽了一口，摇摇头。

"你们是沈家沟的人？前几年沈家沟遭了水灾，听说是太子爷调拨了不少赈灾钱粮给沈家沟。但是好像是大禅寺的余党组织刁民要闹事，结果闹出民变来，后来派军镇压。因为镇压及时，太子爷还得了皇上的赞誉，说是办事雷厉风行。"

洪易相信这沈天扬几分，心想这沈天扬既然是打伤衙役逃出来的，就是带罪之身，不好善后。

不料沈铁柱一听洪易的话，忍不住一脚跺在地上，整个房子都似乎摇晃了一下。

"什么赈灾？根本没有赈灾粮过来！都被中州的官贪掉了，我们去论理，就说民变，带兵来缴村子的那个将军，污民为匪，用血来染他的乌纱帽！我们逃出来之后，听说他们把村子里面的人都杀光了！男女老少都用竹篙子钉在地上！"

"有这回事？"洪易一听，心中大吃一惊，这事情非同小可，牵扯到当朝太子，更有可能牵扯到洪府。因为武温侯洪玄机是支持太子的，洪熙当年更是为太子保驾护航，杀进杀出。

"此事禁声，公道自在人心，总有水落石出的一天，却不是现在。"洪易连忙道。这事情，不说他一小小的举人，就算是朝廷重臣，也是担当不起——足可以杀头抄家一千次。

"小老儿知道厉害。"老汉又深深地抽了口烟，烟把脸都蒙住了。

"小穆姓宇文？是复姓？那是云蒙国的大姓，只有云蒙那边的胡人，才会有宇文、慕容、欧阳这样的复姓。难道小穆是云蒙国的人？"洪易看着天井之中忙碌炒菜的小女孩。

"小穆是云蒙国的人。我们在路上偶尔看见她被一个云蒙武士背着，被人追杀，于是救了她，但是那武士受伤过重死了。我把她当亲孙女一样看待。"老汉又吧嗒的抽了一口烟，"可惜没有让她过上好日子。"

"你们的身份，恐怕在玉京待不下去，这事情实在是干系太大。"洪易道。

"这个小老儿也知道。"沈天扬道，"其实我们在江湖落魄了几年，日子也过得实在是没有滋味。恩主既然有举人的身份，却是可以庇护我们，如果入个籍为仆人，以后的日子就安稳了。只是这事情我们恐怕还有牵扯，以后要给恩主带去麻烦。"

"这事情是真够麻烦的。"洪易苦笑一下。

本来洪易是见这三人武功不错，又有骨气，自己搬出去没有人操持家里，三人是个好人选，但是现在却迟疑了。

沈天扬、沈铁柱这对父子是沈家勾出来的，一旦暴露了出去，牵扯到沈家沟民变的事情，那立刻就是弥天大祸。

太子那个位置，有很多野心勃勃的皇子盯着。这个事情一抖出来，必定要震动朝野。

而且那小穆的来历，也很不安稳，被云蒙国的人追杀到大乾来，肯定也不是个安分的人。

"你们既然是带罪之身，为何不隐藏在深山老林之中，而是来到玉京城？莫非，莫非是想找机会告御状？"

洪易正在沉思着，要不要以举人的身份庇护一下这三人，一个神念突然在心里涌起来。

"不错，小老儿来玉京城是想找机会告御状。我们沈家沟一千三百多人，全部被杀死，只有我们逃了出来，这血仇我们不能不讨个公道。"

沈天扬老汉用大铁烟斗敲打着地面，火星四溅。

"公道，公道……"洪易喃喃把这两个字念了几遍，仿佛在咀嚼其中的滋味。忽然之间，他眼神烁烁生光，好像是下定了决心，"告御状，不在一时，得慢慢来。你们的身份太敏感，如果走漏了丝毫的风声，只怕要死无葬身之地。先安顿下来，我把你们安排在我门下，入个户籍，把姓名改一下，这样就天衣无缝，难以查出来。"洪易决心收留这三人。

虽然这三人是隐患，能维护公道，助人复仇，也是大义所在，义不容辞。

他现在是举人，还结交镇南公主，又有武温侯府这张虎皮，到官府稍微打点一下，帮这三人弄个户籍，安插到自己的门下做仆人，也不是什么难事。

"那多谢恩主了。"沈天扬大喜得到了洪易的庇护，才能真正安稳下来，不用每天担惊受怕。虽然是做仆人家奴，但看洪易不是刻薄之人，替他操持家务，打理银钱，没有什么大不了的。

如果洪易以后再进一步，当了官，他们就是大管家，一步一步升上去，接近高层，告御状的机会就更多了。现在要是直接去告御状，只怕还没有接近皇城，就被抓起来乱刀分尸了。

"你的功夫练到哪一境界？"洪易看着沈天扬，盘问起底细来。

"老汉练了四十年的拳法，练的是大禅寺的三十六罗汉手，虽然筋骨强悍，到了武师的境界，但这三十六罗汉手并不是大禅寺的最高武学。老汉我虽功夫精纯，但有些细微的地方还是练不到位，还没有达到练骨如刚的顶尖武师境界，只能算上一个中等的武师吧。"沈天扬摇摇头道，"铁柱这孩子一生下来就天赋异禀，力大无穷，可惜我没有什么好功法给他练。如今他的猿魔混神棍虽然能和武师媲美，但自身的功夫，筋肉皮膜都还没有练好，武士都算不上。"

"听说大禅寺的牛魔大力拳、虎魔练骨拳，这两部拳法是天下锻炼筋、肉、皮、膜、骨的最高秘法，可惜在二十年就失传了。我要是能学到这两部拳法，只要苦练一两年，肯定能达到武师的境界。到时候，就算是先天武师也未必接得住我的猿魔混神棍。"沈铁柱瓮声瓮气，满眼向往之情。

"果然是天赋异禀的勇士，最适合练武。"洪易看着铁塔一般的沈铁柱，他身上一块块的肉好像铁板岩石，威猛逼人。

洪易早看出来沈铁柱的功夫不精纯，但他天生好体格，为他增添了无穷的勇力。他这样的人，就算是武徒境界，也可以徒手毙掉武士。如果练了高深的拳法，将更加恐怖。

"小穆的天缠功，也是锻炼筋肉的无上法门，是云蒙玄天馆的秘传，不比大禅寺的牛魔大力拳差。你怎么不跟她学一学，她又不是不教你。"沈天扬听到儿子的这话，气就不打一处来。

"天缠功软绵绵的，两手划来划去，还要扭屁股扭腰，女人一样。我要是学了，气质变阴柔，失了锐气，猿魔混神棍法就没了劈山斩浪的气势。不能学，不能学。"沈铁柱把头摇得跟拨浪鼓一样。

"放屁！武功练到高深处，想刚就刚，想柔就柔。"沈天扬举起烟斗要狠狠地打儿子，但举到一半又放下来，叹了口气，"算了，以你现在的修为，还不能明白这个道理，不过学天缠功的确容易把生气练得软绵绵的，有害无益。"

洪易听这父子两人的对话，对他们的性格又多了一分了解："今天晚上我就先回去，你们准备一下明天的措辞，我给你们办个入籍的文书。"说着，洪易起身坐轿子回府了。

大乾朝的中枢之地皇城，坐落在玉京的正中央子午线上，坐北朝南。

皇城之外，是护城河，河上修建了许多白玉桥，地面用白色石料铺成，一块一块，平整如镜。皇城围墙城楼，高达二十丈，一色朱漆黄瓦，向上望去，帽子都要掉到地上。巡逻的御林军轮流换班巡逻。这些御林军，个个铁甲披身，骑马挎刀，弓在马背，箭囊在后，宛如一个个铁铸魔王环视皇城，对每一个企图接近皇城的人还以冰冷得毫不掩饰的杀意。

皇城里面是层层叠叠的大殿，不知道有几千间。站在高处望整个皇城，就会有错觉天上的宫阙飞落到人间，壮阔、威武、富丽、堂皇，堪称掌握天下的中枢之地。

皇城东面的偏殿是内阁大臣们为皇帝分忧，处理朝政的地方。

天色已经暗了下去，皇宫里面掌起了灯笼，内阁大臣们都回去休息了，只有洪玄机还在那里，一本一本地整理各个州府、行省的奏折，选出重要的呈给皇上。突然传来一阵脚步声音，门外掌值的太监高声叫道："皇上驾到。"

"臣叩见皇上。"听见太监在外面高唱皇上驾到，洪玄机立刻走出屋子深深躬下身子。他身上宽大的锦服被拉扯到了地面。

"爱卿免礼。"一个和悦的声音传来，走进一位戴着九龙金冠，上面镶嵌葫芦大楠珠，身穿明黄袍子，脚下锻靴的老者。

这个老者和洪玄机一样，两鬓微微斑白，面如白玉，气息旺盛，步履四平八稳，自有一股掌握天下的气度。如果脱去这一身的九龙金冠、明黄锦绣袍，换上一身同样的衣服，这位手握天下社稷神器的大乾君主竟和洪玄机极其相似。这相似并不是相貌上的，而完全是气质上的。只是乾帝却比洪玄机多了几分苍老。

"玄机不用多礼。朕是用过晚膳散步走到了内阁殿而已。这些天，朕升你为太师，主管文宰，你的事情又多了一些，每天都要忙到半夜三更，倒是苦了你。"乾帝和颜悦色，像是对一个知心朋友说话，显示出了君臣之间亲密无间的融洽。

"臣自幼打熬得一身好筋骨，熬夜算不了什么，为国分忧，为君减劳，这是臣的本分。"洪玄机恭敬地回答。

"不要君臣奏对，这不是在朝堂上。"乾帝摇摇头，"朕现在老了，时常想起二十年前在青杀口，咱们两人被大军围困，你背着朕逃进山里。云蒙的太师宇文穆追杀我，你身受一百多处刀枪箭伤，带着亲兵和宇文穆交手，最后和太上道的梦姑娘联手惊退了他。朕每次想起来这些，仍心有余悸。当年咱们君臣肝胆相照，一同打猎烤火，如今却产生层隔阂似的。难道做皇上，注定要做孤家寡人？后来朕听说你和梦姑娘结为百年之好，本来想给梦姑娘封个诰命的，可你却拼死辞掉，朕只好作罢。"

"君臣礼法，不能不尊。臣身为太师，掌管天下文事，当为天下群臣做表率。梦冰云是太上道传人，又是青楼贱籍，臣若是不推辞，定会丧乱礼法，为群臣所诟病。皇上说到道门，臣还是要劝谏一句。道士是方外化民，以鬼神修仙的邪门歪道蛊惑百姓，又不从事生产，不尊礼法，天下稍微动荡，他们非但不会为君王守节，还会生出异心，动摇江山社稷。皇上请取缔册封的太上道、方仙道、正一道。"洪玄机恭敬地道。

"你说得对。那些道门，在天下动荡的时候，不为君王守节，依附新的势力，企图把持神器，左右人君，这点实在可恶。不过，道门之中高手众多，要取缔他们虽不是难事，却要防止他们狗急跳墙。眼下只能安抚着，这事得从长计议。"乾帝点点头，"朕听说你巡视科考的时候，被李神光那愣头青顶住了？李神光这人，就是个死脾气，在金殿之上劝谏起来，能顶得朕一愣一愣的。朕已经下旨训斥他了。"

"国有净臣，不亡其国。李神光有古之大臣的风度，就是太不讲礼法，当堂咆哮。臣当时说参他，也是压压他，免得他以下犯上，破坏朝廷规矩。"洪玄机把腰稍微弯了弯。

"左右，都退下！"乾帝突然挥了挥手，身后的护卫、太监全部退到了百步之外。

"听说民间兴起了两股邪教？无生道、真空道，两次嵌入你的侯府刺杀？"乾帝询问道。

"臣已经把此事写成奏章，呈给皇上，不知道皇上过目了没有。"洪玄机点头。

"朕自然看过。"乾帝的目光中闪过毫不掩饰的凌厉，"你的对策很好。也罢，既然他们要闹，朕正好引蛇出洞，顺便考教考教太子和其他皇子的应变能力。"

# 第二十章 痛惩恶贼

洪易坐轿子回到了府邸。府邸里面的人对他的态度明显改善了许多，平时不理会他的奴仆，看见他会停下手中的活计，恭恭敬敬地叫一声少爷。

到了桂花厢房，紫玉、红玉、黄玉、蓝玉却不知道哪里去了，一个都不在。洪易只好自己倒茶。歇息了一会儿，又去旁边的马厩看追电马。

追电马被两个马夫日夜伺候，过得很安逸。就在和追电马说话的时候，洪易听见身后有脚步声，回头一看，是侯府之中最为神秘的吴大管家。

"侯爷刚刚回家，叫少爷过去。"吴大管家就说了一句。

洪易点点头，跟在后面，到了正府之中。

洪玄机坐在厅堂的中央，见洪易进来，道："你中了举人第一名解元，现在是士绅的身份，今天我就不训斥你了。今天叫你过来，只是叫你不要得意忘形，知道吗？"

"是。"洪易点点头，迟疑了一下，"孩儿想搬出去，游历一段时间，长一长阅历见闻，再回来考进士。读万卷书，行万里路，谨遵圣贤教诲。"

"搬出去吗？"洪玄机垂下眼皮，"你现在是士绅的身份，既然要搬出去游历，尊圣贤教诲，道理上也说得过去。不过，出去之后你如果仗着举人的身份作奸犯科，坏我侯府的名声，我一样不会饶了你。吴管家，到账房支一千两银子，再把赵寒叫来，让他跟着洪易随时照料着。"

"赵寒？"洪易一愣，没有想到洪玄机会派人跟着自己。

不一会儿，吴管家提了一个包袱过来，后面还跟着一个人。这个人身穿灰色的衣服，脸上隐隐约约有一道蜈蚣模样的疤痕，身上透出一股阴森森的寒气。

"这是从赵家过来的人？"洪易一听这人的名字，就知道赵寒肯定是赵夫人娘家的人，还是个武功深不可测的高手。

"赵寒是个管账的能手，你出去游历，身上的银钱可交给他打理。去吧。"洪玄机挥挥手。

"我就知道，赵夫人不会让我如意的。等我离开侯府再做计较。"洪易深深地看了一眼洪玄机，转身走了出去。

"易少爷，我来帮你收拾东西。"就在洪易走出门的时候，一身灰色衣服，浑身阴森森的赵寒说话了。他提着沉甸甸的包袱，慢条斯理地跟在后面，声音尖锐之中带着戏谑，听起来就好像是一只猫看着自己爪子下的老鼠。洪易感觉这就是猫玩弄老鼠时才有的语调，好像自己根本不能逃出他的手掌心一样。

洪易沉着脸色，不吭声，直接回到桂花厢房收拾东西，准备明天一大早上就去给沈天扬、沈铁柱、宇文小穆入籍。

可他哪里知道，刚刚进屋，跟在后面的赵寒就对紫玉、黄玉、红玉、蓝玉下命令，俨然一副主人的架势："你们把易少爷的随身带的东西收拾好，尤其是金钱一定要收拾好，交到我的手上，以免遗失。掌管好少爷的钱财，这可是侯爷交给我的任务，半点都马虎不得。"

"什么？"洪易一听这话，又见紫玉、红玉、黄玉、蓝玉这四个丫鬟阴阴一笑，把他藏在箱子里面的银钱包都拿了出来，交到赵寒的手上。洪易气得血一下涌到了脸上。

"怎么，易少爷？"赵寒双手交替掂量了掂量沉甸甸的银钱包，仰起脖子，一双眼睛里只有戏谑。

"好，很好。"洪易点点头，回身坐到床上。

"少爷要休息了，我就不打搅了。"赵寒阴笑道，转身坐在房间前面的走廊上，将几个装满银钱的大包袱放在旁边。

洪易见赵寒盘膝，闭眼，面对门口，一动不动，一口一口地吐出气息，那气息竟然形成了长长的白线，好像白蛇钻进钻出，万分吓人。洪易不由得心中一震，感慨赵寒的武功深不可测。

"赵夫人在南方的势力果然了得。上次来个曾嬷嬷，这次又来个比曾嬷嬷厉害十倍的赵寒！"洪易心中一面算计着，一面洗漱，然后脱了衣服上床。

"父亲明明知道赵夫人会对我不利，却派赵家的人来跟着我，难道想置我于死地？就算我母亲出身不好，现在人已经升天，有什么事情也不应该牵扯到我的身上来。"在床上静静地躺着，想起这些日子洪玄机对自己的种种，心里寒意深深。

"等我中进士，封爵位之后，和父亲平起平坐了……"洪易闭目，进入了深沉的内观弥陀境界，将周围的任何动静察觉得一清二楚。这个赵寒太恐怖，洪易小心防备。

第二天，外面鸡叫才过三声，天还没有亮，洪易就起床了。

听见洪易起床的声音，赵寒睁开眼睛，嘴角一丝冷笑："易少爷这么早就起床了？这么心急出门，不多睡一会儿？"

"我昨天请了马车，让他们这个时候到门口等我。你把我的东西收拾好，一起搬出去。"洪易道。

"紫玉、黄玉、蓝玉、红玉，你们快点帮少爷收拾东西。"赵寒喝道。那四个丫鬟走进来，搬洪易的两口大箱子。

洪易提了斩鲨剑，背了白牛弓，带上箭，从马厩牵出追电马，出门。

赵寒提着银钱包袱，寸步不离地跟在后面，眼睛盯着洪易的斩鲨剑和追电马，露出一丝贪婪的笑容。

洪易深深地看了一眼身后笼罩在黑暗之中的侯府，长长吐了一口气。

"易少爷，你不用叹气，迟早会有回来的一天。嘿嘿。"赵寒干笑了两声。

洪易不理会他，一抖缰绳，喝一声"驾"，追电马四蹄轻踏，走在马车前面，朝玉京城天桥旁棋盘大街的杂货铺子奔去。

到了杂货铺子门口，刚好看见沈天扬出来开门，一看是洪易，连忙要下拜。

"你们开门真早，这才三更天。"洪易立刻阻挡住，下了马，进了铺子，嘱咐车夫将箱子搬进铺子后，命他立刻遣返回去。

赵寒看着这个沈天扬，眉头皱了皱。

"老儿给恩主牵马。"沈天扬接过洪易的缰绳，将马牵到了铺子后面的天井中。

洪易一手按住剑，坐定，冲沈铁柱、小穆点点头道："今天给你们办入籍文书，你们虽然是我的仆人，但我不会亏待你们的。"

"小老儿当然明白。"沈天扬笑着。

"赵寒，给我取三百两银子出来。"洪易吩咐赵寒道。

"易少爷，这些是什么人？银子可不能乱花。三百两银子的支出，太大了。还有，你为什么要帮这三个人入籍？知道他们的底细吗？这事情我得调查清楚，以免易少爷你结交匪类，损坏了侯府的名声。"赵寒嘿嘿地冷笑着。

"你放肆！"洪易突然一巴掌拍在桌子上，差点把木桌子拍散架了，"你是什么东西，我堂堂举人，大乾朝的士绅，何等的身份？！你一奴才，也敢以奴欺主！我不办你一个家法，你不知道厉害！天扬，铁柱，拿下这个刁奴！"

洪易这一动怒令在场所有的人吃了一惊。

赵寒没有料到，洪易会突然发作。他微微后退，冷冷一笑，目光环视了一下四周，眼前突然一片血红，鼻子里面也闻到了浓烈的血腥味，随后，他就看见了一个红发獠牙、手持刀轮的魔鬼，从血红之中猛地跳出，一刀向他削来。

"神魂迷惑之术？哼！"赵寒很快就清醒过来，双眼发出精光，向前踏出一步，双手挥舞，齐齐击出，迸发出强大的力量。他的身体好像一个大火炉，气血剧烈运转，阳刚之气逼人，眼前的景象立刻消失了一大半，那手持刀轮的红发魔鬼居然被无形的力量阻挡在外面。

"小子，你找死？曾嬷嬷果然是死在你的手里！"赵寒眼睛狠狠地盯住洪易。

"铁柱，动手！"沈天扬虽然不清楚发生了什么事情，但肯定先帮洪易擒拿下赵寒准没错。他一挥铁烟斗，打向赵寒的太阳穴。

与此同时，一根巨大的铁棒朝赵寒当头砸下。

嘭！沈铁柱一棒砸下来，空气呼啸，屋子里面立刻刮起一阵狂飙，窗户上糊的纸被震得啪啪做响，威势惊人，骇人胆魄。这力量，别说是人脑袋，就是石狮子也要被打个粉碎。

在狭小的屋子里面很难施展长兵器的威力，但是这个铁塔似的壮汉大开大阖，舞动长长的铁棒，没有一点束手束脚的样子，可见他对棍棒、空间的掌握已经到了很微妙的境界。

沈天扬的铁烟斗也毫不含糊，直击赵寒的太阳穴，老江湖的狠辣诡异展现无遗。

父子两人联手，一个小巧打穴，一个刚猛砸头，配合得恰到好处，显示出了丰富的实战经验。

洪易在这一刻按剑直坐，神魂震荡不已，正在降伏罗刹王的反噬。

他在拍桌子勃然大怒的瞬间，观想出来的罗刹王攻击赵寒的神魂，却没有想到，赵寒居然用强大的气血和阳刚之气，硬生生地逼迫罗刹王，丝毫不能近身。

洪易虽然没能伤到赵寒的神魂，却牵制住了他。洪易默守内观，在一个呼吸的时间，镇压住反噬的罗刹王，神志无比清醒。

"当断不断，反受其乱！"

洪易熟读经史，深知这个道理。古代皇帝灭杀内奸赐死权臣，都是雷厉风行，以迅雷不及掩耳之势下手杀掉，先机占尽。

"赵寒深不可测，又是赵夫人的人，留在身边越久，就越危险！今天不除掉他，他就有所警觉，再找机会下手就难了！"洪易心神崩得紧张。

"你们找死！"赵寒爆发出了阴冷的狂笑，身体一扭，躲过了铁棍砸头，一只手突然变成利爪，生生擒拿沈天扬的烟斗。

沈天扬脸色一变，下面一脚"狮子滚球"踢出。

嘣！

赵寒腿下好像长了眼睛似的，截住沈天扬的腿，又发出冷笑，手臂用力，纯铁烟枪居然折成两截。

赵寒身体诡异地闪烁，呼吸之间一连攻出十多招，迫得沈天扬连连躲闪。瞬间占上风的赵寒用凶狠的目光盯着洪易，狂笑道："小杂种！"他身体如风，闪到洪易面前，手朝洪易的脖子抓去。

　　洪易只觉眼前的指甲寒光闪烁，劲风扑面，闪避不开，居然没时间抽出斩鲨剑。

　　就在这时，沈铁柱一声狂吼，茶杯粗的大铁棒直撞向了赵寒的后脑勺。

　　赵寒无法迫进，霍然回手，猛地一抓，抓住了铁棒的棒头，硬生生地抵住沈铁柱的攻击。

　　"撒手！"赵寒猛地一抖，沈铁柱顿时全身乱颤，大吼一声，双手死死地握住铁棍，虎口一丝鲜血流了出来。

　　"嗯？"赵寒没有想到沈铁柱居然还能拿得住铁棍，于是眼中寒光一闪，见一拳正无声无息地攻来——正是沈天扬迫近。

　　这一回合令赵寒乱了脚步。洪易瞄准了时机，锵一声斩鲨剑出鞘，直接刺向赵寒的后背。赵寒背后仿佛长了眼睛，猛地一扭，好像蛇一样避开洪易这一剑。

　　"恩主，剑给我！"一旁的小穆突然出手，搭上了洪易的手。

　　"好！"洪易把手一松，斩鲨剑就落到了小穆的手里。

　　小穆握紧剑，整个人好像变了一个模样。洪易感觉到这个小女孩所有精气神都贯注到剑上，手上寒光闪动。刷刷刷，三剑如流光一般，精确度、手法都比洪易高明几倍。

　　"蝶舞剑势？玄天馆？"这时，赵寒刚刚闪躲过沈铁柱父子的攻击，正要反扑，身后却剑风袭来，连忙闪身，眼睛看到了小穆的剑势，尖叫一声，忽地朝四面看了看，怕有什么埋伏，同时身体外窜，竟然要窜出去。

　　"罗刹王！"洪易哪肯让赵寒窜出去，眼神一动，又发出罗刹恶魔的幻象进行攻击。在激烈的战斗中，赵寒神志有些消耗，刚刚又看见小穆的剑势，神志稍微震惊，气血散乱，让罗刹恶魔迫近了身体，失去先机。

　　刷！

　　小穆一剑划过，下沉，挑断赵寒的腿筋。

　　沈天扬也抓住这个机会，双手擒拿反扭住赵寒的双手。趁赵寒猛烈挣扎，沈铁柱一棒擂下来，打在他的肩膀上，咔嚓一声，骨头粉碎。赵寒被沈天扬、沈铁柱死死按在地上。小穆刷刷两剑断掉了他的手筋。

　　赵寒终于没了挣扎的力量。

洪易闭目，再次降伏了罗刹王，长长一喘息，坐在椅子上，好像虚脱一般。刚才如果稍有差池，后果不堪设想。洪易对赵寒的武功产生了深深的忌惮。

"恩主，您的剑！"小穆走了过来，递上剑。

洪易将斩鲨剑归了鞘，按住剑柄，调匀呼吸，正襟危坐。看着被按住的赵寒，他竟有一丝掌握大权的快意。

"他实力如何？天扬，你看得出来吗？"洪易问了第一句话。

"恩主，此人武功深不可测，全身筋骨大成。小老儿没有估算错的话，他已经是巅峰武师，正开始锻炼内脏。好在他还没有练得内外一体的真正先天境界，不然小老儿今天非死在这里不可。"沈天扬蹲下身体，把地上的两截铁烟枪拣了起来，看看被赵寒一把捏断的部位，眼角跳了跳，心有余悸。

"先天高手是'铜皮钢骨铁脏腑'，这家伙在围攻之下气息稍微散乱，可见脏腑并没有练到家。先天高手不畏惧道术迷神之法，刚刚恩主施展的是道术吧？"想起刚刚电光石火般的交手，沈天扬看着洪易问。

"不愧是一个老江湖，竟然察觉出来了赵寒的两次失误。真精明！"洪易心中暗想，没有回答他，一手按剑柄，一手搭在桌面上，一副发号施令的架势。

刚刚洪易观想罗刹王攻击赵寒，一切都是神念交锋，无形无影，直接印在对方的神念中，旁边的人是一点都看不到，听不到的。

"是已经开始向先天境界迈进的巅峰武师吗？"洪易第一次碰到赵寒这样的高手，"这样的高手，就算是在军中讲武堂也能混得到不小的官职，却来赵夫人家做奴仆，赵夫人家的势力到底有多大？我今天拿下他，以后赵夫人还会派什么人来？"

"小杂种，你做得好，很好！"赵寒虽然被按在地上，手筋脚筋全部被挑断，但眼睛依旧凶光毕露，像受伤的毒蛇，阴狠不减。

"小穆，掌嘴。"洪易目光寒光一闪。

"是，恩主。"小穆走上前去，伸出手，左右开弓，啪啪啪抽了赵寒几个大耳光。

赵寒虽然是筋骨皮大成的高手，但用脸皮硬抗手掌还是第一次，更何况，小穆是不错的练家子，手上功夫硬朗，他的脸立刻红肿起来，嘴角被打出血来。

# 第二十一章 亡母冤情

　　赵寒安静下来，以令人毛骨悚然的眼光看着洪易，冷冷地道："你隐藏得真深，连赵夫人都没有发觉你在偷偷修炼道术。肯定是那个死鬼贱人梦冰云偷偷传给你的吧？！你也算是大奸之徒，连洪玄机都没有看出来你修炼道术。你真是胸有城府之深，心有山川之险。赵夫人若是早偷偷除掉你，哪里还有今天！"

　　"梦冰云，谁是梦冰云？"洪易从赵韩寒嘴里听到这个名字，心没由来地一紧，连忙问道。

　　"哈哈哈哈，太上道的杰出弟子梦冰云都不敢告诉儿子自己的姓名，真是窝囊到家了。"赵寒听见洪易这么一问，先是一愣，随后大笑起来。

　　"梦冰云是我娘的名字吗？"洪易一下子就明白了，他想起和镇南公主在书房看到的梅花图。梅花图上写着"乾道子赠玄机兄梦冰云"。

　　"太上道，梦冰云，母亲原来叫梦冰云？"洪易心中一阵激动，不知道是什么滋味。

　　在洪易七岁的时候，母亲就死了。在他的记忆中，母亲虽然异常的美丽，但常年病病歪歪，好像从来都没有开心地笑过。谁也没有告诉洪易母亲的名字，就连牌位上也只写着"洪氏"，连姓都没有。

　　母亲也从来不打骂洪易，洪易调皮，她只是皱眉。

　　母亲皱眉的动作，是洪易小时候印象里最深刻的东西，那如烟云一般的眉黛，皱得让人心碎。

"太上道和我母亲是怎么回事？你给我说！"洪易一拍桌子，眼睛死死地盯着赵寒，握着剑柄的手指一动一动，好像随时要拔剑斩杀一样。

"你想知道吗？嘿嘿，回去问洪玄机吧！想从我口里掏出东西来，做梦吧，小杂种！"赵寒阴笑，"你今天这样对我，出不了几天，赵夫人会替我报仇的！"

"你母亲不是气死的，是被赵夫人暗中下了焚筋散，活生生痛死的。嘿嘿，你知道焚筋散吗？吃下它会疼痛数十天，全身筋骨内脏撕裂一般的痛，最后气血干枯而死。你娘死的时候你就在身边吧，哈哈，心情如何啊？嘿嘿，小杂种，当初赵夫人一时手软没有了结你，要不然，哪里轮得到你这样嚣张！"

"什么？"洪易听到这里猛地站了起来，眼睛早已血红。

他想起母亲呕血的日子，的确是天天躺在床上，眉黛皱起从来没有舒展过，两只手抓着被单，都破了好多块。他问母亲怎么了，痛不痛，母亲却自顾摇头，一句话都不肯说。

一股滔天的怒火，从洪易的心里升腾而起："害母之仇，不共戴天！此仇不报，枉为人子！"洪易一只手狠狠地抓着剑柄，捏得咯吱咯吱做响，另外一只手抠住桌面，指甲断裂，鲜血喷涌了出来，竟浑然不觉。

"恩主，小心这家伙挑拨！"沈天扬连忙道。

洪易这才从滔天的怒火之中稍微清醒过来，勉强制止住提剑到侯府问个究竟的冲动。

"你休想激我做莽撞之事！"洪易看着赵寒，脸色寒冷得可怕，"你说赵夫人那婆娘害我母亲，我父亲明察秋毫，下毒药的事情岂会不知？还有，我母亲既然是太上道的子弟，一身功夫道法定然玄通，又岂能被害死。还有，太上道的人为何不来侯府报仇？"

"嘿嘿，太上道讲究游戏人间，太上忘情。梦冰云动了情自作自受，太上道的人没有清理门户算她侥幸！替她报仇，做梦！嘿嘿，梦冰云怎么死的，洪玄机当然知道。你想知道当年的事情，还是回去问你老子吧。快点回去，你老子会给你说个明白的，嘿嘿……"赵寒说到这里，阴笑个不停。

"天扬，把他的嘴掰开！"洪易长长吐了一口气，强忍住内心的剧痛。

"你要干什么！"赵寒厉声叫道。

洪易不说话，看着沈天扬猛地捏住赵寒的嘴巴，一下把斩鲨剑拔出来，刺进他的口里，一绞，扑哧，一条血淋淋的舌头被割了下来。

"身为奴仆，强抢主人钱财，口辱主人先母，还对主人动武，罪不可赦。我不杀你，只是对你行家法，让玉京府的衙门收拾你。大乾律三千八百九十六条，我背熟在心，你不要以为身后有赵夫人，我就收拾不了你！"洪易猛然起身，"你们看好他，我先出去一趟。"

"恩主，你到哪里去？"沈天扬连忙问道。

"我去一趟镇南公主府，再给你们弄户籍。"洪易提剑骑上追电，远去。

哒哒哒哒，一连串的马蹄声惊破了浓浓的晨雾。

初春雾气很大，天虽然蒙蒙亮，玉京城宽阔的街道却依旧是朦胧一片，处处灰蒙蒙一片，口鼻里面呼吸的都是清凉的雾气。

洪易的心剧烈地颠簸着。他正纵马朝着侯府奔去。他知道现在去侯府问母亲的死亡真相很危险，但他真的控制不住自己。

看见浓雾之中侯府黑森森的大门像魔鬼一样张着大口，洪易猛地一拉缰绳，马停了下来。

浓雾的清凉，让他沸腾燥热的心清醒了一些。

"实力，足够的实力！我大乾皇朝律法不阻止血亲复仇，我有权利直接冲进侯府责问父亲，拖出赵夫人那贱人，可是，我现在太弱小了，无论是势力，还是力量，都敌不过赵氏那贱妇！"

洪易了解洪玄机的性格，容不得半点顶撞，自己贸然闯进责问，只怕被当堂打死。

赵家在南方，早在前朝大周的时候就是名门望族，天下大乱依附大乾太祖从龙，势力极度膨胀，可谓是根深蒂固的几百年大族世家，岂是洪易一己之力可以撼动的。

"一生所托非良人。"洪易骑在马上，望着侯府，想起热泪长流的母亲。

"苏沐是玉京城第一才女，母亲在二十年前也是。那天碰到苏沐，我就觉得她不简单，没想到是太上道的人。这样联系起来，母亲真是太上道的人。母亲不告诉我这些，是为了保护我。迟早，迟早有一天，我会把事情弄个水落石出。"洪易暗暗下了决心，手紧紧握住剑柄，"赵贱人，我一定取你贱命奠祭我母亲的亡灵！还有，洪玄机，你若真是放任赵氏陷害我母亲，我定不放过你的，我要你跪在母亲的灵前忏悔！"洪玄机在洪易心中的威严瞬间瓦解，只剩下愤恨。

洪易恨不得仰天呼啸，发泄心中无边的怒火。但是他终究没有这么做，紧紧地咬住嘴唇，咬出血来。

"大义！名分！复仇！公道！"洪易反复咀嚼着这四个词，突然调转马头，转身朝镇南公主府奔腾而去。

镇南公主的府邸就在南面正阳大街尽头。

正阳大街是玉京城亲王、郡王居住的地方，足足有十多里长，处处树荫，流水小桥，大街都是用巨大青石板铺成，干干净净，一尘不染。

天微微亮，亲王、郡王府的豪奴们都已经起来，打扫的打扫，出夜香的出夜香，买菜的买菜，一车车的生猪、鲜菜等东西送个络绎不绝。

洪易奔到公主府邸前面，立刻下马。两个站得好像木桩一样的护卫喝道："什么人？"

"我是公主的好友洪易，特来拜见。"洪易亮了亮手中的斩鲨剑。

"原来是洪公子。公主刚刚起来，正在院子里面练剑呢，您这就进去，不用通报了。这是公主吩咐的。"一个护卫上来牵马，另外一个护卫恭敬地领路。

"真是异国他乡的情调。"洪易一进镇南公主的府邸，就看见四处都是满树桃花，香气四溢。这桃花不同于大乾的桃花，一朵朵的花，足足有碗口大小，是神风国特有的品种。

神风国是岛屿国家，岛屿上处处桃花，一到春天，火红一片。

"这宅子好像是皇上亲兄弟云亲王的住宅，后来云亲王夺嫡失败，被抄家赐死，宅子就空了下来。赐给镇南公主也才一两年，就布置成了这样。"洪易看着，暗暗惊讶镇南公主洛云的财力和能力。

这宅子比武温侯府还要大，洛云嫌它太复杂了，拆除了很多院墙，现在看起来宽敞明亮，没有武温侯府层层叠叠、深幽似海的感觉。

在一块足足有千步见方的大练武场中，洪易看见身穿白衣，腰系火红丝绸带子，刷刷舞剑的洛云。

"洪易，你怎么来了？"洛云看见了洪易，立刻停了下来，远远叫道，"听说你考中了举人，还中了解元，真厉害啊！我本来想去找你，但是你们侯府规矩太大了，不好随意去。"

"我现在搬了出来，成家立业，公主可以随时找我。"洪易连忙道，随后猛地一躬身。

"洪易，你是这干什么？"洛云把手中的剑丢给了护卫，拿过一柄折扇把玩着，好像风流倜傥的公子哥儿。

"公主，我有一事相求。"洪易道。

"什么事情？咱们知交好友，用得着这么客气吗？"洛云拿扇子碰了碰洪易的手臂，呵呵笑着。

"事情是这样的……"洪易说出了今天早上缉拿赵寒的事情，同时把赵夫人派人控制自己的事情也说了一遍，"公主只要派人给我做个证人，说这赵寒以奴欺主，抢夺主人财物，辱骂主人先母，他就无法翻身了。"

"想不到你在侯府受了那么多的苦，现在考出来了，赵夫人还要控制你，岂有此理！"洛云大怒，扇子猛摇，"我这就陪你去玉京府衙门。"

"左右护卫，备轿！"洛云果然是一如既往的干脆，立刻就行动起来。

当洛云和洪易带人压着无法说话的赵寒来到玉京府衙门的时候，玉京府尹立刻开门迎接。有洛云做证，赵寒立刻被定了抢夺主人财物的大罪，当堂打了一百大板，打得半死昏迷不醒，压入大牢。

洪易顺便帮沈天扬、沈铁柱、小穆三人入籍做了他的仆人，备了一份案底，说他们原是京郊人士，前来投靠的。一切做得无漏洞可寻，天衣无缝，洪易这才安下心来。

这些事情办下来，天色已经大亮，雾气散去。洪易用马车将自己的东西运到了城外玉京观租住的地方，暂时安顿下来。

他把沈铁柱、沈天扬、小穆叫到了房中，思量后决定把牛魔大力拳教给沈铁柱，急速扩充自己人的实力。他的小小家族，相比赵夫人、武温侯不值一提，但毕竟是他日渐壮大的根基。洪易暗中发誓，终有一天闯进侯府，当面向洪玄机问个清楚，如果事情真的像赵寒说的那样，他决不手软！

雾气散去，阳光升腾起来。春天的晨光，和煦无比，清新带有朝气，让人神清气爽。

武温侯，正府，正在吃早饭。

早餐十分丰盛，除了十碟精致的点心、蜜饯、果子之外，还有燕窝粥、乳麦粥、莲子粥、蜂蜜调乳等十多种养生粥点。

粥点之后，就是一小罐一小罐拳头大的乌鸡山参汤、五味羊肉汤、乳鸽汤、鲫鱼脑髓汤等十几种补元气、调精神、滋养内脏的汤。

那些糕点、香芋、小馒头等主食都用新鲜摘下来，清洗得干干净净的花瓣装点在盆子里面。食物的香气沾染花露的清香，不说吃上一口，就算是闻到了，足以沁人心脾。

准备这样一桌子早点，侯府正府之中的厨师、侍女三四十人，要从三更起床一直忙活到大天亮。

此时，赵夫人用雪莲煎熬的茶汤漱过口，坐到位子上，在一大堆丫鬟侍女的伺候下，享用早餐。

每天这个时候吃早餐，是南方赵家多年来养成的规矩，雷打不动。赵夫人是侯府中的主人，也把南方世家的奢华、讲究、大体面带到侯府来。以往都是赵夫人一个人安静地享用早点，但是今天她对面却坐了一个人，这个人也是身穿霞帔，头上金钗翠珠，年龄大约在三四十岁之间，显然也是一位贵妇。

"姐姐，你也太节俭了一些，一顿早点才这几样食物。要知道姐夫现在可是当朝太师，一人之下，万人之上，你可不能失了体面。"这个贵妇人细细喝了一口丫鬟用精致细碗端过来的燕窝粥，看着桌子上的早点，笑着道，"咱们赵氏，在大周时就是名门望族，到了大乾，更是随太祖开国从龙，功勋彪炳，咱们家老太君的早餐五十道粥点汤面。以姐姐如今的地位，用餐太节俭了一些。"

"你姐夫不喜欢奢华，以简治家，为朝廷群臣做表率。我作为他的正妻，要为他管理这个家，不能让外人说三道四，戳脊梁骨。"赵夫人道。

"以简治家是不错，但也不能丢了体面。"贵妇人笑着，随后脸色阴沉，"姐姐，是不是那贱人的阴魂不散，生出的孽种开始翻腾了？当初你就该把孽种弄死。"

"要翻腾，也翻腾不起大浪来，你不是带赵寒过来了吗？以赵寒的身手，还控制不住那小孽障？"赵夫人淡淡地道，"我也是走眼了，本来以为那孽障只会死读书，没有想到他竟蠢蠢欲动。不过这也不是什么大事，他就算出了侯府，也逃不出我的手掌心。在侯府里面，有些事我做反倒不方便。"

"紫玉，你等下去和赵寒联系，把那小孽障的一举一动都告诉我。"赵夫人吩咐原来监视洪易的紫玉丫头。

"赵寒的身手在我们赵家护卫死士里面虽然算不上顶尖儿的，却也出类拔萃，有他看着那小孽障，那是极稳妥的。"贵妇人道，"听说今天天还没有亮，那孽障就搬出去了，倒也聪明，只是聪明得过头了一些。"

"夫人，不好了！"黄玉慌忙跑了进来。

"什么事情大惊小怪的，没有规矩，等一下去刑房领十个嘴巴。"赵夫人眉头一皱，喝道。

"夫人饶打，玉京府尹差了衙役过来，说我们侯府的赵寒抢夺主人财物行凶逃跑，被镇南公主的护卫当场拿下，现在关进大牢，已经定了案，要流放三千里到边疆，与披甲人为奴。"

"什么，你再说一遍！"赵夫人猛地站了起来。

黄玉又说了一遍。

"反了，反了，那小孽障，简直是反了！他哪里来这么大的能耐？"贵妇人尖叫起来，"姐姐，你给玉京府递个条子，把赵寒放出来就是了。肯定是那小孽障陷害他，我们就来个翻案，革了他的举人功名，收拾他易如反掌。"

"紫玉，你们到大牢里面看望一下赵寒，快去快回，禀告情况。"赵夫人坐下，转头道，"妹妹，这里是玉京，不是南方。这事情牵扯到了镇南公主，会影响神风和大乾的邦交，不能乱来。"

　　过了一会儿，紫玉回来禀报："赵寒在大牢里面，被挑断了手筋、脚筋，舌头也被割掉了。我们去看的时候，他已经奄奄一息了，神志模糊，没有问出什么东西来。"

　　"什么？"赵夫人一听，猛地把桌子一掀，一桌子点心全部摔到地上。

# 第二十二章 金丹显形

城外，玉京观清净的院落厢房之中。

"恩主，小老儿如今才知道官府的厉害，那一顿杀威棒打下来，就算是小老儿我也吃不消，更何况那赵寒受了重伤，手筋、脚筋被挑，舌头被割，已经失血过多，再打了那一顿，我怀疑等不到发配三千里，他就死在牢里面了。"

整个玉龙山都是玉京观的地盘，每年都有很多人上香、拜神、游玩。玉京观修建了很多院子，租给达官显贵的家眷居住，用来赚银子。

洪易暂时租住在这里，一是图山水好，二是图玉京观里高手如云，一旦发生了什么事情，可以得到保护。

沈铁柱手提铁棍，站在院子中央，正兴奋地练习牛魔大力拳。他人高十尺，水牛一般的强壮，手提铁棒，就好像金刚力士。

小穆在房间里面收拾东西。

沈天扬站在洪易的身后，看洪易教沈铁柱拳法。

一个简单的家。

"恩主，我刚才清点了一下，咱们一共有四十枚赤金饼，十二枚黄金饼子，银钱四千三百五十两，绸缎四十匹，笔、墨、纸、砚、书、弓、剑、马匹，这些财物都不算在其中。"小穆从屋子里面匆匆走出来，向洪易汇报清算财物的结果。一个家最重要的便是打理财物，清算收入支出，做到条理分明。钱财打理不好，家迟早要败亡。

洪易现在的财富，有元妃的赏赐，还有几个同年举人送的贺礼，另外有一千两，是出来的时候，从侯府账房支的。

洪易点点头："天扬，你等会儿到城里去，拿上几匹绸缎，做几套合身的衣裤穿上。咱们先在这里住上一两个月，一是把精气神体力养好，练好拳，二是找机会买田买地，买房子，把家立起来。"

"是这个理儿。恩主现在虽然有几千两银子，但坐吃山空，不能不好好筹划，要有进项才好。还有，恩主身为举人，光我们三个伺候着，也太少了，要不小老儿计划计划，到四处乡下打听打听，有没有愿意卖身为仆的。"沈天扬也计划起来。

"那不用，跟在我身边的人，必须是信得过的。我可不希望再来一个赵寒。"洪易摇摇头。

虽然有了举人的身份，放话出去，肯定有人为贪图免税前来卖身投靠，但是洪易不想身边多一些乱七八糟的人。

"这钱财的进项，以后是个问题，我又不会做生意，身上几千两银子，难保以后不捉襟见肘。钱财这东西，一时半会儿也想不出什么好办法，只能慢慢来。当下先增强实力再说。就算赵夫人派杀手害我，也得顾忌方仙道的道士。如果能自如运用血纹钢针，就不用怕赵寒那样的高手了。"洪易暗下决心，转身对小穆道："小穆，我还有一柄精钢长剑，是宫廷里面赏赐的，虽然比不上斩鲨，但也锋利，你就拿着防身，切记不要带出去，容易被追究。还有，你们三人，也花点银子，一人一匹马，有紧急应变的事情，可以立刻就走。"

"小老儿会养马，挑选马匹有几分眼光，这个事情保证办得妥当。"沈天扬老汉点了点头，搓搓手，出去办事情了。

"小穆，铁柱，咱们来练武吧！把你们所学的拳法，都演练一遍看看。"洪易转身道。

"好！"沈铁柱瓮声瓮气地答应一声，将棍子一磕，一套猿魔混神棍已经施展了出来。

开始的时候，棍还上下翻飞，劲风只是呼呼做响，但是到了后来，满眼都是棍影，洪易闻到了铁棒和风摩擦的铁星燃烧味儿。

嘭！

大铁棒最后猛一下拍击到地面上，整个地皮似乎跳了起来。

沈铁柱收棒而立，只是微微喘息了两下，脸色又恢复了正常，显示出充沛的体力。

洪易走过去，将铁棒拿在手里，异常沉重，好像是开八十斤的柘木牛筋弓一样。试着挥动了两下，洪易便觉得腰酸背痛，两手酸麻，更别说用它来打人了。

"恩主，这根铁棒有九十八斤，我现在只能舞出花来，做不到泼水不进。听村里面的人说，大禅寺的印月和尚把猿魔混神棍练到最高境界，能把镇井锁龙的铁柱子舞得好像铁球裹着身体，几十个人用桶泼墨，都被棒挡掉，一滴都沾不到身上。当真是佛祖附体了。"

"镇井锁龙的铁柱子？"洪易吃了一惊。

一般大家族、寺庙、道观挖的井，又大又深，有的古井连着泉水，里面放养着鱼、乌龟等动物，以防投毒。为了防备几百年、上千年后井水里生出妖魔、蛟龙、水怪来，就用铁打造一根柱子，粗得像人的大腿，有两三人那么高，上面雕刻符箓，放在井旁边，求个心里安稳。

洪易在武温侯府时也看过这样的柱子，要几十个人用绞索拉才能拉得动，大禅寺的印月和尚，居然能拿起来，而且舞得泼墨不进，这是何等的神通。

洪易想想就觉得恐怖。

"牛魔大力拳，一共有三式，我这些天，全部传授你，等你练好了，再传授你虎魔炼骨拳。你若是全部练好了，我再传你灵龟吐息诀，保证你一身铜皮钢骨铁内脏，先天大成，纵横无匹。"洪易鼓励沈铁柱。

"什么？恩主，你还会虎魔练骨拳？"沈铁柱一听兴奋起来。

"灵龟吐息诀？这不是太上道的一门吐纳功夫吗？它和玄天馆的天蛇射息功齐名。"小穆眉头一皱，好像是回忆什么。

"天蛇射息功？"洪易虽然熟读《武经》，却是第一次听见这个名字，"小穆，你以前在玄天馆学过功夫，给我讲讲。"

小穆思索着："我自打有记忆起，就在一座很多白木房子的城堡里面练功，有人看着我，不准我出去，也不告诉我那是什么地方，不准我和别人说话。一直到了前几年，突然有几个武士闯进来，把我带了出去，说有人要杀我，然后我就被人追杀到这里。现在才知道，我学艺的地方，叫玄天馆。"

"你的身世是个谜团，不过不要紧，慢慢会知道的。"洪易摇摇头，叹了一句。

"我在玄天馆的时候，偷听别人说话知道了不少东西。玄天馆有一门功夫，叫做天蛇射息功，和太上道的灵龟吐息功齐名。天蛇射息功好像是馆主的妻子——什么天下八大妖仙之一的天蛇王创出来的一门精深功夫，很多人都想学，但没有几个人能学得到的。"

"那你学到了没有？"洪易问。

"我没有，我只会两门功夫，一是天缠手，二是蝶舞拳法。"小穆摇摇头。

"嗯，咱们练功吧！"洪易也不多问，摆开架势，开始苦练。

整整一天，洪易都在和铁柱、小穆两人讨论武学，终于把猿魔混神棍、天缠手、蝶舞拳法这三套功夫的基本套路、运力法门勉强弄了个清楚。

练了一天武功，天色黑了下来，吃完饭，洗漱完毕，洪易坐到床上，定住神魂，回想起白天所看到的武功："猿魔混神棍是一套完全摧残杀敌的棍法。玄天馆的天缠手是锻炼筋肉的无上法门，和牛魔大力拳简直不相上下，而且一刚一柔，若配合在一起，简直阴阳亲密无间！"

玄天馆的天缠手，和牛魔大力拳有些相似，但心法却截然不同。练牛魔大力拳的时候，心神要沉稳，然后如火如爆，如绞钢丝，锻打钢铁，神志要崩得紧紧的，如开硬弓。而练天缠手的时候，却是心思细腻，不紧不慢，舒缓好似纺棉线、抽蚕丝，神志无比轻松，如在云中漂浮。

洪易想了想，心思一动，站起来，练了一套牛魔大力拳，打得热血沸腾，随后改练天缠手。这一下转换，他突然觉得头脑晕晕乎乎，好像是伤了神魂一样，无比难受。

"糟糕！这两套拳招式虽然相近，但心法截然不同，练牛魔大力拳的时候心烈如火，天缠手却心如浮云，这两种心情转换，就好像是大喜大怒，伤人神魂！两套拳法不能一起练！"洪易总算是明白了这个道理，坐回床上静静观想《过去弥陀经》里的虚空大佛，不一会儿就修复了受损的神魂，更觉神采奕奕。

"咦？怎么回事？"洪易稍微活动一下身体，就觉得无比畅快，无比活泼，身体每一处都在欢呼跳跃。

"这是阴阳相济的现象啊！"《武经》中记载，练功之后如果出现这种现象，表明做到了真正的阴阳相济，水火相融，身体和谐。练功练到最佳状态，才会出现这样的情况。在这种状态下练功，一次相当于普通状态下练功的十次、二十次。

洪易喝了白子岳的琼浆酒之后，每次练功都会出现这样现象。白子岳说，除非到了先天武师的巅峰境界，灵肉合一，每次练功才能调整到最好状态，完全掌握好身体阴阳，武功突飞猛进。而他灵肉没有合一，每次练武都需要用琼浆酒调和身体气血阴阳。

"原来，大禅寺的武功和玄天馆的武功，一阳一阴，练功时的心态截然不同。如果同时练，就会损伤神魂。但是这两种武功，却有调和身体阴阳的功效。我有弥陀经，能修复神魂把这两种功夫放在一起练，从而次次达到最佳状态，跟喝琼浆酒的功效一样！自然能改善体质，甚至，甚至比铁柱的体质还要好！"洪易豁然开朗。

"我要不要把弥陀经传给沈天扬、沈铁柱，还有小穆呢？让他们练起武来事半功倍，急速壮大我的势力。"洪易突然犹豫了一下，摇摇头，"天之重宝，不能轻授于人，否则反受其祸。弥陀经这种无上经卷很容易带来无穷无尽的杀身之祸，反而害了他们！"

天之重宝，不能轻易传授，否则必遭横祸，这在史书上有无数个例子。在没有足够的实力之前，弥陀经的秘密不能被任何人发现。

"武功要慢慢练，不急不躁，晚上还是修炼神魂吧。"洪易闭上眼睛，施展出宝塔观想法，神魂又从顶门跳出。

神魂出壳，处处清风吹拂，洪易觉得无比的畅快。在院子里面游荡了一会儿，洪易神魂归壳。这里是玉京观，方仙道的根基，不知道隐藏了多少高人，神魂出游，说不定会被道士当作妖魔鬼怪灭了。

一连半个月，洪易几乎闭门不出，在院子里面练武修神，生活上有小穆照顾伺候着，饭来张口，衣来伸手，过足了惬意的日子。

　　小穆虽然年纪小，但在江湖漂泊了两年，非常懂事。洪易时常唤她出去买些补药回来滋补，小穆养了半个月，越发地容光焕发，出落得水灵。她每天都和洪易一起练武，甚至还和洪易对练。洪易发现一个惊人的秘密——小穆的武功比洪雪娇还要高，而且根基扎实。每次对练洪易都会被小穆打倒在地。

　　洪易每天都在晚上，练完牛魔大力拳练天缠手，再修炼弥陀经，进入阴阳调和的最佳身心状态。

　　半个月时间，他没有急于练皮膜突破到武士的境界，而是继续锻炼筋肉，打牢根基。他感觉浑身有无穷的力量，尝试舞动铁柱的铁棒子居然能舞出花来，全无腰酸背痛之感，筋肉的力量足足增大了三成，洪易感觉现在的自己可以打倒两个以前的自己。

　　这天，风和日丽。

　　小穆骑了一匹沙栗儿马，洪易骑了追电马，两人在官道上奔驰，来到了无人的山林小道。小穆红扑扑的脸蛋，头发被风吹得一起一伏，十分开心。

　　洪易看见她这个样子，想起了幽谷之中的小狐狸，觉得十分温馨。

　　这些天，沈天扬老汉花了五十两银子从城里牵回三匹膘肥体壮、四肢修长的沙栗儿马。

　　这种马是大乾朝北方的马种，虽然远远不如追电，却也是上等马，擅长长跑、负重，体能极好，训练之后，可以当作战马使用。北方的农民也用它来翻地，一匹马当十个人的力量。

　　"恩主，我好开心。"小穆背着一张柘木的八十斤牛筋弓，骑马反手张弓，搭箭，一连三箭，竟然箭箭都射中了百步之外的一棵树上，排列成了一个"品"字，整整齐齐。

　　"好箭术！不要叫我恩主了，听得别扭，就叫我易哥哥吧。"洪易也反手张弓，连射三箭，在树下面射出了一个"品"字。

　　"好，易哥哥，看我的蝴蝶穿花射！"小穆咯咯地笑，双腿一夹，竟然在马背上左右穿花，上起下落，开弓穿插，好像是跳舞的舞蝶，箭不停地射出来。

　　洪易看得呆了，极高的马术射艺才有这种的花式射法，人好像粘在马上，可以躲避敌人的箭矢，及时还击。

"这是蝶武拳法中的弓箭技术，我有时间教你！"小穆咯咯笑着。

"好，天色已晚，咱们回去吧。"洪易抬头看了看天色。

"好！"

两人一纵缰绳，纵马朝来路奔去。

"什么人惊扰我修炼？刚才，那小女孩使的是蝶舞拳法？这是我们玄天馆的秘传，从不落入外人的手里，怎么会出现在这个小女孩的身上。莫非？莫非她就是馆主寻找的人？这次馆主派我们进入大乾，一是配合白猿王、香狐王的计划，二是寻找宇文太师的……这个女孩很像……我得追查一下，她住在哪里，晚上出去看看。"

就在洪易和小穆奔腾而去的时候，山林小道上突然走出了一个身穿白色衣服，头发两边散着，额头上系了一根彩色带子的女人。

这个女人穿的是云蒙国的女装，她远远跟着马蹄追了过去。

直到天黑，她追到了玉龙山下，看见洪易和小穆进了一座院子里。

"玉京观？方仙道的地盘？里面高手如云，我要办事，要快速一点！"趁着黑夜，女人在院外隐藏好，等待了许久，从怀中取出一道充满了火药味道的符纸。符纸上有密密麻麻的火焰形图画。

她又取出了一枚鸡蛋大小的金银色的丹丸。她用符纸包裹住丹丸，冲地下一丢。

嘭——

符纸暴开，声音很小，但火光强烈，纯白色的火焰，把丹丸烧成了气。一股银色的蒸气升腾而起，女人坐着不动，神魂出壳，钻入丹气中。顿时，银色的丹气迅速变化成了一个身穿银甲，高三丈，宛如天神的女武士，面目和她一模一样。她猛地一跳，直接跃过围墙，进入院内。

嘭！整个院子都震动了一下。这银甲巨武士，好似有纯银的重量，不似蒸气，也不是幻觉，竟然是实体。

一跳入院中，高大的银甲武士二话不说，一拳就打破了门。厚厚的木门，好像是纸糊的一样，一捅就破。之后，巨大银甲武士伸出大手，朝门里面掏，就好像是掏鸟蛋，抓向屋里面的人。

一套天缠手演练完毕，洪易长长吐气，眼睛猛然睁开，烁烁生光，显示出了旺盛的精力和强健的体质。洪易下床拿起挂在墙壁上的一张弓，站好，猛然一拉，一下便成了满月。随后换着姿势再拉，在五息之间，开弓五次。这是一百二十斤的柘木白牛弓，元妃赐的。

"我明明没有把浑身的皮膜练得坚韧如牛皮，却能扯得动一百二十斤的弓，这是武士的境界！看来天缠手、牛魔大力拳放在一起锻炼，以弥陀经连贯起来，真有夺天地造化之机！如果我把全身的皮膜练好，力气大增，就能以武士的境界与武师抗衡，这就是体质强悍的好处！最近神魂修炼得也大有长进，明天看样子又是一个好天气，我就在正午烈日炎炎之下，神魂出游一次，看看能不能自如游荡。"自省了一遍功夫修炼，洪易决定明日正午阳光暴烈的时候出壳一次，冲破最后一重关口，使日游大成，一举成就阴神驱物的境界。

洪易听见隔壁呼呼的拳脚声，是沈铁柱在练习牛魔大力拳。这些天沈铁柱这铁塔一般的壮汉日夜练功，心思淳朴，武功突飞猛进，很快就能跨进武师的行列了。洪易毫不怀疑自己再把虎魔练骨拳教给沈铁柱，他半年之后会筋骨大成，成为真正的武师，又凭着天赋异禀和猿魔混神棍的凶悍，定能和先天境界的高手媲美。

耳边又传来了隔壁小穆悠长的呼吸声。"小穆虽不会道术，但一心一意地练功，心思纯净，倒比法武双修进展要快得多。"洪易点点头，准备脱衣服上床睡觉。

就在这时，轰隆一声巨响，震得床跳了一下，好像陨石从天空砸到地面。

洪易吓得心怦然跳动了一下，手一动，就抓上了床头的斩鲨剑，准备出去看个究竟，却听嘭的一声，木门好像是一片树叶被击飞，一只足足有脸盆大小，闪烁着银光的大手向他抓来。

洪易闻到了一股扑面而来的浓烈的铅汞燃烧气息。他看见门外站着一个足足三丈高，浑身银光，好似银铸的女神将探进大手来。

"这是什么东西？道术！借物显形！"洪易不禁骇然。

如果是普通人，碰到这样的情况早就要被吓得肝胆俱裂，浑身软绵绵的没有力气，但洪易是修炼道术，熟读道经，应变能力极强的人："这是铅汞金丹之气被神魂驱动，显化出来的实体，不是幻象，能伤害肉体。"

只见大手就要抓到自己的脸，洪易怒吼一声，退后一步，斩鲨剑出鞘，一剑劈向那只大手。

这只大手五指猛地紧握，一下就抓了剑身，洪易一回抽，剑却好像是陷入了胶泥之中，死死粘住，抽不出来。

"嗨！"洪易再次怒吼一声，双手抓剑柄，用力一震，脚下用了牛魔之力，猛地把剑从大手之中拔了出来。

再次闪身，手指在剑上轻微一抹，扑哧，手指被割破，鲜血顿时涂抹到了剑身之上。

热血喷射出来的刹那，自然有一股阳刚之气破了阴魂邪气。气血强大的人，虽然被皮膜包裹着，阳刚之气仍旧能透射出来，震慑阴魂，洪易远远没有洪玄机气血强大，但他的气血如团团烈日火焰，能助长剑斩杀阴魂的威力。

剑身刚一遇到血，洪易接连几剑劈出，全部砍中大手，再也没有粘住的感觉，把大手劈得稍微散乱了一些，让它凝聚不成形体。剑身之上，多了一层银灰色的粉末。

"阴神显形，依附铅汞之气，不能长久，就算高深的鬼仙，也最多只能维持一炷香的时间。而且这大手显然不能凝聚缩小，威力不足。阴神显形，并不是越大越好，形体越大，力量越散。只有神魂强大到了一定地步的，才能凝聚成真人大小，力量集中，发挥出威力来。"洪易心中琢磨。

"什么人？"就在这时，屋子里面的人也都惊醒，沈天扬、沈铁柱、小穆赶了过来。

"咦？"屋子外面巨大的银身女武士惊讶出声。

在洪易诧异的目光之中，银身女武士的身体急速缩小，最后从三丈高，竟然缩小到了沈铁柱那样的大小，浑身银光紧密，实质感越来越强烈。银身女武士一下抢进房子里面，一拳朝洪易轰击过来。

拳头还没有到，洪易就觉得面前劲风呼啸，喘息不过气来。她拳头的力量，竟然比赵寒还强，好像是稳稳踏入了先天境界的高手。

# 第二十三章 阴神驱剑

　　一个顶尖的武师能轻易拉起三四百斤的神臂弩，两臂需要有提起五六百斤的力量。大乾皇朝就是用神臂弩测试武师的力量。而先天武师更是恐怖，双臂挥舞之间就有八百斤甚至上千斤的力量。

　　银甲女武士一拳击来，洪易瞬间估计出来，这一拳有上千斤的力气，是标准的先天武师境界，可以把一个一两百斤重的人生生击飞。

　　面对这一拳，洪易自知躲闪不及，沉腰扎根，双手握住斩鲨，一剑劈击，迎向了银甲女武士的拳头。

　　嘣！

　　拳剑交接，洪易只觉得斩鲨好像是劈在了铸铁上，爆出了耀眼火花。以斩鲨剑的锋利，竟然只能稍微切进拳头之中，可以想象得出这拳头有多坚硬。

　　轰！

　　银甲女武士拳头一甩，洪易整个人跌飞到床上，把床压得咯吱咯吱响，木板断裂了几块。

　　"好厉害！"洪易忍住剧烈的疼痛，滚落下来，以剑驻地，看见沈铁柱冲进来，手持铁棒，狠狠砸向银甲女武士的脑袋，给了洪易缓一口气的时间。

　　"这显形出来的神魂，凝聚起铅汞之气，有着先天武师的力量，比先天武师更为凌厉！先天武师是血肉之躯，是不敢用拳头硬碰我的斩鲨！"洪易心中骇然。他没有料到自己手持斩鲨这等神兵利器，仅仅是一个照面，就被打飞全身疼痛，要不是牛魔大力拳练到了火候，皮膜有了三分坚韧，他现在已经爬不起来了。

"不过，这等神魂显形并不灵活，力量是大，身体也坚硬，不畏惧刀剑，但比不上赵寒诡秘的身法。"洪易一瞬间就判断出了银甲女武士的不足。如果是一个真正的先天武师，浑身上下刀枪不入，身法如鬼魅，他一个照面就被杀死了。这银甲女武士步法不快，腾挪时灵活性还是差了一些。

"好个赵夫人，我住到了玉龙山玉京观，她还敢派人杀我，莫非一点都不惧怕方仙道的势力！我若是死在玉京观里面，方仙道也难辞其咎。"第一时间，洪易猜测是赵夫人派人来杀自己了。

嘭！嘭！嘭！打铁一样的声音传来。沈铁柱的棍法果然凶猛。练了半个月的牛魔大力拳，他的力量足足大了三成，一式"猿魔搅海"，铁棒舞起花，打向了银甲女武士的脑袋。

银甲女武士用手格挡，和沈铁柱拳棍交接，凶猛地碰撞在一起。连续三声碰撞，赵铁柱的虎口被震破裂，流出血来。银甲女武士身体稍微散乱，洪易明显地看见地面落了很多银白色的灰尘，她身上的银光也渐渐暗淡下来。

与此同时，沈天扬、小穆各持兵器，和沈铁柱配合进攻。

"嗨！"洪易猛地站起身来，四人团团围绕住银甲女武士，铁烟枪、铁棒、两柄剑，凶猛招呼。沈天扬的烟枪被赵寒折断，这些天又去铁匠铺打造了一杆更大的。

这次不比围杀赵寒，洪易不敢施展神魂观想之术。女武士本就是阴神，到了显形的地步，强大无比。施展观想迷惑，只怕自己会被对方打得魂飞魄散。

"这是道家阴神依附金丹显化的金身，虽然力大无穷，刀枪不入，但可以用大力震散。她现在支持不了多久了！"洪易高声提醒。

"呵呵呵，爆！"银甲女武士脸上突然露出诡异的笑容，发出干笑的声音，嘭的一声，整个身体一下爆开。

洪易只感觉这一下，中间的气流好像海浪一样狂涌而来，扑打得他不由自主地朝后飞出去，眼前一片银白，口鼻之中充满了铅汞刺鼻的气味。更为重要的是，自己的神魂好像被梦魇镇压住了一般，可以看见，可以听见，就是不能动弹。

"又是神魂镇压之术？"道术之中最为普通和常用的就是神魂镇压之术，俗称"鬼压身"，一旦镇压住人的神魂，整个人什么都能感觉得到，就是控制不了自己的身体，好像被困在牢笼之中，承受恐惧、无助、寂寞的折磨。洪易现在的神魂强大到了日游的境界，境界不比她高一两个等级，休想镇压得住她的神魂，但是这个银甲女武士瞬间爆开，他被银甲女武士的强大怪异弄得心神慌乱不定，硬生生地被镇压住了神魂。

沈铁柱、沈天扬、小穆也都不能动弹了。小穆的身体被一股无形的力量托了起来，朝着院墙之外飞去。而沈天扬、沈铁柱只能眼睁睁地望着。

"原来她不是冲着我来的，是冲着小穆来的。以为这样就能够镇压住我的神魂？"洪易的神念突然运起弥陀经，整个神魂一阵轻松，手脚恢复了动弹的能力，立刻拿起柘木白牛弓，取箭，提剑，身体一闪冲出门，跑到旁边的马厩，跨上追电马，冲出了院门。

追电马不愧是神马，被洪易全力催动，四蹄一纵，一下就是五六丈，好像猛虎跳涧。洪易骑在马上，迅速张弓，搭箭。他看清楚在下山的道路上，一个白衣女子抱着小穆纵身奔跑。洪易纵马追了上去，瞬间就相隔两百步，弦响，一箭射出。

那女子听见背后声响，猛回头，身体朝旁边一闪过，箭落了个空。

在月光下，洪易看见对方十分惊讶的脸。

"刚才她施展神魂显形，驱物把小穆抓了出去，现在神魂归壳，来不及施展法术，我得打她一个措手不及，否则，她一旦回过神来，我就死无葬身之地！"纵马冲出来，一箭射出去之后，洪易紧接着施展出自己全部的骑射技艺，连续开弓，嘣……七箭连射，追电马的马势把箭术的威力发挥到极点。

大马，强弓，利箭，瞬间连射。

一道剑光从女子身边升腾而起，上下挥舞，竟然把射过来的七只箭一扫而空。女子冷哼一声，手一挥，洪易就觉得眼前一黑，分不清楚东南西北，脑中天昏地暗。

"乌鸦阵？"洪易心中一惊，知道这是迷神之术，神念之中运起弥陀经，眼前又恢复了清明，再次张弓搭箭，又是连续五箭。

白衣女子剑光飞舞，一连格挡开了四支箭，但是最后一支洪易射得十分刁钻，一箭穿透了她的背部。

白衣女子根本没有料到洪易不怕迷神之术，一时失算，竟然被一箭射中，整个人栽倒在地上。

"得手了？"洪易在马上气喘吁吁，刚刚连续射出了十多箭，且是一百二十斤的强弓，一气呵成，消耗了他巨大的体力，现在有点腰酸背痛，手脚麻软。

"这女人到底是什么来路？看衣服不是大乾国的人。道术真强大。"洪易仍心有余悸，"她的剑居然能拨开我的箭！"洪易收了弓挂在马背上，手握斩鲨剑柄，正要策马奔腾过去，救出小穆。

"你敢伤我，找死！"躺在地上的白衣女子突然间一声清咤，也没有见到她怎么动弹，就见一道剑光竟然飞跃了两百步的距离，斩向洪易的脖子。

这剑光快得不可思议，就好像是硬弩射出来的箭，丝毫不比洪易刚刚的弓箭逊色。

"不好！"洪易虽然小心提防，但仍旧没有想到对方的飞剑刺杀居然这样快，白光一闪，就到了自己面前，寒气袭体，脖子上的汗毛都竖立了起来。在这千钧一发之际，追电马终于发挥了战场上的闪躲能力，不用洪易指挥，四蹄一跃，足足跃出了四五丈高，剑落了个空。

这一瞬间，洪易看清楚了那是一柄雪亮的奇形短剑，二指宽，小臂长，悬浮在空中。一下没有斩到自己，剑似人般迟疑一下，又朝他飞来。

锵，斩鲨剑出鞘。

洪易飞快拦截住了斩向自己的飞剑，两剑碰撞在一起，飞剑一转，又向洪易刺来，洪易翻滚下马，手中的剑再次挑中了飞剑。

一连十多剑的碰撞，洪易的斩鲨死死咬住不断翻飞的飞剑，而飞剑悬浮在空中，不停地刺、击、劈、压、叨、点。

在洪易下马之后，追电马奔到了很远的地方，怕殃及池鱼。

洪易感觉飞剑好像是被一个无形的人操纵着。

"这是阴神出窍驱动飞剑和我比剑，只是我看不见而已。我的斩鲨剑不能伤害阴神，她的飞剑却能刺杀到我，她立于不败之地，我只能苦守，她御剑的力量真大啊。"
飞剑显示出强大的阴神驱物能力，每一剑碰撞，都震得洪易手臂发麻。

"你是谁？刚刚中了一箭受伤不浅，还敢阴神出壳驱剑来杀我。你不知道魂一离体，身体就越发虚弱，只怕你还没有杀死我，肉身就死了，等下归不了窍，就等着在天地之间消散吧！"洪易拼命抵挡，倾尽全力喝道。

果然，悬浮的飞剑迟疑了一下，突然飞回去，归入鞘中。随后，地上的那个白衣女子慢慢站了起来，被箭刺伤之处血流如注。

"好骑术！好箭法！好马！"白衣女子突然把肩膀上的箭拔了出来，从随身携带的带子里面掏出了一个瓶子，倒出一点粉末，敷在伤口处，血就止住了。

小穆躺在地上，依旧不省人事。

神魂离体，身体就成了空壳，容易被邪气入侵，刚刚白衣女子受了重伤，还神魂出壳，伤势越发严重，要是再挨个一时半刻，真的气血枯竭，无药可救了。

"你为什么不怕我的乌鸦阵？你修炼的是哪一派的道术？"白衣女子开口问洪易，语气强硬。

"乌鸦阵个鬼！"洪易又张开了白牛弓，箭上弦，瞄准了白衣女子，"快点弄醒小穆，束手就擒，你是跑不了的。刚刚说不定惊动了方仙道的人，你想死无葬身之地吗？"

白衣女子脸色微变，知道自己流血过多，很难躲开箭："你保证不杀我，我就束手就擒。她脸色越来越苍白，不想和洪易继续相持下去了。

"你先弄醒小穆！"洪易道。

"好！"白衣女子眼神一动，地上的小穆睁开了双眼，猛地蹦起来，手立刻拧住了白衣女子的脖子。

小穆刚刚被镇压住了神魂，刚刚发生的事情她知道得清清楚楚，只是身体不能动弹。现在神魂镇压一被解除，她立刻起身施展拳法，把白衣女子身上的飞剑死死捏在手里。

洪易嘘了一口气，放下弓："跟我们回去！"

白衣女子苦笑了一下，问道："你为什么不怕我的乌鸦阵？你修炼的是什么道术？你的神魂不怎么强大，驱物都没有到，为什么可以解除我的镇魂术？"

"我还没问你呢，你倒先问我了！"洪易冷笑道，"我劝你少动鬼心思，你的道术对我没有用。"洪易故作高深莫测，吓唬白衣女子。

果然，白衣女子再不敢轻举妄动了。虽然她受了重伤，但若是不顾两败俱伤，阴神出壳施展道术，洪易不见得擒得住她。

吓住了白衣女子，洪易感觉局面全部都在自己的掌握之中。

"小穆，你看着她，把她身上的东西都搜出来，我来救醒天扬和铁柱。她再有什么动作，立刻杀了她。"洪易和小穆压着白衣女子又回到了院子里面。

院子里面因打斗一片狼藉，地面好几个巨大脚印，散落着厚厚一层铅灰汞灰，房门破裂，木头乱飞。

沈天扬、沈铁柱父子俩神魂被镇压，躺在地上一动不动，还没清醒过来。

小穆拿着精钢长剑，用剑尖抵住白衣女子的脖子，她的手很稳，只要稍微一动，就能划破白衣女子的喉咙。

白衣女子脸色极其苍白，脚步虚浮，好像随时都要摔倒在地上，但是她的精神毫不颓废，眼神烁烁生光。

小穆另外一只手在白衣女子身上搜摸着，从她背后的一个小背袋之中搜出一个小盒子、一瓶药，还有几张散发着淡淡火药味道的符。她将这些连同奇形飞剑一起，丢到床上，不让白衣女子接触到。

洪易点点头，默运神魂，一下跳出躯壳，施展出观想入梦之术。

被镇压住神魂的沈天扬、沈铁柱只感觉到自己梦中突然出现了洪易，手一挥，一道金光闪过，自己浑身束缚尽去，跳跃了起来。

"好厉害的邪法！小老儿行走多年，江湖上那些迷惑人心神的邪术，也见识了不少。早年小老儿曾跟随大禅寺的和尚学过两手，遇到这样的邪法，心中观想罗汉降魔的威猛，邪法就迷惑不了，但是今天这样厉害的邪术，小老儿闻所未闻。"沈天扬直咂舌头。

"哼，我玄天馆的黑魔乌鸦阵，岂是小小的罗汉威严破得了的？要破我黑魔乌鸦阵，要么神魂比我强大，以力破术，要么就是佛门的诸天菩萨观、道门的周天星神观，这些无上法门才抵抗得了。"白衣女子冷哼一声。

"你练的是什么道术？为什么就这么破了我的黑魔乌鸦阵？"白衣女子又问道。

"天扬，你把屋子收拾一下，明天到城里喊个木匠把院子的门修补一下。铁柱，你到门口把守着，如果有道士听见动静过来问，你就说我是处理家事。"洪易坐在椅子上，没有理会白衣女子的问话。

过了一会儿，洪易问白衣女子："你叫什么名字？是什么人？为什么抓小穆？"

"你先回答我，你修炼的是什么功夫？"白衣女子对洪易叫喝着。

"现在你身为阶下之囚，还大呼小叫！快点回答我的问话！"洪易一拍桌子喝道。

小穆手中的剑跟着紧了一紧。

"我姓慕容，单名燕，乃云蒙玄天馆黑魔堂首座完颜乌的弟子，云蒙赤炎侯慕容家三小姐，你想把我怎么样？"白衣女子傲然道。

"玄天馆，黑魔堂，完颜乌，云蒙赤炎侯，慕容家？"洪易点点头，"原来还是名门小姐，又是武学圣地出来的弟子，难怪会有这么高的道术。你为什么要掠走小穆？"

"我在寻找宇文太师尸解之后的转世之身。"慕容燕道，"而她会我们玄天馆的武学。当年，我们玄天馆寻找了十多个女孩子，都有可能是宇文太师的转世之身，于是把她们一一带到馆中，修炼武术，好以后分辨到底谁才是太师的转世之身。后来这些女孩子全部被人劫走，我们玄天馆必须把她们都带回去。"

"你说谎！"洪易站立起来，在房间之中走来走去，一手按着斩鲨剑的剑柄，竟然透露出了几分凌厉的杀气。

"道家尸解之术精深无比，转世之后不会迷惑神志，不会有胎中之谜。我熟读经史笔记，知道云蒙当年的太师宇文穆道术精深，武技通玄，位高权重，怎么会尸解失去神志，还要你们来分辨？"

慕容燕似乎吓了一跳，以为洪易要干什么，失血过多的脸上越发苍白。

"宇文太师当年是和太上道教主梦神机斗法，被梦神机的九火炎龙伤了肉身，不得不尸解转世。尸解转世时出了一些差错，这是我们云蒙的秘密，你当然不知道。好了，我就回答这么多，我的身体失血过多，要休息一下，你帮我买药材回来，我自己治疗，需要修养一两个月才能复原。"慕容燕一口气说了这么多的话，脸色又苍白了几分。

　　"你还颐指气使？不说你私闯民宅，就说是云蒙国的人，私入大乾，带剑行走，就是一个奸细之罪。我把你送到玉京府大牢，你自己知道是什么下场！也许你在云蒙颐指气使惯了，但这是大乾，你的身份一钱不值，只会为你增添灾祸。"洪易冷笑一下。

　　"好了，这次是我认栽，你说怎么办？"慕容燕无奈道。

　　"第一，你可以留在这里养伤，但我得收缴你身上的一切东西。第二，我问的一切事情，你要有问必答。"洪易道。

　　"要怎么样才肯放了我？"慕容燕问道。

　　"眼下还谈不到。"洪易按住剑柄，坐回到椅子上。

第二十四章 成就阴神

　　初夏时节，暑气渐渐上来了，偶尔有那么一天阳光特别强烈，虽然说不上流火烁金，天地如炉，但在正午时分，人站在烈日之下，也会觉得全身焦热，皮都要被晒脱一层。

　　洪易选择一个阳光特别强烈的正午，骑马来到玉龙山附近的荒野寻了一处阴凉的树荫，盘膝坐下，默默镇神冥想，调魂运力，准备突破神魂，凝练游魂，变成阴神，达趋物的境界。只有修为到了驱物的境界，道术才能真正有防身用武之地，而不像以前只能伤害神魂，施展迷神之术。

　　"慕容燕道术高深，居然到了显形的境界，现在虽然身体受了伤，但阴神却能溜出来作怪，令人防不胜防。过一些时候，她的伤势稍微好一点，只怕会反抗，我练到了驱物的境界，凭借血纹钢针，能够制服住她。我不把她怎么样，只想从她那里套点东西出来。我母亲是太上道的人，叫梦冰云，她和太上道教主梦神机是什么关系？我现在修炼道术完全是盲人摸象，没有传承哪一门哪一派，倒还有许多疑问。"好不容易碰到了慕容燕这个玄天馆的人，洪易怎么能不旁敲侧击地好好问问。

　　"乘她伤势没有好转，我把修为精进一步再说。我若是修炼到了鬼仙的境界，有梦神机那样的神通，还怕不能替我娘讨公道！云蒙的宇文太师宇文穆，当年可是威震四方，是和我父亲洪玄机一样的人物。梦神机的九火炎龙把宇文太师烧得不得不尸解，九火炎龙，九火炎龙……"洪易喃喃念叨着这个道术。

　　九火炎龙乃是以神魂御火，化为九条巨大的火龙，融金化铁，人一旦被火龙围住，立刻就被烧成灰烬。火乃是阳刚之气，阴神根本不能驱动，就算是勉强驱动，也要烧伤自身，火焰越强，对自身神魂的伤害越强。洪易听慕容燕提过一句，梦神机的九火炎龙就算入水也不会熄灭。曾经有人在大海之中烧死了纵横南方海域的黑鲨岛黑鲨王，以及南海迷魂湾的十八岛海盗头目。

这样强大的道术，已经超脱了世俗，甚至可以藐视皇权。

洪易隐隐心惊——九火炎龙，强大到了这般程度，难怪太上道称太上。

洪易听白子岳说过，太上道教主梦神机没有练到阳神成就神仙，道术若是修炼到阳神又是怎么样强大？洪易不敢想象。

洪易摒除一切的念头，进入无量寿、无量光的阿弥陀之境。洪易觉得自己的神魂饱满，突然施展出了宝塔观想法，神魂猛地脱壳而出。

正午，阳光强烈。洪易神魂一跳出来，就感觉到全身针刺一般地难受。眼前白茫茫的一片，好像置身于火海之中。

"好家伙！"洪易完全神魂出壳。神魂一游荡起来，周身的刺痛更甚，真的宛如千刀万剐。

"凌迟乃是最残酷的刑法，我现在遭受到的痛苦，大概和凌迟相差不多！武功虽然难练，但比起道术，实在是太轻松了。"浑身如千刀万剐，但洪易神魂没有归壳，而是越游越远，直到在白茫茫的天地火海之中，完全看不到了自己的躯壳，完全感应不到自己的躯壳，才停止游荡。

孤独、绝望的情绪油然而生，如在暴风雨的海洋中落水，奋力挣扎却看不到船只，自然是无比绝望。

洪易在正午烈日之下脱离躯壳远游直到感应不到自己的肉身，正是要断绝自己归壳的后路，真正置之死地而后生，不这样，难以断绝心中侥幸的念头。这么做很危险，但是他领悟到了弥陀经的精髓，千百世不寐本性，真如不动的境界，因而能快速修补神魂——天地火海之中洪易的神魂欲散，但洪易心中不动，忍受住种种疼痛，观想弥陀经，周身立刻清凉，欲散的神魂凝聚起来，观想自己神魂内部有一轮烈日，暴散朵朵火焰，遍布神魂。

这一观想，清凉又全去，无边的炎热顿生。

这是内观心火，而外面的太阳炎热，却是外部的真正火焰，炙烧神魂。

内外火夹攻，煅烧神魂。

这下心火一起，配合上天地之间的太阳阳刚真火，洪易神魂的难受强烈了十倍，绝望也比刚才强烈十倍。

"死了算了，省得受这样的煎熬！放弃算了。"洪易心中第一次生出消极的神念。

"千百世不动本心，无量寿、无量光……"洪易倾尽了全部意志，才把这股只求速死的神念镇压下去，把自己的神魂和弥陀经中的那尊大佛融为一体，全力感受着无量寿的境界。

神魂在火中，摇摇欲灭，但就是不散。镇压住种种念头之后，洪易感觉自己的神魂好像变成了弥陀佛那样的金色佛陀，好像真金不怕火炼，反而在火中越炼越纯。

也不知道过了多久，洪易运转弥陀经功法，抗衡内火外火的锤炼，只感觉到身体越来越清凉，越来越纯净，越来越坚实。

轰隆！

洪易的神念之中自己化身的那尊金色弥陀佛突然全身大放光明，浩大无边，充塞整个天地宇宙，天地之中的漫天火焰转换成了柔和的光。

无量光。

洪易放开自己的神念，只见再也不是白茫茫刺目的一片。

炙热感消失了，烈日照在洪易神魂上的感觉竟然和照在肉身上的感觉相似——这说明，神魂逐渐实质化，介乎于虚和实之间，已经成就了阴神。

这一步，虽然是一步小小的突破，但对于修炼道术的人来说，却是质量的飞跃，把自身游魂练就成阴神，就意味着真正跨入了修道的门槛。

成就阴神，只是修道的开始，后面的路子还很长，以后的显形、附体、夺舍、雷劫、阳神，一步比一步难修。阴神只是个入门，但古往今来有许许多多修道的人穷其一生，也无法把自己的游魂凝练成阴神，最后肉身枯竭，神念消散在天地之间，无影无踪，落得个魂飞魄散的下场。

　　远远地，洪易看见自己的身体坐在阴凉的地方，一动不动。没有成就阴神之前，洪易根本看不见自己的肉身在哪里，四周一片火海，三步之外不能见物。现在，自己的身体，在千步之外，却能看到。

　　神念一动，洪易感觉到自己的神魂悬浮在空中，沉稳无比，再也没有以前游魂时飘飘荡荡的感觉。神魂在空中游走，速度也比以前快了很多倍，虽然比不上追电马的速度，但也相当于一般马匹奔跑。

　　捏了捏拳头，洪易甚至感觉到阴神拳头实质般的细腻，有力量伸张的感觉。

　　神魂正要归壳，心中突然一动，落到地面，抓向一根枯枝，手依旧从枯枝上穿了过去，但是当洪易全部的神念一下猛聚集在手上的时候，手一紧，居然牢牢地握住了枯枝。

　　终于能够驱物了。

　　"如果这时候有人看见，只能看见一截枯枝无缘无故地漂浮在空中。"洪易扔掉了枯枝，轻轻一笑，神魂归了壳。

　　洪易从怀里掏出一个木头盒子，打开盒子，里面有三样东西，自然是《过去弥陀经》、血纹钢针和爆炎神符剑。

　　"这爆炎神符剑的气息却是恐怖。"洪易逐一扫视着三样物品，当眼光落到爆炎神符剑剑身上密密麻麻紫颜色火焰形状符文的时候，感觉到这把小匕首就好像是一座压抑了很久的火山，随时都会爆炸。洪易心中警惕，心想暂时不要驱动这柄匕首。

　　"不如试试，我现在到底能驱动多重的物体？"洪易定住神魂，跳出了体外，凝聚神念，驱动枯枝、小石头等东西。

　　一时之间，荒郊野岭中枯枝飞舞，石头乱丢。

　　轰隆隆——一块牛脑袋大的石头悬浮在空中，突然飞去，砸在大树上，嘭的一声把一棵大树砸得树皮裂开。洪易把自己神魂的力量练得能驱动大约八十斤到一百斤的物体，只是自己身体力量的一半。神魂也能施展拳脚，但力量和速度都只是自己肉体的一半。洪易似乎有点儿明白了真正先天武师灵肉合一之后的恐怖。

　　"出剑！"洪易神魂一闪，抓住了斩鲨剑的剑柄，飞身到了树顶，上下舞动，树枝树叶纷纷落下。

"终于知道为什么有修道之人用飞剑，而不是用刀、枪、棍、棒，因为阴神驱物，力量只有肉身的一半，而剑轻灵，最适宜。自古以来，只有剑仙，没有什么刀仙、棍仙、斧仙，原来如此。"

阴神最大的优势就是能够腾飞，灵活性强，结合上剑走轻灵的诀窍，自然能把威力发挥到最大。

"对了，试试这血纹钢的针，看看到底为什么血纹钢能称做是仙钢？"洪易把神念集中到了盒子里的血纹钢针身上。

长半尺，血色纹理渗透到钢质里面缠绕着，在阳光下发出动人的光泽。

洪易神魂一接触到这根血纹钢针，刚刚拿了起来，就感觉到一股异样。他感觉这针好像是一个人体的躯壳，里面的条条脉络非常清晰，有一种可以把神魂钻到脉络里去的感觉。洪易神念一动，把血纹针当作了自己的躯壳，合二为一。

"去！"洪易的神魂钻进针中后，感觉到周围无比温暖，就好像是被保护着一样。他驱针飞了起来，上下飞舞，灵活得和指挥自己身体没有什么两样。

"破！"洪易整个阴神与针合一，人就是针，针就是人，看见前面一块巨大的山石，猛地撞击过去。针直接射穿了足足有一尺来厚的石头，石头上出现了一个针眼。

"好大的威力！"洪易心中震惊，毫不怀疑，这一针出去，能穿透铁甲。

他终于知道，为什么血纹钢是世间难求的宝贝了，它简直就是一具可以寄托神魂的钢铁肉身。

# 第二十五章 玄天道尊

荒郊野岭之中，艳阳高照，一个十五六岁的少年一动不动地坐在树荫下，面前一根长针上下穿梭飞舞。

这长针上下飞舞，速度极快，竟然在空中拉出了一条条的红线，宛如火星舞动连成的线条，又好像是天女织着一面血红色的大网。

嘭！嘭！嘭！红线飞舞着、逢木穿木，遇石穿石，留下一眼眼的针孔，任何坚硬的物质都不能阻挡它的穿透，可谓无坚不摧。

突然，满天的红线一收，化为一根血纹钢针，静静悬浮在空中，扭动两下，又化为一道红线，电光石火一闪，落到了洪易手中。

针一落到手中，洪易神魂归位，睁开双眼，看着手上的钢针，感觉自己和这根血纹钢针血肉相连，无法分开。

"幸亏那个道士一下魂飞魄散了，否则的话，我只怕驱不动这针。魂飞魄散，这针自然成了无主之物。"洪易心想。

"神魂到了驱物的境界，果然威力大增！普通的武者，根本不是我对手！我现在驱使这根血纹针，就算是五六个武师身穿铁甲，也能轻易打败！就算是一般的先天武师，如果在冷不防的情况下，也会被我杀死，除非是那种灵肉合一的真正武圣。"洪易心想。

真正灵肉合一的先天巅峰级武师，敏感通神，别说神魂出壳刺杀，就是杀意一动，对方来不及出招应对就死在了拳下。

"我总算有了杀手锏，可以安身保命了。不过，驱物的境界也有弊端——身体完全不能动弹，没有一点防御的能力，乖乖等敌人杀。听说修炼到鬼仙之后，魂便有分神的能力，能分出好几个，附在剑上和人对敌。到了那个时候，我神念一动，分出一丝魂，剑就驱动了，肉身照样有行动的能力，这样才算是真正的道术！"洪易曾经听白子岳说过，修炼到鬼仙之后，神魂便有分化的能力，不像现在，一驱针、驱剑刺杀，身体就失去了行动能力，完全任人摆布。

"好了，今天就修炼到这里。"站起身来，收了血纹刚针，洪易翻身上马，奔腾而去。追电马的速度极快，不一会儿就奔出了三四十里，回到玉龙山脚下的道观之中。

一进道观院子，就闻到了一股浓浓的药香味道，小穆蹲在院子里的树荫下用红泥小火炉炭火熬着一罐子药。

烈日高照，但院子里面绿树成荫，旁边还有小水池，还有一口深深的古井，碧绿清凉的水，微风轻拂，水气扑面，倒是非常凉爽。

玉龙山是风水极好的避暑胜地，几十里的山号称七十二道泉，三十六深潭，水气笼罩，清凉至极。

沈铁柱在院子的另外一头专心磨炼武功，一招一式沉稳地打着牛魔大力拳，浑身筋肉运动，发出开弓似的轻微崩裂之声，浑身蕴藏着惊人的爆发力。

慕容燕随意地躺在一张精致的竹床上，臂膀上缠着厚厚的一层白纱，脸色有点苍白，但精神非常好。竹床旁边的凳子上摆放着几本书，她看似闲得无聊看书消磨时光。她听着沈铁柱在院子另外一头练功的声音，脸上是思索的表情。

沈天扬搬了个小马扎，坐在慕容燕的旁边，吧嗒吧嗒地抽着旱烟，心神全部都放到了慕容燕身上，只要慕容燕轻举妄动，巨大铁烟斗会毫不犹豫地砸下。

"嗯？洪易，你真不简单啊。"慕容燕看见洪易牵马走进来，眉毛一挑，脸上浮现出一个冷笑，"你那仆人，练的似乎是大禅寺的牛魔大力拳。"

"你单凭声音就能听得出来是什么功夫？"洪易心中吃了一惊。

"那当然，我玄天馆乃武学圣地，死对头大禅寺的功夫，怎么会不熟悉？"慕容燕又冷笑了一下，"你什么时候放了我？你要问的东西，该回答的我都回答了，不该回答的，就算你杀了我，也不会吐露半点。你别以为你能囚得住我很久，我告诉你，还过十天半月，我的伤势痊愈，你们四人加起来，未必是我对手！"

"哦？我们四人不是你的对手？那你为什么还被我擒拿到？"洪易把马拴在水井旁边，洗了洗手，感受着水气的凉爽，悠然道。

"那是我顾忌身体受到伤害……哼！"慕容燕眼神一闪，"你别以为收了我的金丹、符纸、飞剑，我就没有别的手段了。你别忘了，我的阴神强大，能附体显形，你制得住我吗？也好，我就让你稍微见识一下我的手段，免得你真的以为可以随意玩弄我！"话音一落，慕容燕身体突然不动。

一旁的小穆眉头一皱，只感觉到一股无形的阴森森的神念朝自己袭来，本能地站起，伸手去拿旁边的精钢长剑。

哪里知道，手还没有抓住剑柄，锵的一声，剑已经出鞘飞上十丈高空，飞舞盘旋，刺了下来。剑气森森，刺向洪易。而此时一条红线从洪易身边飞起，迎上了精钢长剑，叮叮当当打铁一般，几个呼吸就撞击了几十下。

长剑完全被针拦截住，被刺得千疮百孔，剑势完全被打散，嘣的一声从中折断。

血纹针击断长剑，只一闪，就到了竹床上的慕容燕的眉心。

"啊！"慕容燕发出了一声尖叫，断裂的长剑落到地面，她的神魂也归了躯壳，看着刺到自己眉心的血纹针，脸上呈现震惊和痴呆的表情。

刷！

在慕容燕目瞪口呆之际，停留在她眉心的血纹钢针猛然飞回，又在空中拉出一条长长的红线，回到洪易手中。

洪易睁开了眼睛，望着慕容燕，扬起头："我那精钢长剑，是宫廷赐下来的物品，价值不菲，弄坏了，就拿你的飞剑做赔偿吧。"

"你！"慕容燕听了心里一急，随后又缓和下来，点点头，"血纹钢这种仙钢只有方仙道才能炼制得出来，而且炼制起来极其消耗精血。你这根针卖不卖？我愿意出黄金一万两、上好战马三十匹、精壮奴隶一百个、柘木弓两百张、雕翎箭二百支……再加上精钢斩马刀一百个、明光铠甲十套！"慕容燕好像一个牙尖嘴利的商人。

"什么？"洪易只觉得啼笑皆非。

"不愧是云蒙国的贵族，做生意都是这一套。"洪易心里想着，不由笑道："慕容小姐，你别忘了，你现在还没有赎回自己呢。"

"那就再加婢女十个！你只要放了我，我立刻回云蒙，通过商会和你交易。怎么样？"慕容燕一提到钱财交易，脸上显现出了一丝若有若无的傲意，"还有，这个小穆，是你的侍女吧，我也可以买过来，你开个价吧。"

"易哥哥。"听到这里，小穆眼睛巴巴儿地看着洪易。

"怎么样？"慕容燕看着洪易，眼角挂了一丝笑容，一脸自信得意。

"果然是蛮夷胡人！"洪易起身站立，"张口就是奴隶，买卖交易人口，我大乾乃是文明物化之地！你以为是云蒙那等草原野蛮人？"

"你……你说我是野蛮人！"慕容燕一听，气得引动了背后的箭伤，不料伤了肺，剧烈咳嗽起来。

"好了，此事不要再提，血纹钢针我是不会卖的。小穆虽然名义上是我的侍女，但我们是恩亲，一家人一般，你别打她的主意。你若把她强行掳走，别怪我不客气。我只问你几个问题，回答完，你就可以走了，我不要你的赎金。"洪易把手一挥。

"什么问题，你问！"慕容燕咬了咬一口细碎的银牙。

"第一，你来大乾，除了找宇文太师的转世之身之外，还有什么目的？第二，你知道多少太上道的情况？都一一说出来。"

"我来大乾，除了找宇文太师的转世之身之外，没有别的目的。"慕容燕眼睛动了动，"至于太上道的事情，我们玄天馆也知道得不多。他们行事神秘，也没有道观，只有一位掌教、一位天女，还有三大长老。传闻太上道每一次只收两名弟子。教主是梦神机，当年有一位圣女，是他的妹妹梦冰云，后来嫁人了，破了太上望情的道术，功散人亡。现在的圣女是一个叫苏沐的女人。好了，我就知道这么多。"

"我母亲果然是太上道的人。赵寒没有说谎。"洪易听见慕容燕的话，心中明朗了许多。

"你还有什么要问的？"慕容燕仰起头。

"你会不会画画？"洪易突然问道。

"当然会，我自幼饱读诗书，琴棋书画无一不精通。"慕容燕看着洪易，脸上显现出一副狗眼看人低的表情来。

洪易道："你们玄天馆的道术，拜的是玄天道尊，那玄天道尊是天地混沌未开之时的黑暗所化，不知道能不能画出这尊道尊的神像？你画出来，我立刻就让你走，一点儿都不留难你！"

"你莫非想窥视我们玄天馆的道术？我们玄天馆的道术乃是禁忌之中的禁忌，你会遭到我们馆主派高手的追杀。"慕容燕道，"而且玄天道尊，我还不够级别参悟，也没有资格去观想，除非是修炼到了鬼仙，才能观想修炼玄天道尊，否则会走火入魔，神魂永堕黑暗。我们平时参拜的道尊，也只是一个牌位，没有实像。"

"哦？"洪易心中警惕了一下，"没有实像，只有牌位！也许玄天馆的玄天道尊像，有一尊像弥陀经那样完全表达出神韵的神像，不能让人参拜。"洪易熟读《道经》，知道云蒙帝国的玄天馆，参拜的玄天道尊是鸿蒙未开的黑暗。

修炼这一派的道术，观想玄天道尊，就是要领悟黑暗的精义。这如同修炼佛门的罗汉德威观，神魂培养出罗汉的刚猛、威严；又如同修炼菩萨观，神魂之中培养出菩萨的慈悲、智慧、坚定；如同修炼方仙道的元阳道尊，神魂培养出元阳道尊，开天辟地，演化雷霆万物的那种精髓，这种神魂，有巨大威力；如修炼太上道的太上道尊，神魂带着太上忘情，视天地万物为祭品，我临驾造物之上，太上独一的性质。这种神魂特性，天地莫测，乃众神之神，道上之道；而洪易修炼的弥陀经，神魂则是带着弥陀佛千百世不昧本性的真如之念，有无量寿，所以他的神魂恢复极快。

洪易深深地明白这些道理，修炼道术，观想众神道尊之像，并不是要学他们的模样，而是明白众神道尊像所代表的那股精髓、精义。至于那些具体的道术，都是小术。小术繁多，学不胜学，洪易自然不会舍本逐末。现在他要慕容燕画出玄天道尊的像，自然是要了解玄天馆黑暗的精义。弥陀佛无量寿、无量光，正好和玄天道尊相对。如果了解了玄天道尊的精义，对洪易揣摩弥陀经大有好处。问再多的问题，都不如让慕容燕画一尊她观想的本命道神来得直接。

"我拜的是玄天道尊座下的黑天魔神，主黑暗、迷乱。你若是窥视我们玄天道的道术，走火入魔可不关我的事。"慕容燕从竹床上站起身，眼神一闪一闪，嘴角似笑非笑。

"你的心思倒不算歹毒，居然还好心提醒我。"洪易笑了笑道，"我并不是窥视你们的道术，只是研究研究罢了。再说单单是一幅画像，就能窥见道术的精髓，那我岂不是圣人了。我又没有要你告诉我经文心法。"

"好！"慕容燕点点头，"你既然不怕走火入魔，我就画给你。没有道术心法，一幅画也是白搭。"说罢，走到房屋之中，铺好纸张，磨好墨，却不急画画，而是双手叠在胸前，做了一个道术的手诀，神情肃穆，喃喃念叨经文。过了很久，她才拿起毛笔，在雪白的纸上动起笔来。

洪易在一旁观看着，暗暗点头。

"她运笔倒也精深，看来云蒙虽然是蛮夷，但文化教育却深得精髓，能从慕容燕这个贵族子弟身上看出来。"

一般草原女子都很粗旷，少有秀气的。但是慕容燕养尊处优，皮肤倒也白皙，月牙眉，瓜子脸，杏眼桃腮，竟然有些大家闺秀的味道，又不失英武之感。洪易感觉慕容燕倒有些和洪雪娇相似，却比洪雪娇多了神秘飘逸的气质，这是修炼道术的缘故。

雪白的纸上渐渐勾勒出了一尊身材魁梧、六臂三头的神像，三个头别分是阴笑、诡笑、狞笑，而六只手手势不同，或是五指簸张，或是指甲如勾的抓摄……极尽慑人胆魄、勾人神魂之能事。身后几笔浓墨，给这尊魔神增添了阴暗的背景，衬托得这尊魔神好像是从无边的黑暗之中走出，踏足了光明的世界，然后要把光明的世界变成无边的黑暗。

"好画功。"饶是洪易鉴赏画像，看过弥陀经，眼高于顶，对慕容燕的画功也忍不住赞叹。

"过奖了。"慕容燕停下画笔，看着雪纸上的魔神，好像不满意，摇摇头，"我画得不好，我们黑魔堂的黑天魔神像，才真正表达出了精髓，你永远也不会明白，那才叫真正的勾人神魂，慑人胆魄。普通人乍一看了，大多肝胆俱裂，神魂永堕黑暗，清醒不过来。"

"通过这张画像，足可以看出你修为高低了。"洪易点点头，"如果你的修为高，画出的神韵应该更准确一些。"洪易自然知道，这画像虽然勉强算是修行的一本秘籍，太过粗劣，没有完全表达出黑天魔神的神韵，残缺了神韵，不算正宗，用它来观想，修炼精深之后必会走火入魔。它最多拿来做揣摩参考。

"你可以走了。"洪易挥了挥手，"你的那些符、盒子里面的金丹我都还给你，但你的剑必须留下，谁让你弄坏了小穆的剑。"

"你怎么还不走？"看见慕容燕用奇怪的眼神看着自己，洪易皱了皱眉头。

"你真的放我走？还把我身上的金丹、符还给我？你就不怕我养好伤，再来偷袭你？不怕我带人抢你的血纹钢针，然后带走小穆？"慕容燕用手指摸摸自己的眉心，眼睛盯着洪易的表情。

"当然有顾忌，但是我不想杀你。我言出必行，不是反复无常的小人，既然约定了，当然不会反悔。你莫非以为我放你是阴谋？"洪易失笑摇摇头，"你真是以小人之心度君子之腹。"

"你既然遵守约定，你也放心，我堂堂云蒙侯爵之女，也不会做出那么卑鄙的事情来。不过，我说的交易，你好好考虑一下。我身上有五道符、五枚金丹，还有一百两黄金的金票，我拿走三道符、三枚金丹用来防身，剩下的东西，都先作为订金放在你这里。你考虑清楚了，就到玉京城的聚宝斋找一个叫风铁的掌柜，他是我的线人。如果你实在不想卖，三天之后，可以到聚宝斋把东西退还给我。"说罢，慕容燕打了个响指，取了自己的东西，走出了院子。

慕容燕走后，洪易好像是送走了瘟神似的松了一口气，这个女子在这里，有点麻烦，不但时刻提防她偷袭，又不能杀她，也不好把她送进大牢。

看着桌子上的黑天魔神画像，洪易想起了弥陀经之中观想的夜叉王、罗刹王，揣摩着那些魔神和黑天魔神的区别。

随后，洪易把慕容燕留下的"定金"拿来。两枚金丹，闪闪发亮，异常沉重，表面是银白之色，还有一条条黑色的纹理。洪易知道，这是道家之中少见的化形金丹，神魂修炼到了显形的程度之后，便用火符把这丹化开，升腾出铅汞之气，以神魂附上去，立刻就会显化出本身的形体来，力大无穷，刀枪不入。这种金丹炼制起来颇耗费功夫，仅一枚就要耗费大量柴炭、朱砂、水银、铅、金粉、玉屑。各门派炼制的丹，神魂附上去，威力也有所不同。

　　"她要买我的血纹钢也就算了，为什么用符纸、金丹做定金？莫非她想用金丹和我做交换？"洪易笑了笑，把金丹符纸放到一边。

# 第二十六章 父子决裂

接下来的十天半个月，日子过得非常清闲，慕容燕走后再没有来骚扰，好像凭空消失一般，而且赵夫人那边也没有什么动作。

洪易却丝毫不敢放松，白天磨炼武功，夜晚锻炼神魂。一身的武功，终于在结合练习牛魔大力拳和天缠手后，突飞猛进，进入了武士的境界。而他的神魂也越来越凝练，力量越来越大，在驱使血纹钢针的时候，更加出神入化。

就在这天早上，洪易一大早起来，照常练功，外面突然响起了马蹄声，进来了几个衣着鲜亮的奴仆，手拿烫金请柬。这些奴仆看见了打扫院子的沈天扬，问清楚后，把烫金的请柬送到沈天扬手里，骑上马，一溜烟地走了。

"玉亲王的请柬？"洪易接过请柬，一看上面的字，愣了愣，随后他又看到请柬下面的小字，是一行用毛笔小楷临时加上去的：洪兄，今天玉亲王的堂会，务必要来。别忘记了牵上追电。落款是萧浩。

萧浩是长乐小侯爷的名字。

"玉亲王是皇上的四子，是太子最重要的竞争对手，去还是不去？"

"小穆，收拾一下东西，跟随我去玉亲王府赴宴。"下定决心后，洪易把烫金请柬递给了小穆，随后换了身衣服，佩剑骑马和小穆呼啸驰骋，朝玉京城的正阳街奔去。

"玉亲王是皇帝四子，虽然才二十四岁，眼下也没有带兵，但在朝廷之中打理户部，理顺钱粮，是个广收门人清客，广纳豪杰，和太子抗衡的人物。玉亲王可谓是战功赫赫，文武双全。二十岁在北方练兵，率五百士兵剿灭了盘踞在云山附近的山寨土匪五六千之众。二十二岁被调南方一千五百里的黄鹤山水泊，一举剿灭黄鹤山水泊的十二连环坞山寨的上千水匪。被封为亲王，食双亲王俸禄。他是皇帝心爱的儿子，打理朝政的得力干将。大乾皇朝对皇子的教育极其严格，三岁就配专门的师傅，教书习武，皇帝隔三差五地亲自检查。检查不合格，就严厉处罚，比一般的贵族家庭教育子弟严厉十倍。皇子在十五岁成年之后，就要到军中磨砺，积累军功。若是无用的子弟，文不成，武不就，就算皇子，也不会给册封爵位，只有微薄的俸禄，并且统统由宗人府安排在一个皇家庄园里养老，终生不得迈出庄园一步，相当于圈禁。所以大乾皇室训练出来的宗室子弟，只要是有用的，无一不是厉害之辈。"洪易对皇室子弟之事稍有了解。

"我中举第一名，在玉京小有名气，但武温侯府是太子一方的人，玉亲王请我干什么？"洪易纵马奔腾，心中琢磨。

很快就进了城，在正阳大街的玉亲王府停了下来，早有豪奴迎上来接了请柬，牵过马匹去照料。洪易和小穆两人被其他仆人引了进去。

玉亲王的府邸气象非凡，奴仆个个孔武有力，面容坚毅，钉子似的站着。

洪易看见一个奴仆站在走廊下面，脸上有一个花脚大蚊子正吸他的血，吸得肚子涨鼓鼓的，那个奴仆没去打蚊子，任凭蚊子吸血后飞走。

"不愧是战功王爷，以军法治家，想必王府里面的奴仆都是他的亲兵吧。"洪易暗暗震惊。

玉亲王府没有一般贵族家的九曲回廊、假山树林等雅致的东西，相反，府里地势开阔，清一色的整齐房屋，青石铺地，光如镜，硬如铁。

王府东边是练武场，南边是正宅，西边是奴仆住的地方，北边则是水井清泉，中间修建朱红镂空围墙，一切都井井有条，堂堂正正之中又带着分明。

"哈哈，洪世兄，你三月前赢走了我的爱马，我约定科考之后，才找你赢回来！怎么样，我的马带来了没有？"正府的大门口拥簇着走出了三个年轻人，其中一个正是长乐小侯爷萧浩，还有一个身材修长，身穿锦衣的男子，正是景雨行。

这两个年轻人，一个小侯爷，一个小国公，都生得风度翩翩，举手投足自有气度，但今天的主角却不是他们，而是站在他们中间的一个头戴金冠，穿玉色衣，手拿折扇的男子。

这个男子星眸秀眉，天庭饱满，白皙的皮肤带着微微的血色，似乎有一团紫气藏在皮肤之中，带着与生俱来的尊贵气质。

"果然是出色人物！"洪易知道这人就是玉亲王杨乾。他见过许多出色人物，但是能和这个玉亲王媲美的，也只有白子岳一人。

"参见玉亲王。"洪易连忙躬身参见。

"洪世兄不用多礼。"玉亲王杨乾连忙几步走下了台阶，用手扶住洪易的手臂，不等他躬身下去，哈哈笑着说，"洪世兄才压玉京，科考一篇文章夺得解元，本王已有所闻，早就想结识世兄这样的才俊人物。走走走，我们到正府大厅里面说话。"

玉亲王杨乾拉着洪易的手，尽显平易近人、礼贤下士的风度。

洪易感觉玉亲王不是做作，而是本性使然。

"小穆，你等一会儿。"洪易转过头对小穆叮嘱一句。

"这是洪世兄的丫鬟吗？好伶俐的模样。"玉亲王杨乾注意到了小穆。

"虽然是我的丫鬟，但我们是恩亲，情同兄妹。她叫小穆。"洪易点头道。

"你们安排小穆姑娘到云清姑娘的房间里面吃茶，让云清姑娘陪着聊天。"杨乾吩咐了一下左右。

左右的豪奴立刻躬下身来，对小穆道："小穆姑娘，您请这边走……"

"王爷，您已经替云清姑娘赎了身，为什么不娶她为妾？"景雨行突然插了一句话。

"我和云清情投意合，作妾太委屈她了。等父皇高兴的时候，我向父皇禀报一声，娶她做正妻。"杨乾摇摇头。

"这位王爷好性情，那位叫云清的女子托付对了人。"洪易听说过，云清原本是玉京城散花楼的一位当红清倌人，被杨乾看中，赎身进了王府。

杨乾现在还没有娶亲，没有正妻，皇帝几次指亲都被杨乾拼命推辞掉。因硬要娶云清为正妻，被皇帝多次训斥，非常不快。要不是这件事情，或许太子的位置早已是杨乾的了。

洪易是对有情有义的杨乾颇有好感，才前来拜访的。

进了正府之中，坐好后，杨乾看了洪易一眼，道："这次请洪世兄过来，一是见识一下才气，二是想问世兄一句，可否助我一臂之力？"

洪易吃了一惊："我一个小小举人，无一官半职，没有半点爵位，一文不名，王爷何出此言？"

"哪里，洪世兄过谦了。"杨乾道，"世兄文章一流，日后大考中进士，出朝为官，是十拿九稳的事情。更何况世兄文武双全，平日蛰伏在侯府之中，受尽欺压，现在一日出头，如同鱼归大海，鸟飞天空，前途不可限量。"

"玉王爷过奖了。"洪易道。

"不是过奖。"杨乾又道，"前些日子，世兄从侯府脱离出来，毫不手软地处置了赵家恶奴，我最欣赏的就是这一点——你是做大事的人，不是优柔寡断的书生。世兄行事果敢，又博学多才，文武双全。这样的人物，值得招揽。我若不早点招揽，被二哥、八弟招揽去了，那将来可是厉害的对手。"杨乾微笑着，说话十分直接。

"我知道世兄是君子，君子群而不党，不想掺和这团浑水。不过，世兄是至孝之人，欲为母亲封夫人、封君，那就必须建功名。本王直言，眼下朝廷党羽林立，孤身的君子根本没有立足之地。洪兄可知道，礼部尚书李神光为何遭父皇训斥？"

"李神光是我座师，我中举之后去拜见他，但他闭门不见，后来听说是受了皇上的训斥，闭门思过，不知道为什么。"洪易知道自己如果不投靠哪一方的势力，就算以后中了进士也是寸步难行，依旧坐冷板凳，至多当个翰林院编修，更别提建功立业了。

"是因为世兄你。"

"因为我？"

"不错。当日科考，洪太师尊父皇的口谕巡视考场，见李神光欣赏你的文章，点你为第一名，当时洪太师说你锋芒毕露，得压一压，要把你的文章丢在落卷之中。李神光和洪太师力争，大闹主考房，才有你的今天。这事父皇知道之后，责斥李神光有失大臣体面。"杨乾娓娓道来。

"原来如此！"洪易目光一闪，心中怒火汹涌，好在他是修炼有成的人，立刻压住了怒火。

"父亲居然打压我？以强权干涉科考大典，是为不忠；不保护我母亲，任贱人害死，这是无情无义；打压儿子，这是不慈！如此无情无义、不忠不慈的奸人，有何面目为人父？在朝为臣，就算是大臣，也是个奸臣！"洪易心中愤慨。

"世兄如今有决断没有？"杨乾道。

"圣人教诲，不滞于物，方能与世推移。我却不是那种迂腐、自命清高的人。"洪易按住剑柄，站立起来，"王爷既然看得起我，我自然为士，为王爷效力！"洪易决定和洪玄机这个不忠不慈、无情无义的父亲彻底决裂。武温侯府是支持太子的，而他要成为玉亲王的人。有了杨乾这个靠山，他就不用怕赵夫人，可以积蓄实力一举铲除赵家，向洪玄机问罪。

为杨乾效力，为士，属于清客，双方以礼相待，洪易的命运和玉亲王的命运紧紧联系在了一起。如果玉亲王成为皇上，他肯定飞黄腾达，铲除赵家，指日可待。如果玉亲王夺嫡失败，被抄家灭族，那么他也难逃牵连。

"好！拿酒来！"杨乾拍拍手，一个奴仆立刻提了一瓶酒上来，是上好的玉兰春。

"不要杯子，换大碗。"杨乾又喝了一声，随即有人端上了四个大碗，倒得满满溢出。玉亲王、景雨行、长乐小侯爷、洪易四人一干而尽。

喝完酒之后，杨乾十分畅快："去把云清姑娘请来。"

不一会儿，一个身穿水泻沙裙，如清水出莲花的女子牵着小穆落落大方地来到了厅堂。她和洪易打了照面，站在厅堂中间。

小穆从小孤苦，现在却笑得很开心，可见两人谈得很投机。

"云清儿，洪世兄从家里独立出来，现在租住在玉京观里，十分不妥。我在京郊有一小庄园，田地大约两三百亩，就赠给洪世兄。"杨乾道。

"王爷恩赠，不敢推辞！"洪易大声道，没有丝毫迟疑。

景雨行、长乐小侯爷先是一愣，随后就回过神来，暗暗赞叹洪易的决断。如果他推三阻四，表明他还没有定下神来。斩钉截铁收下，表明了他彻底投靠玉亲王，无半点犹豫。

洪易大张旗鼓地与武温侯府彻底决裂，一场轩然大波正悄然逼近玉京城。

# 阳神2·庶子扬威

搬离侯府，居绿柳庄园，洪易再不是那困居院墙的羸弱庶子！

杀母之仇，上辈恩怨，将洪易推向与武温侯决裂的道路。参军途中，大罗派步步紧逼。策马疾行间，洪易如困龙升天，蛟龙入海，魂力益强。

大罗圣女、金蛛法王……难以想象的强敌一一登场。修炼无上经典，洪易的实力如何快速增长以应对强敌，又何时才能拥有与深不可测的洪玄机相抗衡的实力？

洪易不再独自战斗，铁柱、小穆亲如家人，合作伙伴不断增加，各种高手收之麾下。洪易知人善用，仆从渐增，羽翼益丰，亲卫初具规模。

深海之中，无数秘宝珍藏，惊涛骇浪中，暗藏诡谋杀意，等待他的有惊喜也有危机。

看他如何在军中立威，海域扬名！